古典文獻研究輯刊

二十編
曾永義 主編

第1冊

〈二十編〉總目
編輯部編

中古文學研究方法的現代演進
——以劉師培、魯迅、王瑤爲中心

史 鈺 著

國家圖書館出版品預行編目資料

中古文學研究方法的現代演進——以劉師培、魯迅、王瑤為
中心／史鈺 著 — 初版 — 新北市：花木蘭文化事業有限公司，
2019〔民 108〕
目 2+202 面；19×26 公分
（古典文學研究輯刊 二十編；第 1 冊）
ISBN 978-986-485-875-0（精裝）
1. 中國文學 2. 中古文學史 3. 文學評論
820.8   108011722

ISBN-978-986-485-875-0

9 789864 858750

古典文學研究輯刊
二十編 第一冊   ISBN：978-986-485-875-0

中古文學研究方法的現代演進
——以劉師培、魯迅、王瑤爲中心

作　　者　史鈺
主　　編　曾永義
總　編　輯　杜潔祥
副總編輯　楊嘉樂
編　　輯　許郁翎、王筑、張雅淋　美術編輯　陳逸婷
出　　版　花木蘭文化事業有限公司
發　行　人　高小娟
聯絡地址　235 新北市中和區中安街七二號十三樓
　　　　　電話：02-2923-1455／傳眞：02-2923-1452
網　　址　http://www.huamulan.tw 信箱 hml 810518@gmail.com
印　　刷　普羅文化出版廣告事業
初　　版　2019 年 9 月
全書字數　180864 字
定　　價　二十編 19 冊（精裝）新台幣 40,000 元

〈二十編〉總目

編輯部　編

《古典文學研究輯刊》二十編　書目

《古典文學研究輯刊》二十編
各書作者簡介・提要・目次

第一冊　中古文學研究方法的現代演進——以劉師培、魯迅、王瑤爲中心

作者簡介

史鈺，女，河北省臨西縣人，1984 年出生，2015 年畢業於北京師範大學文藝學研究中心，師從李春青教授，專業方向爲中國文化與詩學，現從教於太原理工大學國際教育交流學院，講師職稱。

提　要

現代學者處在傳統中國向現代中國轉型的浪潮中，思維模式、生活方式、學術旨趣、學術統緒都與傳統士人相異，形成了具有現代意義的整體研究方法。本文以中古文學研究爲入口，選取劉師培、魯迅、王瑤爲研究對象，以三者的文學研究方法爲研究內容，以期呈現中古文學研究在學術現代化的進程中形成的新方法。主要內容如下：

第一，在十九世紀末二十世紀初，以對魏晉玄學由批評到接納、欣賞爲風向標，在文、史、哲領域興起了中古研究的高潮。筆者認爲此現象出現的原因有兩點：第一，彼時知識分子對以魏晉玄學爲承載體的自由、獨立精神的嚮往；第二，現代歷史分期的形成使學者認識到中古作爲歷史序列中不可缺少的一環，體現了歷史連續性，對把握歷史整體具有重要價值，因而學者有必要對中古時段進行再認識、再研究。劉師培、魯迅、王瑤的中古文學研

究作爲學術由傳統向現代轉型的一個模式，既以整體形式區別於傳統文學研究，在此整體內又呈現了研究方法由傳統至現代的演進歷程。

第二，學者思想與研究方法由傳統進入現代的方式體現在學術話語與研究內容兩方面，同時，學術話語與研究內容的轉變又加速研究方法的現代化。劉師培、魯迅雖年歲相近，然在相異的家學淵源、研究生涯、學術背景中形成了迥異的學術旨趣、思維方式與研究方法。筆者擇取「文」、「文學」、「小說」爲關鍵詞展開闡釋，「文學」在劉師培的話語語境中指具有審美性質的偶語韻文，魯迅話語系統中的「文學」則是現代意義上的文學。對於小說，劉師培持傳統「小道」觀念，魯迅則將小說視作文學的重要表現形式之一。

第三，本文選取「語境化」、「主體性」、「體驗」三個特點論證現代中古文學研究方法如何作爲整體區別於傳統研究，並按章節依次闡釋。劉師培、魯迅、王瑤在中古文學研究中都採用了不同於傳統詩文評方法的「語境化」研究。然三者所處歷史語境不同，在研究方法中呈現出些微變化。劉師培在深厚家學傳承的背景下以學術思想變遷爲軸心，輔以政治權力的嬗變與地理區域的劃分。魯迅在個人興趣的推動下，將視角落於社會風俗與士人心態。王瑤在承繼劉、魯二人研究成果的基礎上，完善「語境化」研究方法，從政治歷史、地理環境、社會風尚、士人心態等多角度探析中古文學。

第四，魏晉時期爲士人個體主體意識的覺醒期，也是形成於東漢的群體主體意識的發展期。劉師培、魯迅、王瑤都採取「主體性」視角以契合魏晉士人之主體性覺醒。魯迅在章太炎、尼采及浪漫主義思想影響下，以個體主體性爲研究視角，關注魏晉士人的內心世界。劉師培、王瑤將視角集中於士人群體主體性，展現了魏晉士人這一特殊群體的趣味與風尚。

第五，「體驗」爲中國傳統研究方法，是一種物我不分、主客相通的思維方式。劉師培、魯迅、王瑤雖受西方思想影響，然中國傳統思維方式已浸入骨髓，難以磨滅，於中古文學研究中顯露了此思維方式的運用。

目　次

第二冊　孔子文學思想考論

作者簡介

　　党萬生，1970 年出生，甘肅古浪人。河西學院文學院副教授、副院長，中國古代文學專業博士，甘肅省古代文學學會理事，甘肅省先秦文學與文化研究中心會員。主講《古代文學》、《先秦兩漢文學專題》等課程。近年來在《寧夏大學學報》、《甘肅社會科學》等刊物上發表學術論文 10 餘篇，參編《歷代賦評注》等專著 2 部。

提　要

　　中國古代文學的很多觀念和範疇，是由孔子奠定的。對於孔子的不少與文學相關言說的具體涵義，古今學人的解說分歧較多，有時甚至會讓人產生這些言說本身相互矛盾的感受或看法。本書從「溫柔敦厚」與「興觀群怨」、

「文質彬彬」與「修辭立誠」、「鄭聲淫」與「思無邪」及「述而不作」與「春秋筆法」等相關言說或觀念的考論切入，立足於對孔子學說的整體理解，盡可能還原它們的產生語境和立說目的，揭示其本來所指，分析其中所體現的文學觀念的實質和意義，並在此基礎上進一步研討孔子文學思想的內在邏輯，揭示其潛在的理論體系。

目　次

第三冊　王陽明文藝美學研究

作者簡介

　　楊庭曦，江蘇揚州人，一九八五年生。本科至博士階段先後就讀於南京師範大學（漢語言文學）、南京大學（西方文論）、北京大學（文藝美學），

並獲得文學博士學位。現於清華大學美術學院從事藝術史論的博後研究工作。碩士期間重點學習二十世紀西方文論，博士階段立足中國傳統美學理論，致力於考察中國文學和美學尤其是宋明理學與文學、美學之關係。發表過數篇相關學術論文，並著力於對傳統與現代、文學與藝術進行跨學科研究。

提　要

本書從王陽明的心學思想出發，研究他的文藝創作及美學思想以及對明清文藝創作的影響。文章選取了王陽明存世的具有代表性的詩歌、散文和書法作品進行考察分析，結合他的人生軌跡和所處的歷史環境，旨在揭示王陽明的文藝創作與其心學學術之間的互動關係。正論部分結構共分爲七個部分：

緒論部分主要交代選題緣由和意義，王陽明作爲心學思想家，他的文藝創作卻一直沒有受到足夠的重視，在他的學術思想和文藝創作之間有著如何的內在聯繫，是本文的寫作出發點。

第一章從考察王陽明心學理論開始，闡述陽明心學的基本思想。對王陽明的思想的發展路徑，試圖從陽明心學與理學及文學傳統的文藝觀的互相關係進行分析。試圖從王陽明的心即理的本體論出發，探討其心性之學在文藝美學上的展開。

第二章具體探討了王陽明藝術觀的眾多美學範疇，即他是從何種角度去對藝術進行觀照的。王陽明的藝術觀與學術體系息息相關，比如內觀、同一等，從心性之學過渡到藝術創作之中。

第三章探討了王陽明詩歌的具體創作，選取他的詩作進行分析，結合他的學術思想的變化和當時當地的際遇，試圖探究他的詩歌與他所受的儒釋道和理學傳統之間的互動關係，以及陽明詩歌是如何反應心性之學的。

第四章探討了王陽明散文的創作類型，以及在散文中體現出的藝術特點。王陽明散文風格獨特，與一般文人散文有明顯的區別，本章考察他的散文從內容到寫作風格的美學追求，並延展考察王陽明對明清兩代散文風格的影響。

第五章探討了王陽明的書法創作。從明代書法理論和批評風氣入手，考察王陽明在明代的書法地位和他的書法觀念，並從王陽明存世的書法作品討論他的書法風格。

第六章從整體探討王陽明的文藝美學對於晚明文藝思想和創作的影響，思想方面以李贄爲例，並具體舉晚明張岱小品文爲例說明這種影響之下的文藝創作典型以及其中所體現的心學美學的繼承和發展。

目　次

第四冊　王世貞文學思想與明中後期吳中文壇關係研究

作者簡介

　　王馨鑫，北京市人，一九八六年生。畢業於首都師範大學文學院中國古代文學專業，二〇一五年獲文學博士學位。現任唐山學院文法系講師。已發表《「楚狂接輿歌」與莊子的處世哲學》、《論晚明布衣詩人程嘉燧的人格

心態與詩學思想》、《論王鵬運〈庚子秋詞‧漁歌子〉的「詞史」品格》等期刊論文，目前主要致力於明清文學、文學思想史等方面的研究。

提　要

本文以王世貞文學思想與明中後期吳中文壇之間的關係爲研究對象，通過對王世貞各階段文學主張的考察，指出吳中文化傳統對其思想觀念的形成與變化具有十分重要的意義。在此基礎上，將王世貞作爲嘉靖、萬曆年間吳中文壇與主流文壇的一個溝通點，考察其與吳地文人交往過程中彼此觀念的相互影響，以探究明代後期主流文壇與地域文壇之間的互動關係及互動模式。

文章主體由五章組成：第一章探討王世貞早年文學思想與吳中文化氛圍之間的關係；第二、三章是本文的重點，考察作爲「吳人」的王世貞在「後七子」復古活動中的作用，以及作爲復古領袖的王世貞在吳中文壇上產生的影響；第四章主要研究嘉靖後期歸吳之後，吳中文學傳統對王世貞思想觀念的作用。第五章則是在地域文學視野下、對王世貞晚年心態變化及文學觀念等問題作出的討論。

無論早年的文學興趣、中年的文學主張還是晚年的觀念變化，王世貞一生的文學活動，實際上與吳中文壇息息相關。由這一角度切入，對很多問題都能夠得出新的認識。地域視角對文學史研究的意義，也正在於此。

目　次

第五冊　安丘曹氏文學家族研究

作者簡介

主父志波，男，1976 年出生於山東臨沂。先後就讀於山東大學文學院、文史哲研究院，2010 年獲得中國古典文獻學博士學位。現任教於山東政法學院傳媒學院。

提　要

以曹貞吉、曹申吉爲代表的安丘曹氏，在清代是一個很重要的文學世家，《四庫全書》所收錄的唯一一部清人詞別集就是曹貞吉的《珂雪詞》。本書主要從安丘曹氏的世系、人物、著述、交遊唱和、文學淵源五個方面對安丘曹氏做了較爲全面詳細的考述，力求還原眞相，釐清史實，考辨眞僞，澄清誤解，以期讓讀者對安丘曹氏有一個客觀全面的認識。

目　次

第六冊　情節、人物與主題──唐代小說空間場域示現之作用與意義

作者簡介

　　黃敏珊，國立中興大學中文研究所畢業，高中職國文科教師。認為成功的人生，是能否真正享受每一次努力的過程。

　　國文課堂授課風格每每被學生們評價為「外標示與內容物不符」！外表看似頗有氣質，一旦上起課來，熱情、活潑、激動、浮誇，活力充沛，上台講話的氣場和姿態具撩人的吸引力，令人印象深刻。

　　很容易被小說、戲劇、電影中的情節以及人物性格所吸引，致力於挖掘、

詮釋出文學作品歷久彌新的力量，讓學生感動。喜歡詮釋「有傳遞信息，會讓人思考」的文本。

用生命在教書，雖然明白在大多數人的人生裡，學校老師就像偶爾擦肩而去的過客，不會一直停留在生命裡。但是，即使匆匆如過客，也會有他的足跡，也會在夜深人靜時，隨風潛入夜、潤物細無聲。

提　要

唐代小說映現了當時的空間場域、文化樣貌，但其中空間的設計、安置及流動之情形令人好奇，究竟人物形象是如何在空間場景構寫中被塑造的？人物性格與生命際遇如何在空間書寫中產生喻示作用？情節發展是在空間場面的何種安排下被推動的？情節轉折的訊息暗示如何從空間場域中被讀出來？小說主題能否通過空間的人文社會性呈顯？甚至深藏作者內在的心靈空間如何以他界和夢、幻境空間的形式被轉譯在讀者面前？

本研究以空間理論和敘事理論入手，採用文本分析法，探知唐代小說之空間狀況，在由情節、人物、主題三方面組成之小說文本中，空間場域如何在裡頭發揮其作用、呈現其意義。

本文第一章將分述研究動機、前行研究與研究方法，第二章將分析唐代小說情節推展與空間設置之間的關係，第三章則探討空間如何喻示小說中的人物形象，第四章繼而探究空間場域對小說主題表現發揮的作用與意義，第五章轉而找出小說中怪誕荒謬、異於常理的超現實空間，挖掘出異度空間背後映現出什麼樣的真實人生。

空間場域不再僅是中立的存在。無論是自然的、社會的或心靈的空間場域，這三者在唐代小說的創作裡總是互相滲透、互為因果、互為表裡，不但構築了立體、豐富的空間感，更透顯了小說內在深層的文化意蘊。

目　次

第七、八冊　孔平仲及其《續世說》研究

作者簡介

　　林美君，出生於彰化市。東吳大學中文研究所碩士，世新大學中文研究所博士。曾任國立台北商專、醒吾科技大學講師，現任世新大學兼任助理教授。研究方向以中國古代小說為主，旁涉人物考證、古典詩文。撰有《張耒及其詩文研究》、〈孔延之生平考述〉……等。

提　要

　　孔平仲（1044～1104？）字毅甫，臨江軍新淦縣人（今江西省樟樹市）。他和兄長孔文仲、武仲分別在嘉祐六年（1061）、八年（1063）以及治平二年（1065），連續三科、依次登進士第；又在元祐初同朝為官，不僅是北宋政壇要人，文壇名家。身為孔子四十七代孫，他同時也是一位以愛國之心、骨鯁之氣受人景仰的正直君子。可惜晚年坐黨籍，遭遷謫，著作散佚，一生事蹟幾乎湮沒。《宋史》卷三四四孔文仲傳，雖將平仲生平附於其後，但內容極其簡略，欲以史書中區區二百餘字，瞭解孔平仲一生，自是不足。

　　本論文以〈孔平仲及其《續世說》研究〉為題，雖然規畫上、下二編，分別探討孔平仲生平，及《續世說》這部著作，其實包括三大內容：由於上編〈孔平仲生平考論〉有考證，也有論述，考證必須徵引相關的證據，論述受限於篇幅和理路，都無法深入剖析孔平仲每一篇作品的寫作背景。為了彌補這方面的不足，且便於檢讀，乃以時間為經，事件為緯，將孔平仲作品無論是有切確年

月可考，或無手月可考，而能證實寫於任職某處者，匯集在一起，並加按語說明，重新編撰〈孔平仲年譜及作品繫年〉。成爲二編以外，另一重要內容。

《續世說》十二卷，是孔平仲將其細讀諸史採擇到約一千一百南北朝至唐、五代的朝野軼事，仿照《世說新語》的體例編撰而成。由於是以《續世說》名書，過去一直被視爲是《世說新語》的續書，還以世說體小說的標準來評論其文學成就遠不及原著。然《續世說》的名稱只是一種尊重古賢的表示，其實孔平仲是本著宋代史學家總結歷史經驗、提供朝廷借鑒的精神，透過編撰《續世說》來表現其人生理想和政治抱負。所以本論文將以著史的角度重新探討此書。首章探究《續世說》的撰作背景、動機、成書時間、文獻運用以及版本流傳；第貳章探討孔平仲規畫編書的思維理路來源，以考查《續世說》繼承與創新之處；第三章討論《續世說》的架構與孔平仲編撰此書的用心。最後總結《續世說》的得失與價值。

目　次

上　冊

第九、十冊　《三國演義》當代改編文本研究

作者簡介

　　黃脩紋，高雄人，中山學士，高師碩士，目前研讀成大歷史所。喜歡看漫畫，更愛看電視，平日消遣是上網與打電動，是個不喜歡改作文的國文教師。目前積極投入外語學習，以及文藝創作，希望能通過語言檢定，並拿到很厲害的文藝獎。最想做的事是旅行，最愛的作品是《眞‧三國無雙》、《聖鬥士星矢》、《名偵探柯南》，還有數部漫畫鉅作；希望能再發揮宅力，寫出幾篇研究論文。能將心力投注於小事之上，是人生最幸福的狀態。

提　要

　　《三國演義》，是盛行數百載的章回小說，風靡中華文化圈，更是普及日、韓、歐美的經典文作，也是當今娛樂的熱門題材，橫跨大眾文學、影視戲劇、動漫遊戲、同人誌，在在可見三國改編作品。經由當代意識、作者觀點、文本互涉、後現代解構思潮，以及不同媒介的展現特點，遂使三國當代改編，雖是奠基相同文本，卻會產生形形色色的嶄新風貌。三國屬於歷史題材，時序、事件、人物均有固定脈絡，成為改編作品之基本骨架，亦是改編文本之共通「同質性」；但是，正因三國題材蓬勃興盛、競爭激烈，加上社會風氣移轉，以及再創者求新求變，遂使當代三國詮釋生變，包括史觀、主題、形象，均是改編文本之常見「變異性」。三國當代改編文本，必須保留《三國演義》基本架構，切合讀者預期心態；卻又必須同中求異，凸顯創新特點，方能彰顯新作價值，如何兩相兼併，實為三國改編之關鍵課題。

　　《三國演義》當代改編，不僅重新詮釋經典，更以淺顯方式吸引讀者，再使其回溯原典以加強延續；但是，正因三國威名之累，部分改編作品，只是徒沾虛名，遂有主旨偏離、劇情闕誤、形貌狹隘之弊。尚有部分改編文本，因其成效斐然，竟以杜撰情節而取代《三國演義》原設內容，再度造生史實扭曲，誠如《三國演義》對於《三國志》的傳承之功、訛誤之弊。因此，三國改編文本之優劣價值，實可等待時間淬鍊，再由後世評斷功過。

目　次

上　冊

第十一冊　明清文學書寫與民間信仰之建構——以《西遊記》《封神演義》所建構的民間信仰譜系爲中心

作者簡介

　　張琦（1977～），文學博士，四川大學文化科技協同創新研發中心助理研究員。學術研究方向爲古代中國宗教信仰研究、宗教文獻研究。發表學術論

文多篇，目前主持國家社科基金一般項目「巴蜀地區善書輯注與研究」，參與國家社科重點項目「中國佛教寺院志研究」。

提　要

　　明清時期，小說、戲劇等文學作品成為各種思想的重要載體，當時乃至後世普通民眾的世界觀、人生觀、價值觀等核心觀念很大程度上受到這些文學作品的影響。在民間信仰的構建過程中，以《西遊記》《封神演義》為代表的神魔小說無疑是最能集中體現這種狀況的典型文本。本書通過對這兩部代表性文本的考察，揭示出小說中的神祇主要來自佛道二教以及流傳久遠的民間信仰，數量龐大的神祇被小說創作者以特定方式整合，展現出一個跨越多個文本的、相對完整的神祇譜系。這個神祇系統的成型，意味在古代中國民間信仰系統中「信仰—文學—信仰」傳播鏈條的成型。這顯示出文學作品與民間信仰之間的互動關係：創作者將信仰作為素材吸納進作品，文學作品再通過各種傳播形式、介質在民眾之間流傳，轉而又對民間信仰產生極為重大的影響。在這個鏈條當中，文學作品作為信仰變化的見證者與推動者存在，信仰則通過文學的反映與傳播而獲得更多的信眾。

　　本書擷取《西遊記》《封神演義》中的部分神祇進行追本溯源之研究，重點考察了觀音、城隍、方相氏等神祇，以冀從其來源、傳播、流變的過程中考見古代中國民間信仰傳播與文學書寫之間的特殊關係，同時也探討創作者對東西方神祇的整合態度及方式。

目　次

第十二、十三、十四冊　思無邪：明清通俗小說的情慾敘事

作者簡介

　　李明軍，男，山東郯城人。2001 年 6 月畢業於北京師範大學中文系，獲文學博士學位，2006 年至 2008 年到中國人民大學做博士後研究。現爲臨沂大學教授，重點學科負責人，省級精品課程主講人，碩士生導師。主要研究方向爲元明清文學、中國古代小說和傳統文化。近幾年來主持國家社會科學基金項目、省社科項目及市廳級項目等 10 餘項，出版學術專著《中國十八世紀文人小說研究》《文統與道統之間：康雍乾時期的文化政策與文學精神》《禁忌與放縱》《古典小說名著解讀》《天人合一與中國文化精神》等 9 部，主編、參編各類文化類圖書 40 多部，獲省、市社會科學優秀成果獎 8 項。這些研究項目和學術成果，皆於大歷史文化的背景上探討文學，將文學研究與歷史文化研究緊密結合，將古代研究與現代社會緊密結合，形成了自己的研究特色。除教學科研外，閑暇時間在各類報刊上發表文化隨筆、商業評論多篇，出版散文隨筆集 2 部，長篇報告文學 1 部。

提　要

　　《思無邪：明清通俗小說的情慾敘事》是對明清時期通俗小說中情慾描寫的文化解讀。本書選取 20 部左右具有代表性的小說，從理欲之辨、欲望書寫、因果敘事與性別倫理、歷史書寫幾個方面，聯繫古代歷史文化，研究明清通俗小說情慾描寫中的性別倫理、性別政治觀念。明代中後期的思想解放潮流中，社會風氣發生了很大變化，張揚自然欲望成爲文學特別是通俗小說的重要內容。到了清代，理學復歸，士人倡導嚴肅認真的生活方式以挽救時俗，社會風氣由放縱走向檢束，但對情慾的肯定已不可逆轉，即使明清之際以道德勸誡爲主旨的擬話本小說中也往往雜有情慾描寫。與明代中後期的通俗小說不同，清代前期通俗小說中的情慾描寫與世情結合，情、欲與理的衝突和調和成爲小說

的重要內容，對小說主旨的表達有重要意義。明清時期通俗小說特別是豔情小說的情慾描寫中有著明顯的性別意識，體現了男權社會的性別歧視，有的小說一面寫情慾一面談因果，充滿了悖論，這種因果觀與情理觀的二元標準相通。即使在豔情小說中，表面的放縱之下仍有著根深蒂固的禮教、性別觀念。本書以點帶面，將文學研究與文化研究結合，是對明清小說特殊領域的研究的深化。

目　次

上　冊

第十五、十六冊　江蘇民間故事研究

作者簡介

　　趙杏根，1956 年生，江蘇江陰人。文學博士，英國愛丁堡大學博士後，美國阿帕拉契亞州立大學客座教授，兩度爲東吳大學客座教授，現爲蘇州大學教授，博士研究生導師。著有《論語新解》《孟子講讀》《孟子教讀》《老子教讀》《佛教與文學的交會》《中國古代生態思想史》《乾嘉代表詩人研究》《實用中國民俗學》《華夏節日風俗全書》《中國百神全書》《八仙故事源流考》《詩學霸才錢仲聯》《實用絕句作法》《歷代風俗詩選》等。

提　要

　　本書注重以雅文化、通俗文化和國外民間故事作參照，來研究江蘇民間故事，注重探求其間的異同及聯繫。第一到第八章，研究江蘇民間故事中所體現的父子（包括母女）、兄弟（包括姐妹）、夫婦、親友、江湖、人與動植物等關係的倫理觀念，這些觀念的內涵，和主流社會的解讀有較大的不同，「信義」「貞節」等，尤其如此。第九到第十四章，研究江蘇民間故事中的帝王、官員、鄉賢、智者、工商業者、雇主、雇工等形象，及這些人物之間的相互關係，展現社會生態，闡述其中體現的「君權神授」「權力至上」等觀念的民間解讀，分析民間對鄉賢、智者、優秀工商業者的推崇和對各種惡霸的譴責。第十五到第二十章，研究江蘇民間故事中展現的文化生態，包括佛、觀音、羅漢、金剛、閻王、八仙等佛道神靈及土地、城隍、財神、龍等民間神靈信仰，《西遊記》《水滸傳》《楊家將》《曲江池》《白兔記》等小說戲曲類通俗文藝，《牛郎織女》《白蛇傳》等四大民間傳說等在江蘇民間的傳播，總結其江蘇化的若干種形式並且探討其原因，論述其效果。外編部分，用實證研究的

方法，考證以上研究中未涉及的江蘇民間故事中和外國民間故事中相同或相似的情節和情節模式。

目　次
上　冊

第十七、十八冊　越南如清使漢文文學研究

作者簡介

嚴豔（1980～），女，安徽滁州人，文學博士，佛山科學技術學院特聘青年研究員。主要從事明清文學及域外漢文學整理與研究。已在《東南亞研究》、《廣西民族大學學報（哲學社會科學版）》、《暨南學報》等 CSSCI 期刊發表論文十餘篇。主持國家社科基金一般項目 1 項、廣東省哲社科「十三五」規劃特別委託項 1 項，參與國家社科基金重大項目 2 項、廣西高水平創新團隊及卓越學者計劃項目 1 項。

提　要

越南漢文文學是域外漢學中的重要組成，其中最為重要的一部分便是如清使漢文文學。越南如清使是越南文壇上特殊的文學群體，圍繞他們還形成了獨特的文學生態；而越南黎阮時期動盪的時局又令他們的詩文頗具時代特色，甚有可觀者。本書摒棄學界集中於點（如清使個人）、斷層（燕行文獻）的研究，採用整體研究的視角，以越南如清使及其漢文學創作作為觀照點，通過家族、科舉、出使、地域四個角度，多維立體的分析越南如清使漢文文學的具體創作。在具體研究中，本書立足於如清使個人文集、各類總集、方志家譜等第一手文獻，勾勒出越南如清使臣名錄及其漢文作品相關數據表，還原越南如清使及其漢文文學創作的真實狀況，以此論證如清使漢文學的藝術成就及其在越南文壇的地位、影響。本書指出越南如清使是越南文壇中的領軍者，中國文學的繼承者，他們的漢文文學是當時及後世的楷模；如清使的文學活動不僅帶動中越文學及書籍交流，還為中越政治經濟、社會風俗研究中提供重要史料。

目　次

上　冊

第十九冊　中國古代文學傳習錄

作者簡介

　　趙永剛，山東鄒城市人。2011 年畢業於南京大學文學院，獲文學博士學
位。現為貴州大學文學與傳媒學院副教授、中文系主任、中國古代文學專業
碩士生導師、中國古典文獻學專業碩士生導師。研究方向為：中國古代儒學
與文學、東亞《孟子》學、陽明學。

提　要

　　本書研究對象為中國古代文學，研究內容涵蓋《四書》學、杜詩學、陽
明學、紅學等八個專題，包涵詩歌、散文、八股文、小說等主要文體。本文
採用多種研究方法，首先，本著孟子知人論世、以意逆志古訓，研究杜甫、
王陽明、黃宗羲、呂留良、曾國藩等，發覆闡微，頗有創獲。其次，不同文
體的思想內蘊與表述方法均有極大之差異，故辨別文體，分類研究，是中國
古代文學研究的重要方法，本此方法，本文處理了墓誌銘、八股文等文體，
亦有較為新穎之見解。再次，文史互證方法之運用，如運用《開元天寶遺事》
史料筆記重新解讀杜甫《麗人行》等文本，文史交輝呼應，照亮古代文本。
最後，文學與儒學相結合之研究方法，書中王陽明文學之研究以及《紅樓夢》
儒學思想之探索，均採用此種方法。第八章則屬於教學方法之探索，教授古
代文學之踐履，樂育英才，足徵教學相長之益。

目　次

中古文學研究方法的現代演進
——以劉師培、魯迅、王瑤爲中心

史鈺 著

作者簡介

史鈺，女，河北省臨西縣人，1984 年出生，2015 年畢業於北京師範大學文藝學研究中心，師從李春青教授，專業方向爲中國文化與詩學，現從教於太原理工大學國際教育交流學院，講師職稱。

提　　要

　　現代學者處在傳統中國向現代中國轉型的浪潮中，思維模式、生活方式、學術旨趣、學術統緒都與傳統士人相異，形成了具有現代意義的整體研究方法。本文以中古文學研究爲入口，選取劉師培、魯迅、王瑤爲研究對象，以三者的文學研究方法爲研究內容，以期呈現中古文學研究在學術現代化的進程中形成的新方法。主要內容如下：

　　第一，在十九世紀末二十世紀初，以對魏晉玄學由批評到接納、欣賞爲風向標，在文、史、哲領域興起了中古研究的高潮。筆者認爲此現象出現的原因有兩點：第一，彼時知識分子對以魏晉玄學爲承載體的自由、獨立精神的嚮往；第二，現代歷史分期的形成使學者認識到中古作爲歷史序列中不可缺少的一環，體現了歷史連續性，對把握歷史整體具有重要價值，因而學者有必要對中古時段進行再認識、再研究。劉師培、魯迅、王瑤的中古文學研究作爲學術由傳統向現代轉型的一個模式，既以整體形式區別於傳統文學研究，在此整體內又呈現了研究方法由傳統至現代的演進歷程。

　　第二，學者思想與研究方法由傳統進入現代的方式體現在學術話語與研究內容兩方面，同時，學術話語與研究內容的轉變又加速研究方法的現代化。劉師培、魯迅雖年歲相近，然在相異的家學淵源、研究生涯、學術背景中形成了迥異的學術旨趣、思維方式與研究方法。筆者擇取「文」、「文學」、「小說」爲關鍵詞展開闡釋，「文學」在劉師培的話語語境中指具有審美性質的偶語韻文，魯迅話語系統中的「文學」則是現代意義上的文學。對於小說，劉師培持傳統「小道」觀念，魯迅則將小說視作文學的重要表現形式之一。

　　第三，本文選取「語境化」、「主體性」、「體驗」三個特點論證現代中古文學研究方法如何作爲整體區別於傳統研究，並按章節依次闡釋。劉師培、魯迅、王瑤在中古文學研究中都採用了不同於傳統詩文評方法的「語境化」研究。然三者所處歷史語境不同，在研究方法中呈現出些微變化。劉師培在深厚家學傳承的背景下以學術思想變遷爲軸心，輔以政治權力的嬗變與地理區域的劃分。魯迅在個人興趣的推動下，將視角落於社會風俗與士人心態。王瑤在承繼劉、魯二人研究成果的基礎上，完善「語境化」研究方法，從政治歷史、地理環境、社會風尚、士人心態等多角度探析中古文學。

　　第四，魏晉時期爲士人個體主體意識的覺醒期，也是形成於東漢的群體主體意識的發展期。劉師培、魯迅、王瑤都採取「主體性」視角以契合魏晉士人之主體性覺醒。魯迅在章太炎、尼采及浪漫主義思想影響下，以個體主體性爲研究視角，關注魏晉士人的內心世界。劉師培、王瑤將視角集中於士人群體主體性，展現了魏晉士人這一特殊群體的趣味與風尚。

　　第五，「體驗」爲中國傳統研究方法，是一種物我不分、主客相通的思維方式。劉師培、魯迅、王瑤雖受西方思想影響，然中國傳統思維方式已浸入骨髓，難以磨滅，於中古文學研究中顯露了此思維方式的運用。

目

次

前　言

一、題解

1.「中古」與「中古文學」

「中古」一詞最早見於《韓非子‧五蠹》，如「上古之世，人民少而禽獸眾，人民不勝禽獸蟲蛇；有聖人作，構木而為巢，以避群害，而民悅之，使王天下，號之曰有巢氏……中古之世，天下大水，而鯀、禹決瀆。近古之世，桀、紂暴亂，而湯、武征伐。」〔註1〕此篇文字以進化史觀的視角分析了人類歷史，認為「上古競於道德，中世逐於智謀，當今爭於氣力。」〔註2〕《商君書》中也有類似的歷史分期：「且古有堯、舜，當時而見稱；中世有湯、武，在位而民服。」〔註3〕韓非以他所處時代為下限，將歷史劃分為三個時期，中古為其中之一，可知「中古」早在韓非那裡已經是一段歷史時期的指稱。又《禮記‧禮運十九》孔穎達疏：「伏羲上古，神農中古，五帝下古。若《易》歷三古，則伏羲為上古，文王為中古，孔子為下古。」〔註4〕《漢書‧藝文志》記載：「孔氏為之《彖》、《象》、《繫辭》、《文言》、《序卦》之屬十篇。故曰《易》道深矣，人更三聖，世歷三古。」〔註5〕三國曹魏孟康注「三古」曰：「《易‧

〔註 1〕　王先慎：《韓非子集解》，北京：中華書局，2013 年，第 483 頁。
〔註 2〕　王先慎：《韓非子集解》，北京：中華書局，2013 年，第 487 頁。
〔註 3〕　蔣禮鴻：《商君書錐指》，北京：中華書局，2012 年，第 95 頁。
〔註 4〕　鄭玄注，孔穎達正義：《禮記正義》，上海：上海古籍出版社，2008 年，第 667 頁。
〔註 5〕　陳國慶：《漢書藝文志注釋彙編》，見《二十四史研究資料叢刊》，北京：中華書局，1983 年，第 18 頁。

繫辭》曰『易之興，其於中古乎？然則伏羲爲上古，文王爲中古，孔子爲下古。』」〔註6〕可知時間在延續，歷史在延長，至漢代時，「中古」所指歷史時段稍有變化，經由「鯀、禹」過渡到「文王」，但它作爲歷史時期的指稱並未改變。待秦一統天下後，上古、中古、近古的歷史三分法不再見著於世，取而代之爲朝代更迭的歷史記錄法。直至十九世紀末、二十世紀初，西方歷史思維急速影響中國學者，「中古」才再次進入國人視野，成爲現代歷史分期中的一個重要時段。

現代意義上的「中古」源自西方歷史學家的歷史分期，在時間上與中世紀對應。「中世紀」（Middle Ages）一詞最早由 15 世紀意大利文藝復興時期人文主義歷史學家佛拉維俄・比昂多（Flatijo Bjondo，1392～1463）在《羅馬帝國衰敗以來的歷史時代》中使用。文藝復興時期，人文學者鍾愛古希臘文化，輕視基督教盛行以來的文化。如佩脫拉克（Petarch，1304～1374）以君士坦丁大帝（Constantine the Great）爲分界，認爲此前爲有文化的時代，此後則缺少文化。因此，黑暗的「中古時代」、「中世紀」漸漸在西方人心中成形，並與「近代」（modern）相對立。〔註7〕17 世紀，克里斯托弗・凱勒（1638～1707）在《分爲古代、中古、新時代的通史》中將「中世紀」一詞的內涵與使用固定化。歐洲中心主義史學家借用中世紀這一具有歐洲特色的特定歷史時期作爲古代與近代之間歷史發展的中間環節，使用古代、中世紀與近代歷史三分法劃分世界歷史時期。正如意大利哲學家貝奈戴托・克羅齊（1866～1952）所說：「我們近代歐洲人把歷史分成古代、中世紀、近代」，這種分期雖然「遭受了某些人的大量精確的批判……但是，它支持下來了。」〔註8〕

十九世紀末期，西方的歷史三分法借由日本學者之手傳入中國，中國學者也積極接納這一歷史分期法。1901 年，梁啓超在《中國史敘論》中主張將中國史融入世界史中，並重構了中國史分期：上世史——自黃帝至秦統一，「是爲中國之中國，即中國民族自發達、自競爭、自團結之時代也」。〔註9〕中世

〔註6〕 陳國慶：《漢書藝文志注釋彙編》，見《二十四史研究資料叢刊》，北京：中華書局，1983 年，第 18 頁。

〔註7〕 參周樑楷：《不古不今的時代：西方史學「中古史」的概念對近代中國史學的影響》（抽印本），臺北：東大圖書公司，1998 年，第 578 頁。

〔註8〕 貝奈戴托・克羅齊：《歷史學的理論和實際》，北京：商務印書館，1982 年，第 86 頁。

〔註9〕 梁啓超：《中國史敘論》，見《梁啓超全集》第 2 卷，北京：北京出版社，1999年，第 453 頁。

史——秦至清乾隆末年，「是爲亞洲之中國，即中國民族與亞洲各民族交涉繁賾，競爭最烈之時代也」。〔註 10〕近世史——「乾隆末年至今日，是爲世界之中國，即中國民族合同全亞洲民族，與西人交涉競爭之時代也。」〔註 11〕梁氏的歷史分期一改中國傳統史學以朝代敘史的記述方式，歷史時間敘述的變革意味著歷史意識的變化，透露出中國學者對西方文化觀念的逐漸認同。

　　當然，歷史時間敘述的變革只是歷史意識變化的一個表象，在這一表象背後是中國由傳統向現代的重大轉向。中國傳統社會自秦以來，直至清朝，都爲皇權政治體制下的封建社會，雖有朝代的更迭、皇權姓氏的變革，但政治體制未變，社會意識形態仍以儒家思想爲主流，從這個意義上說，中國傳統社會可視爲一個穩定的整體，因而中國傳統的歷史敘述也以一朝一代的興亡爲脈絡，以一家一姓的帝王史爲主流。傅斯年曾評論說：「後之爲史學者，僅知朝代之辯，不解時期之殊，一姓之變遷誠不足據爲分期之準也。」〔註 12〕隨著清王朝的崩塌及西學的進入，國人開始接受「國」、「群」、「社會」等思想概念，逐漸認識到「國」並非朝廷，一家一姓的朝廷史也並非國史。正如梁啓超所論：「史也者，記述人間過去之事實者也⋯⋯前者史家，不過記述人間一二有權力者興亡隆替之事，雖名爲史，實不過一人一家之譜牒；近世史家，必探察人間全體之運動進步，即國民全部之經歷，及其相互之關係。」〔註 13〕「國家」意識的覺醒，促進了「國民」觀念的產生，進一步使得國人認識到帝王並非國家，更非國家的擁有者，「歷史不是以個人或個人意識爲主體，少數人的主觀能動力量並不能左右歷史的發展，所以專寫帝王將相的歷史已經過時，應該代之以描述一群人整體發展的史學，歷史描述的單位不應只是個人，而應該是一群一群的人，同時人們也認爲傳統史學只記單人的事蹟，不成一個系統。」〔註 14〕眞正的「國史」乃全體國民共同創造，歷史記述也

〔註 10〕　梁啓超：《中國史敘論》，見《梁啓超全集》第 2 卷，北京：北京出版社，1999年，第 453 頁。

〔註 11〕　梁啓超：《中國史敘論》，見《梁啓超全集》第 2 卷，北京：北京出版社，1999年，第 453 頁。

〔註 12〕　傅斯年：《中國歷史分期之研究》，原刊 1919 年 4 月 17 日至 23 日北京大學日刊，見《傅斯年全集》第四冊，臺北：臺北聯經出版社，1980 年，第 1225 頁。

〔註 13〕　梁啓超：《中國史敘論》，見《梁啓超全集》第 2 卷，北京：北京出版社，1999年，第 448 頁。

〔註 14〕　王汎森：《晚清的政治概念與「新史學」》，見《中國近代思想與學術的系譜》，石家莊：河北教育出版社，2001 年，第 181 頁。

應以「國民」史取代曾經的帝王史。既然歷史非一家一姓之史，那麼在敘述歷史時理應跳出帝王史的窠臼，從歷史整體把握，拋開朝代更迭的思維模式。因此，梁啓超極力引進西方歷史分期法，也期望藉此將中國史融入世界史中，「中國二十四史，以一朝爲一史，即如《通鑑》，號稱通史，然其區分時代，以周紀、秦紀、漢紀等名。是由中國前輩之腦識，只見君主，不見有國民也。西人治著世界史，常分爲上世史、中世史、近世史等名。雖然，時代與時代，相續者也，歷史者無間斷者也。」〔註 15〕西方歷史分期法由此開始深入中國學人心中，「中世」、「中古」也成爲描述中國歷史時期的常用詞彙。

由羅振玉主持的東文學社出版、樊炳清翻譯的桑原騭藏的《東洋史要》發行後，影響頗大，此書使用上古、中古、近古、近世指代秦統一之前、秦統一至唐、五代至明、清，此後中國歷史大都採取這樣的斷代法，正如傅斯年說：「近年出版歷史教科書，概以桑原氏爲準，未見有變更其綱者。」〔註 16〕夏曾佑於 1902 年撰成的《中國古代史》，突破傳統史體，分中國歷史爲「上古、中古、近代」三期。此後，以上古、中古、近代劃分中國歷史漸成慣例。

歷史分期的劃定，也進一步敲定了文學史的分期。曾毅和謝无量以上古（唐虞、三代至秦）、中古（兩漢至隋）、近古（唐至明）、近世（清）劃分中國文學。同時，傅斯年曾論：「北京大學文科國文門規定分中國文學史之教授爲三段：一曰上古，自黃帝至建安；二曰中古，自建安至唐；三曰近古，自唐至清朝。」〔註 17〕傅斯年於 1916 年畢業於北京大學文科國文門，可知北京大學文科國文門對文學史的劃分當早自 1916 年，劉師培《中國中古文學史講義》成於 1917 年，當是劉氏接受了北京大學文科國文門的這一劃分而作，同時也透露出這樣的意味：劉師培接受了西方的歷史分期，不以朝代更替而論，且在對中古文學的研究中，又能運用西方傳入的新學科、新方法於其中，足見劉師培中古文學研究方法中包孕的現代性。而他之所以能夠脫離傳統士人對魏晉南北朝研究的窠臼，正因他已身處皇權體制之外，能夠做到不以朝代

〔註 15〕 梁啓超：《中國史敘論》，見《梁啓超全集》第 2 卷，北京：北京出版社，1999年，第 453 頁。

〔註 16〕 傅斯年：《中國歷史分期之研究》，原刊 1919 年 4 月 17 日至 23 日北京大學日刊，見《傅斯年全集》第四冊，臺北：臺北聯經出版社，1980 年，第 1225 頁。

〔註 17〕 傅斯年：《中國文學史分期之研究》，原刊 1920 年 1 月 1 日《新潮》第一卷第一號，見《傅斯年全集》第四冊，臺北：臺北聯經出版社，1980 年，第 1225頁。

更替而論歷史變遷與文學發展，這也是他之所以能開創現代中古文學研究的一個重要原因。

　　1911 年畢業於京都帝國大學中國哲學文學科的青木正兒，其《中國文學思想史》從文學理論以及文辭學等方面來研究中國文學史，並根據文學理論的發展將中國文化史分爲三個階段：上世——實用娛樂時代（周漢）、中世——文藝至上時代（魏晉南北朝隋唐）、近世——仿古低徊時代。青木正兒認爲「魏晉文學的特徵是『純文學評論』的興起，魏晉以後則對文學作品評論優劣，發展了修辭理論及技法。所以，他把魏晉南北朝隋唐通稱文藝至上時代，定爲中世。」〔註 18〕青木這一分期與評論，與劉師培《中國中古文學史講義》中對魏晉南北朝文學的評論可謂異曲同工。

　　本文所指「中古」，亦以青木正兒劃分「中世」的思想相契合，並以劉師培《中國中古文學史》、魯迅《魏晉風度與文章及藥與酒之關係》、王瑤《中古文學史論》中所論「中古」爲準，特指魏晉南北朝時期。

　　2.「現代」

　　筆者對「現代」一詞的界定分二個維度。第一，「現代性」的維度。劉小楓在《現代性社會理論緒論》中認爲現代性是現代現象的三個題域中的一個：現代化、現代主義、現代性。現代化是「政治經濟制度的轉型」；「現代主義」是「知識和感受之理念體系的變調和重構」；現代性是「個體——群體心性結構及其文化制度之質態和形態變化」。〔註 19〕王一川在《中國現代性體驗的發生》一書中也持相同觀點：「現代化」更多地指向社會經濟和制度層面，而「現代性」則偏重於文化、思想領域，強調生活方式、生存價值、道德、心理和藝術的重要性。本文所論文學研究方法的轉變是由於現代學人知識構成、思維方式、生活方式都發生了改變，屬於「現代性」這一層面，因此本文所指「現代」實指「現代性」。

　　第二，古代文學研究分期的維度：徐公持依據近代化理念，把 20 世紀古代文學研究分爲 1900～1928、1928～1949、1949～1978、1978～2000。陳伯海也劃分了四個時期，只是他劃分的第一時期爲 1900～1923。呂薇芬《二十

〔註 18〕　葭森健介：《近代日本的魏晉南北朝文化史研究回顧——京都文化史學與六朝文化研究》，見李憑主編：《魏晉南北朝史研究：回顧與探索——中國魏晉南北朝史學會第九屆年會論文集》，武漢：湖北教育出版社，2009 年，第 39 頁。
〔註 19〕　劉小楓：《現代性社會理論緒論》，上海：上海三聯書店，1988 年，第 3 頁。

世紀的中國文學研究》也劃分了四個時期，而第一階段則劃到了五四。黃霖主編的《20世紀中國古代文學研究史》則劃分了三個時期，1900～1949爲第一期，本文採納了黃霖的分期方案，除了因爲此方案將分期造成的人爲割裂降到最低之外，還因爲筆者所選擇的最後一位研究對象——王瑤的《中古文學史論》屬稿於 1942～1948，正好完整處於黃霖所劃的第一階段中。依此劃分方案，可爲中古文學研究的現代化進程提供一個不間斷的連續時空。

二、關於現代中古文學研究方法的研究現狀

關於中古文學研究的論著與文章有很多，近年來的論著主要有王欣《文學盛衰的權利因素：中國中古文學場域研究》、曹勝高《從漢風到唐音：中古文學演進論稿》、張采民《心遠集：中古文學考論》、曹道衡《中古文學史料叢考》、劉文忠《中古文學與文論研究》、劉躍進《中古文學文獻學》、胡大雷《中古文學集團》、林文月《中古文學論叢》、王巍《魏晉時局與魏晉文學》、黃偉倫《魏晉文學自覺論題新探》、劉志偉《英雄文化與魏晉文學》、皮元珍《玄學與魏晉文學》、李建中《魏晉文學與魏晉人格》、陳恩維《模擬與漢魏六朝文學嬗變》、羅國威《六朝文學與六朝文獻》、渠曉雲《六朝文學與越地文化》、皋於厚《漢魏六朝文學論稿》、田采仙《漢魏六朝文學與樂舞關係研究》、許雲和《漢魏六朝文學考論》、梅家玲《漢魏六朝文學新論：擬代與贈答篇》、詹福瑞《漢魏六朝文學論集》、劉躍進《六朝作家年譜輯要》、顏崑陽《六朝文學觀念叢論》、清水凱夫《六朝文學論文集》、周顯忠《先秦漢魏六朝文學解惑》。這些論著基本上是就中古文學或文論進行考辨、整理、研究，對於中古文學研究之方法則較少提及。

真正觸及到中古文學研究方法的專論並不多，目前所有的相對集中的討論是部分文學史研究論著中的相關章節。黃霖主編、周興陸所著之《20世紀中國古代文學研究史・總論卷》將古代文學傳統研究方法分爲兩類，一類是實證性的研究，包括注釋、校勘、考據，另一類是賞析性的評論，包括詩文評、雜論等。進入20世紀後，古代文學的研究方法逐漸運用西方的觀念、理論、方法和話語，從古典走向現代。此書指出魯迅之《中國小說史略》、《魏晉風度及文章與藥及酒之關係》以及王瑤之《中古文學史論》是在日本研究文學之「史」的觀念影響下，從社會歷史角度研究中國古代文學的典範，認爲其「一方面接續自古而來的『知人論世』傳統，另一方面是受到日本的中

國文學研究的影響，再者就是接受了馬克思主義的唯物史觀的結果。」〔註 20〕
此書同時認爲 20 世紀初期研究中國古代文學的梁啓超、王國維、章太炎、劉
師培等人皆是傳統與現代之結合，但明顯還帶著傳統的神韻。在陳平原《文
學史的形成與建構》一書第一輯《文學史叩問》中對魯迅與王瑤關於中古文
學的研究做了專門的探討。作者認爲魯迅的《中國小說史略》、《漢文學史綱
要》、《古小說鉤沉》、《小說舊聞鈔》等學術著作表明文學史無疑始終是魯迅
學術興趣的重點，校輯古籍雖承自清儒，但將輯錄古籍的重點放在魏晉，則
體現出魯迅的學術眼光，「認定魏晉是歷史上『很重要的時代』，『能充分容納
異端和外來的思想』；欣賞嵇康、阮籍的『師心使氣』，敢於『與古時舊說反
對』，尤其是將其作爲『文學的自覺時代』來把握，更是前人所未言。正是這
種『史識』，而不是『考證固不可荒唐，而亦不宜墨守』等具體的操作技巧，
保證了魯迅輯校古籍的價值。」〔註 21〕與其他文學史家不同的是，魯迅不僅
具有「史識」的意識，同時還注重作品的藝術價值，有著強烈的文學感覺，
這也是他認爲唐傳奇高於宋人作品的原因。陳平原認爲，魯迅對小說的重視
使得他能夠對世態人心、風俗文化有更多的關注，是具有「通識」的「專門
家」，他可以「借助於對人類命運的整體思考及全史在胸的知識結構，超越因
專業分工過細而造成的眼光與思路的相對狹隘，理解隱藏在『紙背』故爲世
人所習焉不察的『歷史真相』。」〔註 22〕在此書《中古文學研究的魅力》一節
中陳平原又著重介紹了王瑤《中古文學史論》的研究路徑，他認爲王瑤直接
承繼魯迅之文學史研究的方法論，在研究中非常看重「史」的脈絡，能夠在
看似混亂的史料中眼光獨到地發現線索，同時王瑤也受到陳寅恪治學方法的
影響，因此《中古文學史論》中關注的重點多在社會風尚與文人心態。

　　論文方面，陶水平、王芳尊的《文學觀念的眾聲喧嘩——晚清民國時期
中古文學研究現象之一》認爲晚清民國時期的學者將傳統學術闡釋與西方文
學觀念相融合，推動了中古文學研究的深入和文學理論的進步。這些學者共
分三個類型，第一種是章太炎、劉師培以及那時編撰中國文學史的學者如林
傳甲、黃人等，他們試圖將中古文學的藝術價值從整體文化中抽離出來，但

〔註20〕　黃霖主編，周興陸著：《20 世紀中國古代文學研究史・總論卷》，上海：東方
　　　　　出版中心，2006 年，第 79 頁。
〔註21〕　陳平原：《文學史的形成與建構》，南寧：廣西教育出版社，1999 年，第 27 頁。
〔註22〕　陳平原：《文學史的形成與建構》，南寧：廣西教育出版社，1999 年，第 42 頁。

卻喪失了文學的核心價值，即文明之德。第二類學者以胡雲翼、胡適、魯迅
爲代表，他們的研究成果拓寬了傳統文化中的文學觀念，獲得了更廣闊的現
代視野。第三類學者以劉永濟爲代表，作者認爲「劉永濟先生深入歷史文化
原境、發揚文藝之美和文明之德的中西融合型中古文學觀念研究，對當下的
文化發展和文化路徑選擇更有裨益。」〔註 23〕劉暢的《史料還原與思辨索原
──中古文學研究的世紀回眸》認爲劉師培《中國中古文學史講義》、魯迅《魏
晉風度及文章與藥及酒之關係》、王瑤《中古文學史論集》與羅宗強《魏晉南
北朝文學思想史》代表了 20 世紀四個不同時代學人的研究方法和治學風氣，
後來者多繼承前人的學術路徑，同時也有所創新，但史料還原與思辨原則是
貫穿始終的研究方法。如劉師培注重歷史的、資料的還原，並將所匯資料按
照一定邏輯排列，爲後來者解讀史料與闡發思想提供了寶貴的資料。魯迅在
研究中強調從社會思潮、生活習俗與士人心理入手探討魏晉文學風氣的變
遷，堪稱拓荒式的開墾。王瑤則採取以史證文的實證態度，最大限度地佔有
資料，並做出合理的帶有規律性的科學論斷，注重闡釋與批評，有一種對文
學研究的現代自覺意識。同樣持此觀點的還有李靚的《史識的堅持與詩意的
追求──〈中古文學史論〉與中國文學史研究方法管窺》。

三、現代中古文學研究方法爲什麼是值得研究的

本文所論「現代」特指 20 世紀前半葉，這一歷史時段頗爲複雜，政治變
幻風雲莫測、中西思想劇烈碰撞、亡國亡種幾近邊緣、傳統與現代纏繞交織，
正是因了這樣的巨變，才使得此時段與 20 世紀之前的傳統中國產生了顯著差
異。杜牧云：「丸之走盤，橫斜圓直，計於臨時，不可盡知。其必可知者，是
知丸之不能出於盤也。」余英時借用此妙語，認爲「盤」即是傳統中國的外
在間架，而「丸」則象徵著傳統內部的種種發展動力。18 世紀之前，中國傳
統內部雖然也發生過種種變動，然始終沒有突破傳統格局。但 19 世紀末以後，
中國傳統很快進入一個解體的過程，是「丸出於盤」，「硬體」方面：皇帝制
度的廢除、社會經濟制度的改變；「軟體」方面：傳統價值的改變、對自我文
化自信心的衝擊，反映到學術上，則是現代新式學堂的建立、學科分類的改
變與學術的漸趨獨立。

〔註23〕　陶水平、王芳尊：《文學觀念的眾聲喧嘩──晚清民國時期中古文學研究現象
之一》，《求索》，2013 年 2 月。

　　在這樣的歷史洪流與學術思潮下，學人生存狀態、思維方式的變化以及面對新事物所做的心態調整等都會影響到文學研究方法的變化。比如，傳統詩文評在對文本的接受過程中，略過了讀者與作品、作家之間時空因素、文本因素等物質隔閡，直接透過語言層面尋求一種心理共鳴的直覺感悟，是一種體悟性思維，以「體」的方式閱讀文學作品，強調感官體驗，並由感官體驗最終上升爲審美體驗。雖也有介紹作家經歷的詩話，但僅是寥寥數筆的簡單交代，傳統詩文評中甚少將作品或某一文論置入具體歷史語境中分析闡釋。20 世紀初期，在新史學、社會學、人類學、心理學及現代科學等新思想與方法的影響下，文學研究方法漸漸發生變化，不再只做體悟式的研究，開始注重從政治形勢、經濟條件、時代思潮、社會風習、個性遺傳等多方面做整體的觀察。正如王瑤所論：「近代學者由於引進和吸收了外國的學術思想、文學觀念、治學方法，大大推動了研究工作的現代化進程……從王國維、梁啓超，直至胡適、陳寅恪、魯迅以至錢鍾書先生，近代在研究工作方面有創新和開闢局面的大學者，都是從不同方面、不同程度地引進和汲取了外國的文學觀念和治學方法的。他們的根本經驗就是既有十分堅實的古典文學的根底和修養，又用新的眼光、新的時代精神、新的學術思想和治學方法照亮了他們所從事的具體研究對象。」〔註24〕

　　1949 年後，受前蘇聯文學研究方法的影響，人們對社會歷史發展的認識，主要著眼於經濟基礎和上層建築的關係，文學研究方法也相應地注重從社會經濟生活、政治鬥爭、意識形態等角度著手，注重考察文學與經濟基礎的關係、對社會歷史的反映，研究方法較爲單一，對現代文學研究方法的重要意義略有忽視。在中外文化交流碰撞背景下產生的現代中國文學研究方法，儘管尚未形成自覺的理論體系，但在今天形形色色的外來文學研究方法已經被實踐證明效用十分有限的情況下，實應引起重視，並在此基礎上得到進一步的發展。因而現代學者的研究方法在今天仍有研究的價值和必要，一方面可以更好地思考前輩學者的學術研究方法，另一方面或可提供中國本土文學研究的另一種可能性，以待形成中國本土學術研究傳統。本文從現代中古文學研究這一側面切入，試圖考察劉師培、魯迅、王瑤這三位現代學者如何在新思維的導引與新方法的使用中開山劈路。

〔註24〕　王瑤：《王瑤教授談發展學術的兩個問題》，《學術動態》，第 279 期。

第一章　現代中古研究熱潮的興起及其原因考察

　　本文所論中古時期，即魏晉南北朝時段，因其分裂、混亂的性質，在「大一統」思想影響下的歷代史家的評論中總是貶斥多於稱讚，傳統學者對這段紛擾的歷史關注也較少。這一現象在十九世紀末二十世紀初發生明顯的轉變，魏晉南北朝研究似乎走上了一條「在沉默中爆發」的道路，在文、史、哲領域相繼出現專門研究中古時段的大家與專著，文學界有劉師培《中國中古文學史講義》、史學界以陳寅恪魏晉南北朝史研究爲轉捩點、哲學領域代表作爲湯用彤《魏晉玄學論稿》，可見中古研究的興盛並非個體性行爲，實乃社會思潮之變遷、學術思想之發展，本章就此做初步考察。

第一節　二十世紀初期中古研究興起的概況

　　政治的混亂、朝代更迭頻繁、儒學地位下降所引起的許多社會不安分因素，導致魏晉南北朝在歷代史家心中始終是一個貶多褒少的時代。儒學乃士人階層安身立命之學，所謂「學而優則仕」，士人通過儒學實現自身價值，以期治國平天下。每當儒學式微、思想動盪之際，也是朝綱不振之時。士人對魏晉六朝的不滿，雖著眼於政治傾頹，實則是對儒學衰頹所致的士人尚虛妄、輕實用之風的不滿。魏晉六朝時期，玄學居於思想界主流，儒學處邊緣地帶，士大夫多將朝綱不振、風紀敗壞歸因於思想界集中在玄學之空疏虛浮之中，致使人心不齊、社會不安，清初遺民顧亭林在《日知錄》中評曰：

> 三國鼎立，至此垂三十年，一時名士風流，盛於洛下。乃其棄
> 經典而尚老、莊，滅禮法而崇放達，視其主之顚危若路人然，即此
> 諸賢爲之倡也……是以講明六藝，鄭、王爲集漢之終；演說老莊，
> 王、何爲開晉之始。以至國亡於上，教淪於下，羌胡互僭，君臣屢
> 易，非林下諸賢之咎而誰咎哉！〔註1〕

作爲清代經學開山祖師的顧亭林，在明亡的慘痛記憶中，一生都嚮往著客觀、實際的治學理念，厭倦明代心學的空疏虛浮，反對內向的、主觀的學問，提倡外向的、客觀的治學方法。同爲遺民的王船山也持此觀點：

> 夫晉之人士，蕩檢逾閒，驕淫懦靡，而名教毀裂者，非一日之
> 故也。魏政之綜覈，苛求於事功，而略於節義，天下已不知有名義；
> 晉承之以寬弛，而廉隅益以蕩然。孔融死而士氣灰，嵇康死而清議
> 絕，名教爲天下所諱言，同流合污而固不以爲恥。〔註2〕

> 魏晉以降，玄學興而天下無道，五胡入而天下無君，上無教，
> 下無學，是二統者皆將斬於天下。〔註3〕

反對虛無主義、純主觀的玄談而倡導實有主義是經歷過「國破家亡」士人的共同觀點。對魏晉之清談，無論從毫無作爲的形式還是空洞乏味的內容，王夫之都給予了當頭痛斥。清談不僅成爲誤國誤民之象徵，清談之人更是「使天下無父無君而入於禽獸者也。」〔註4〕批判諷刺之意味不可謂不濃不重。然而，隨著清王朝政權的穩固與社會生活的日趨安穩，對魏晉南北朝的批判之風漸趨和緩，最初體現在士人對玄學與清談的逐漸認同與接受，錢大昕在《何晏論》一文中說：

> 典午之世，士大夫以清談爲經濟，以放達爲盛德，競事虛浮，
> 不修邊幅，在家則綱紀廢，在朝則公務廢……然以是咎嵇阮可，以
> 是罪王何不可……自古以經訓顓門者，列於儒林，若輔嗣之《易》、
> 平叔之《論語》，當時重之，更數千載不廢，方之漢儒即或有間，魏
> 晉說經之家，未能或之先也……論者又以王何好老莊，非儒者之學，

〔註1〕 顧炎武著，黃汝成集釋，欒保群、呂宗力校點：《日知錄集釋》，上海：上海古籍出版社，2013年，第755頁。

〔註2〕 王夫之著，舒士彥點校：《讀通鑑論》，北京：中華書局，2013年，第302頁。

〔註3〕 王夫之著，舒士彥點校：《讀通鑑論》，北京：中華書局，2013年，第413頁。

〔註4〕 顧炎武著，黃汝成集釋，欒保群、呂宗力校點：《日知錄集釋》，上海：上海古籍出版社，2013年，第756頁。

　　然二家之書具在，即未嘗援儒以入莊老，於儒乎何損？〔註5〕

　　滿族入主中原成爲清初遺民終生抹不去之恨與痛，很難說顧炎武與王夫之對魏晉六朝清談與玄學的批判沒有些許發洩悲痛的意氣用事之嫌，因此他們的批判話語格外激烈與沉重，像兩位耄耋老人對自己不孝子孫所犯忤逆之罪般不能有絲毫寬容。世事難料，清王朝在傑出的君主——康熙的率領下逐漸站穩腳跟，這位勤勉的帝王以他博大的胸襟、精深的學問以及宏偉的韜略俘獲了那些擁有「爲天地立心，爲生民立命，爲往聖繼絕學，爲萬世開太平」理想的士子之心。意氣用事的年代已然過去，眼前的歷史又不可更改，士人心態開始由強烈的不滿轉爲暴風雨過後的平靜。出生於雍正年間的錢大昕率先重整對魏晉時人激烈批判與打壓的理路，雖然錢大昕依然秉持對魏晉士人清談誤國的觀念，但與顧、王二人不分青紅皂白地痛斥已有明顯差異，開始對王弼與何晏之思想著作能夠冷靜客觀地分析對待。十九世紀末二十世紀初，這一微妙的變化有了更多的參與者，且都是引領學術界潮流的風雲人物——章太炎與劉師培。在學界有「二叔」美譽的兩位學者對中古時期思想的評價日益提升，開啓了現代中古研究的大門。首先，章太炎在《五朝學》一文中對魏晉玄學給出了較爲公允的評價：

　　　　夫馳說者，不務綜終始，苟以玄學爲詬；其惟大雅，推見至隱，
　　知風之自，玄學者固不與藝術文行悟，且翼扶之……五朝有玄學，
　　知與恬交相養，而和理出其性，故驕淫息乎上，躁競弭乎下……世
　　人見五朝在帝位日淺，國又削弱，因遺其學術行義弗道。五朝所以
　　不競，由任世貴，又以言貌舉人，不在玄學。〔註6〕

　　太炎以爲，玄學爲學術思想之一種，本無高低貴賤之分，又與文學藝術能夠相互促進發展，因而不能將「由任世貴，又以言貌舉人」所導致的分裂衰敗歸咎其間。劉師培則不僅開始了對魏晉南北朝時期的專門研究——《中國中古文學史講義》，更對魏晉六朝之學給予了相當高的評價，他於《左盦外集》卷九中道：

　　　　兩晉六朝之學，不滯於拘墟，宅心高遠，崇尚自然，獨標遠致，
　　學貴自得……雖曰無益於治國，然學風之善猶有數端，何責？以高
　　隱爲貴，則躁進之風衰，以相忘爲高，則猜忌之心泯，以清言相尚，

〔註5〕　錢大昕：《潛研堂集》（上），上海：上海古籍出版社，2012年，第29頁。
〔註6〕　章太炎：《章太炎全集》卷四，上海：上海人民出版社，1985年，第73頁。

則塵俗之念不生，以遊覽歌詠相矜，則貪殘之風自革，故託身雖鄙，
立志則高。被以一言，則魏晉六朝之學不域於卑近者也，魏晉六朝
之臣不染於污時者也。〔註7〕

曾經在士人眼中被批判爲不切實際、不著邊際之玄遠、飄渺、自然、虛無
等特點在劉師培眼中恰是魏晉士人能夠成就輝煌的文學藝術以及具有高潔品格
的重要條件：崇尚自然，才甘心求隱逸之生活；追求清言，則文學藝術多以清
麗高潔之姿示人；喜愛玄遠，才能有世俗難以束縛之眞心。因而劉師培視純眞、
自然、清雅爲魏晉六朝之文學與眾不同的風範，將純任本心之流露的生活態度
視作魏晉士人「不染於污時」的難能可貴。這些雖發自劉氏眞心但又略帶過美
之詞的評價表露了劉師培對魏晉六朝的認同更進章太炎一步。

章劉二人對魏晉六朝之學的重新評價可以視爲一種思想變化的開端，這
樣的變化反映了 20 世紀初期的學者與前人在不同的治學背景下呈現出了相
異的治學理路。無論如何，中國古代士人總是處在以儒學爲尊的學術氛圍之
內，而魏晉六朝無論在政治構想、社會思潮還是文學藝術方面，均與儒家學
說有或多或少的偏離：政治上，儒家倡導大一統、仁政，而魏晉時期則以分
裂、戰爭爲基本態勢；社會思潮上，儒家提倡愛人、進取，而魏晉士人則多
愛己、隨性；文學藝術上，儒家追求中和、言志，而魏晉士人則多或沉痛或
歡樂、言情。這些或多或少的背離促使古代士人在自己已有的視域內很難對
魏晉六朝有較爲公允的評判。而章太炎與劉師培所處之時刻則與魏晉士人有
相同之點，故此二人對魏晉六朝之思想、學說、士人都能持較平和的態度。

對魏晉南北朝的關注，逐漸在多個領域內共同發展起來，並形成了一股
巨大的洪流。在史學界，魏晉南北朝時段的歷史研究也有一個漸興的過程：
五四時期，古史辯派將目光集中於先秦時段，魏晉研究依然落寞，至 1928 年
陳寅恪受聘清華大學，並於 1931 年開設「魏晉南北朝史研究」專題後，「這
段歷史的研究，似乎也從此在史學界逐漸興旺起來。」〔註8〕此後學者對中古
時段的研究相對於清以前，出現了一個較爲興盛的研究局面，關於中古時段
的論文論著的數量顯著增多，在 20 到 40 年代之間形成一股熱潮。據筆者統

〔註 7〕 劉師培：《劉申叔遺書》中《左盦外集》卷九之《論古今學風變遷與政俗之關
係》，南京：江蘇古籍出版社，1997 年。

〔註 8〕 周一良：《紀念陳寅恪先生》，見《紀念陳寅恪教授國際學術討論會文集》，廣
州：中山大學出版社，1989 年，第 21 頁。

計，此期關於中古研究的論文共 200 餘篇，詳見下表。

文學類

年份	作者	篇　名	出版雜誌	卷號	頁碼
1923	王象山	效齊梁側豔	辛酉學社月刊	第 3 期	1
1924	羅功武	蟄廬讀書日記：魏晉六朝人詩……	文學研究社社刊	第 30 期	4～6
1924	劉師培	中古文考（遺著）	華國	第 1 卷第 12 期	32～35
1926	王熾昌	魏晉文藝批評之趨勢	國學叢刊（南京）	第 3 卷第 1 期	86～94
1927	魯迅	魏晉風度及文章與藥及酒之關係			
1927	汧支	兩晉南北朝之佛教與藝術	燕大月刊	第 1 卷第 3 期	55～61
1927	陳延傑	魏晉詩研究			
1929	悲禪	建安文學之鳥瞰	幽默	第 7 期	1～4
1929	馮雪冰	中古藝術及其思潮	明燈（上海）	第 147／148 期	178～182
1929	陳少卿	南北朝文學一瞥	四中週刊	第 74 期	30～36
1930	張長弓	魏晉南北朝詩之演變大勢	燕大月刊	第 6 卷第 1 期	28～45
1931	錢振東	魏晉文學之時代背景	師大國學叢刊	第 1 卷第 2 期	93～97
1931	錢振東	建安諸子文學的通性	師大國學叢刊	第 1 卷第 1 期	54～65
1931	張樹德	論建安中曹氏兄弟論文識度之優劣	金聲（南京）	第 1 卷第 1 期	154～159
1932	蔣鏡寰（輯）	《文選》書錄述要：引言：我國之文秦漢為盛魏晉六朝	江蘇省立蘇州圖書館館刊	第 3 期	372～373
1932	關健南	「建安文學」底時代背景	南開大學週刊	第 129／130 期	3～7
1932	李寬度	論建安七子之所長	北平鐵路大學週刊	第 193 期	3～4

年份	作者	篇　名	出版雜誌	卷號	頁碼
1932	田迺堯	論建安七子之所長	北平鐵路大學週刊	第 194 期	4
1932	李孟滔	論建安七子之所長	北平鐵路大學週刊	第 195 期	2
1933	吳玉林	魏晉南北朝的文學	讀書雜志	第 4 卷第 6 期	246～361
1933	黃澤浦	南北朝的新樂府	廈大週刊	第 13 卷第 10 期	1～7
1934	申占德	蕭梁父子在南北朝時之文學地位	期刊（天津）	第 3 期	34～41
1934	楊寶森	南北朝文學之鳥瞰	采社雜誌	第 11～12 期	47～48
1934	高邁	魏晉南北朝文化之動向	新社會科學	第 1 卷第 1 期	97～100
1934	吳精輝	魏晉文學之社會觀	同文學生	第 4 期	47～78
1934		婦女史話：謝道韞：她是魏晉時代的女詩人	福建婦女	第 1 卷第 3 期	36
1935	沛清	論建安期的詩：五言詩時代的文學演進觀之一	國聞週報	第 12 卷第 18 期	1～8
1935	關烈	建安文學在中國文學上的地位	國民文學	第 2 卷第 3 期	57～66
1935	吉宇	歷代小說雜潭：（三）魏晉六朝小說（上）	社會週報（上海）	第 1 卷第 44 期	876～878
1935	吉宇	歷代小說雜潭：（三）魏晉六朝小說（中）	社會週報（上海）	第 1 卷第 44 期	892～895
1935	吉宇	歷代小說雜潭：（三）魏晉六朝小說（下）	社會週報（上海）	第 1 卷第 44 期	913～914
1935	皇甫顏	魏晉六朝文學批評	文藝月報	第 1 卷第 4 期	86～107
1935	陳華軒	南北朝的詩人與詩品	河南教育月刊	第 5 卷第 6 期	23～30

年份	作者	篇　名	出版雜誌	卷號	頁碼
1935	陳華軒	南北朝的詩人與詩品：新體詩人	河南教育月刊	第 5 卷第 7 期	11～24
1936	劉孝曾	南北朝樂府四十首之文學評鑒	南開高中	第 9 期	32～34
1936	王裕猊	南北朝樂府之比觀	南開高中	第 11 期	19～23
1936	陳美樸	建安文學研究	國光（上海 1936）	第 5 期	2～9
1937	鄒珍樸	建安詩壇之七子	長高學生	第 2 卷第 1 期	122～130
1940	雨櫻子	魏晉時代的文學	國藝	第 2 卷第 5／6 期	23～24
1940	劉樊	論魏晉宋齊梁陳之文學	責善半月刊	第 1 卷第 19 期	10～11
1940	李爾康	南北朝文學之檢討	協大藝文	第 11 期	80～102
1942	佩冰	兩晉南北朝的女性文學	東方文化（上海）	第 1 卷第 2 期	31～41
1942	楊即墨	漢魏思潮及建安文藝批評	眞知學報	第 1 卷第 4 期	24～33
1942	楊即墨	齊梁間聲律說之研究	政治月刊（上海）	第 3 卷第 5 期	90～94
1943	楊即墨	齊梁間文藝批評上的幾個問題	政治月刊（上海）	第 6 卷第 5 期	70～75
1943	陸侃如	中古詩人小記	志林	第 4 期	1～6
1943		建安女詩人蔡琰：中國偉大女作家研究之一	婦女共鳴	第 12 卷第 4 期	23～30
1943	郭沫若	論曹植	中原月刊	第 1 卷第 3 期	
1944	詹瑛	玉臺新詠三論	東方雜誌	第 40 卷第 6 期	
1945	楊晉雄	古代中國文藝批評方法論：齊梁文藝思潮	申報週刊	復刊 3第 3 期	64～69

年份	作者	篇　名	出版雜誌	卷號	頁碼
1947	王新民	西晉清談與遊仙、招隱詩	海疆校刊	第 1 卷 第 2／3 期	封 1，2～4
1947	張須	魏晉隋唐文論	國文月刊	第 53 期	27～29
1948	李長之	西晉大詩人左思及其妹左芬	國文月刊	第 70 期	17～22
1948	李長之	西晉詩人潘岳的生平及其創作	國文月刊	第 68 期	25～32
1948	范寧	魏文帝「典論論文」「齊氣」解：魏晉文論散稿之一	國文月刊	第 63 期	23～25
1948	范寧	陸機「文賦」與山水文學：魏晉文論散稿之二	國文月刊	第 66 期	22～24
1948	范寧	文筆與文氣：魏晉文論散稿之三	國文月刊	第 68 期	17～19
1948	許世瑛	從世說新語看魏晉人習俗的一斑	臺灣新社會	第 1 卷 第 7 期	9～11
1948	王瑤	魏晉小說與方術：中古文學史論之一	學原	第 2 卷 第 3 期	56～68
1948	王瑤	隸事・聲律・宮體・齊梁詩	清華學報	第 15 卷 第 1 期	115～142

哲學類

年代	作者	篇　名	發表雜誌	卷號	頁碼
1916	張大鉄	兩晉南北朝時代中國倫理上之變態觀	北京高等師範學校校友會雜誌	第 2 期	97～103
1928	胡適	菩提達摩：中國中古哲學史的一章	現代評論	第三週年紀念增刊	72～77
1929	畢無方	魏晉清潭時期之王弼易學	哲學月刊	第 2 卷	3～6
1931	李東陵	中古哲學挈綱	雲南半月刊	第 12 期	206～225
1931	馮友蘭	中國中古近古哲學與經學之關係	清華週刊	第 35 卷 第 1 期	4～5

年代	作者	篇　名	發表雜誌	卷號	頁碼
1933	阿鱗	從魏晉的藥酒談到曹操底個性：大人物的本色觀	川鹽特刊	第 177 期	136～137
1933	楊予秀	魏晉間哲學之研究	行健月刊	第 3 卷第 6 期	159～170
1934	龍世雄	魏晉學者之生活與思想	社會科學論叢	第 1 卷第 3 期	135～155
1934	錢亦石	中國史上的思想大解放時代：從魏晉到隋唐	法政半月刊	第 1 卷第 3 期	6～8
1934	趙爾謙	哲學之部：中古文化及士林哲學	教育益聞錄	第 6 卷第 6 期	717～728
1935	歐陽倩	論說：論魏晉時老學之害	成章期刊	第 2 期	12～13
1935	李森林	上古及中古時代的價值思想	經濟叢刊	第 3 期	122～132
1936	盧白	中古風	燕大週刊	第 7 卷第 3 期	15～16
1936	盧白	中古風（續）	燕大週刊	第 7 卷第 4 期	25
1936	太炎（遺著）	論中古哲學	制言	第 30 期	1～3
1936	范壽康	魏晉的清談	國立武漢大學文哲季刊	第 5 卷第 2 期	237～288
1936	吳惠人	南北朝時人所講的孔子	文哲月刊	第 1 卷第 7 期	54～71
1939	楊瑾鍾	學生作品：魏晉之清談與玄學	南方年刊	第 2 期	93～100
1940	劉國鈞	曹操與其時代之思想：魏晉思想小記之一	斯文	第 1 卷第 3 期	16～17
1941	劉國鈞	建安時代之人生觀：魏晉思想散記	斯文	第 1 卷第 22 期	3～7
1942	閣宗林	中古文化及士林哲學之研究	建設研究	第 8 卷第 1 期	55～60

年代	作者	篇　　名	發表雜誌	卷號	頁碼
1942	王伊同	評劉大杰魏晉思想論	斯文	第 2 卷 第 14 期	15～18
1944	李源澄	漢末魏晉政治思想之轉變	眞理雜誌	第 1 卷 第 3 期	321～326
1945	錢穆	魏晉玄學與南渡清談	中央週刊	第 7 卷 第 26 期	1～3
1945	賀昌群	魏晉清談思想初論	國書季刊	新 6 第 1～2 期	4～39
1946	錢穆	總論南北朝隋唐的儒學	中央週刊	第 8 卷 第 12 期	3～5
1946	張孝權	魏晉人的沉醉	報報	第 1 卷 第 13 期	73～75
1947	湯用彤	魏晉思想的發展	學原	第 1 卷 第 3 期	4～10
1947	黃祥隆	魏晉清談思想初論	讀書通訊	第 129 期	20
1947	季鎭淮	書評：魏晉清談思想初論：賀昌群著	清華學報	第 14 卷 第 1 期	173～180
1948	杜守素	魏晉清談及其影響	新中華	復 6 第 11 期	25～31
1948	侯外廬	儒道論爭四派中之「儒道合」派	時代批評	第 5 卷 第 99 期	9～13
1948	甘德澤	南北朝時代河隴儒學淵源論略	西北通訊（南京）	第 3 卷 第 6 期	1～5
1948	雷海宗	全體主義與個體主義：中古哲學中與今日意識中的一個根本問題	周記	第 1 卷 第 15 期	3～5

史學類

年代	作者	篇　　名	發表雜誌	卷號	頁碼
1917	李以炳	學藝：秦漢魏晉南北朝隋唐之劃分	南通師範校友會雜誌	第 7 期	29～33
1919	張德貞	與友人論南北朝風氣書	安徽教育月刊	第 16 期	1～2
1932	湯用彤	竺道生與涅槃學	國學季刊	第 3 卷 第 1 期	1～66

年代	作者	篇　名	發表雜誌	卷號	頁碼
1929	梁佩貞	南北朝時候中國的政治中心	史學年報	第 1 期	55～64
1931	李葆興	中國的權鬥政治（東晉南北朝的政治）	前導（廣州）	第 12 期	42～54
1933	梁園東	門閥觀念不始於魏晉考	史地叢刊（上海）	第 1 期	1～8
1933	龍世雄	魏晉之一般的苦悶：魏晉社會史的斷章	社會科學論叢	第 4 卷第 8 期	91～134
1933	徐心芹	我國中古「土地公有制」之復興與廢毀	朔望半月刊	第 4 期	3～8
1934	譚其驤	論兩漢西晉戶口	禹貢	第 1 卷第 7 期	34～36
1934	鍾香舉	魏晉六朝書札之研究	南風（廣州）	第 10 卷第 2 期	1～11
1934	何茲全	魏晉時期莊園經濟的雛形	食貨	創刊號	6～10
1934	吳世昌	魏晉風流與私家園林	學文月刊	第 1 卷第 2 期	84～118
1934	武仙卿	魏晉時期社會經濟的轉變	食貨	第 1 卷第 2 期	1～13
1934	李旭	魏晉南北朝時政治經濟中心的轉移	食貨	創刊號	11～13
1934	熾	魏晉南北朝時政治經濟中心的轉移	史地社會論文摘要月刊	第 1 卷第 3 期	10
1935	戴振輝	東晉元魏諸代戶口的逃隱和搜括	食貨	第 2 卷第 8 期	34～36
1935	箕	兩晉南北朝的宮闈	史地社會論文摘要月刊	第 1 卷第 11 期	7
1935	燕銘	西晉田賦制度	盍旦：文藝、哲學、歷史、雜文月刊	第 1 卷第 2 期	102～104
1935	武仙卿	西晉末的流民暴動	食貨	第 1 卷第 6 期	3～7

年代	作者	篇　名	發表雜誌	卷號	頁碼
1935	李旭	五胡東晉時代華夷勢力之檢討	師大月刊	第 18 期	155～195
1935	箕	西晉時代華族與外族之關係	史地社會論文摘要月刊	第 1 卷第 4 期	7～8
1935	呂思勉	魏晉法術之學（三則）	光華大學半月刊	第 4 卷第 1 期	7～14
1935	鐸	魏晉時期社會經濟之轉變	史地社會論文摘要月刊	第 1 卷第 4 期	8
1935	全漢昇	中古佛教寺院的慈善事業	食貨	第 1 卷第 4 期	1～7
1936	熾	漢末魏晉間之流民	史地社會論文摘要月刊	第 2 卷第 12 期	7
1936	和	西晉外患下的北方都市與農村	史地社會論文摘要月刊	第 2 卷第 4 期	10
1936	班書閣	東晉僑置州郡釋例	禹貢	第 5 卷第 7 期	1～10
1936	班書閣	東晉襄陽郡僑州郡縣考	禹貢	第 6 卷第 6 期	27～33
1936	陳竺同	漢魏南北朝外來的醫術與藥物的考證	暨南學報	第 1 卷第 1 期	64～110
1936	復	漢末至南北朝南方蠻夷的遷徙	史地社會論文摘要月刊	第 2 卷第 12 期	7
1936	熾	南北朝的和戰關係	史地社會論文摘要月刊	第 3 卷第 1 期	12～13
1936	谷霽光	三國鼎峙與南北朝分立	禹貢	第 5 卷第 2 期	5～21
1936	梁澤民	奮鬥圖存的典型人物：東晉中興四傑：劉琨、祖逖、溫嶠、陶侃	江蘇教育（蘇州）	第 5 卷第 5／6 期	389～401
1936	讓	魏晉時代之「族」	史地社會論文摘要月刊	第 2 卷第 6 期	10～11
1936	克凡	魏晉時人口大移動中之農民與地主的關係	史地社會論文摘要月刊	第 2 卷第 9 期	8

年代	作者	篇　　名	發表雜誌	卷號	頁碼
1936	許同革	論魏晉九品用人制	河南政治	第 6 卷第 10 期	1～8
1936	熾	中古大族寺院領戶研究	史地社會論文摘要月刊	第 2 卷第 5 期	6
1936	蘇乾英（譯）	中國上古及中古之國家社會主義經濟政策	食貨	第 3 卷第 7 期	40～50
1937	熾	魏晉南北朝時代之戶籍與賦稅	史地社會論文摘要月刊	第 2 卷第 7 期	10
1937	熾	魏晉南北朝的紡織工業	史地社會論文摘要月刊	第 3 卷第 8 期	9～10
1937	熾	魏晉南北朝官工業中之刑徒	史地社會論文摘要月刊	第 3 卷第 5 期	13
1937	熾	魏晉南北朝的匠師及其統轄機關	史地社會論文摘要月刊	第 3 卷第 7 期	6
1937	熾	南北朝隋唐時代的經濟與社會（上）	史地社會論文摘要月刊	第 3 卷第 9 期	14
1937	熾	南北朝隋唐時代的經濟與社會（下）	史地社會論文摘要月刊	第 3 卷第 10 期	11～12
1937	武仙卿	南北朝色役考（上）	食貨	第 5 卷第 8 期	29～35
1937	武仙卿	南北朝色役考（下）	食貨	第 5 卷第 10 期	19～32
1937	陶希聖武仙卿	南北朝經濟史鳥瞰	商務印書館出版週刊	新第 236 期	13～15
1937		西晉南北朝之史學	光啓中心	第 2 期	24～25
1937	佟玉瑛	東晉南北朝之民族大混合	新亞細亞	第 13 卷第 3 期	38～50
1937	良	魏晉時期莊園經濟的雛形	史地社會論文摘要月刊	第 1 卷第 3 期	10
1937	熾	魏晉南北朝的冶鐵工業	史地社會論文摘要月刊	第 3 卷第 6 期	16～17

年代	作者	篇　名	發表雜誌	卷號	頁碼
1937	光	魏晉南北朝之官工業機關	史地社會論文摘要月刊	第 3 卷第 5 期	12～13
1937	武仙卿	魏晉南北朝田租與戶調對立的稅法	食貨	第 5 卷第 4 期	29～32
1939	楊廷賢	南北朝之士族	東方雜誌	第 36 卷第 7 期	47～55
1940	李漢怡	中古時代的兩廣	南鋒	第 1 期	8～12
1940	王成均	東漢魏晉鄉評口號	輔仁文苑	第 4 期	112～114
1941	湯用彤	王弼大衍義略釋	清華學報	第 13 卷第 2 期	1～7
1941	王聿均	東晉經略中原之經過	史學述林	第 1 期	64～71
1941	李源澄	東晉南朝之學風	史學季刊	第 1 卷第 2 期	45～49
1942	大經	從周代鄉里選說到魏晉九品中正制度	經緯月刊	第 2 卷第 1 期	116～121
1942	吳其昌	魏晉六朝邊政的借鑒	邊政公論	第 1 卷第 11～12 期	67～75
1942	翦伯贊	西晉末年的「流人」及其叛亂	學習生活	第 3 卷第 2 期	13～16
1942	陳弢	南北朝外族人物部落考	眞知學報	第 1 卷第 1 期	34～35
1942	桂多生	略論南北朝時代之婚姻	史地教育特刊	十月	38～47
1942	曾繁康	西晉時代士大夫的心理	學思	第 2 卷第 8 期	9～14
1943	湯用彤	王弼聖人有情義釋	學術季刊·文哲號	第 1 卷第 3 期	26～33
1943	湯用彤	王弼之周易論語新義	圖書季刊	新 4第 1～2 期	33～45
1944	曾資生	魏晉南北朝時期的察舉與歲貢	東方雜誌	第 40 卷第 2 期	27～30
1945	孟輝	東晉的豪族：東晉社會經濟一瞥	南風（重慶）	第 1 卷第 4～5 期	12～16

年代	作者	篇　名	發表雜誌	卷號	頁碼
1945	楊湛林	南北朝租稅考	財政評論	第 13 卷 第 6 期	69～79
1946	單喆	魏晉六朝人的養生法	健力美	第 3 卷 第 3 期	8～9
1947	張覺人	兩晉南北朝的地方自治制度	地方自治 （上海）	第 1 卷 第 3 期	11～14
1947	劉勉	論南北朝	自由文叢		4～12
1947	單喆	魏晉六朝人的養生法（續）	健力美	第 3 卷 第 4 期	42
1947	翦伯贊	魏晉時代之塔里木盆地及其與中國的關係	歷史社會季刊	第 1 卷 第 2 期	6～12
1948	陳文統	論南北朝之莊園經濟	南大經濟	復第 1 期	95～101
1948	錢健夫	南北朝的豪門經濟	財政評論	第 18 卷 第 3 期	67～69
1948	翦伯贊	「九品中正」與西晉的豪門政治	時代批評	第 5 卷 第 102 期	18～20
1948	許澄遠	魏晉南北朝教育之特色	教育學術	第 1 卷 第 2 期	7～10
1948	白曙天	魏晉南北朝時代的青海	西北通訊 （南京）	第 2 卷 第 6 期	5～7
1949	周一良	乞活考：西晉東晉間流民史之一頁	燕京學報	第 37 期	56～75

專著有：呂錦文《文選古字通補訓》（1901）、朱緒曾《曹集考異》（1904）、李詳《文心雕龍》（1910）、丁福寶《漢魏六朝名家集》初刻行世（1911）、丁福寶《全漢三國晉南北朝詩》刊行（1916）、劉師培《中國中古文學史講義》（1919）、黃節《謝康樂詩注》（1921）、徐嘉瑞《中古文學概論》（1923）、黃節《漢魏樂府詩箋》、《鮑參軍詩注》（1924）、丁福寶《文選類詁》（1925）、黃節《阮嗣宗詩注》（1926）、黃侃《文心雕龍劄記》（1927）、陳延傑《詩品注》（1927）、黃節《曹子建詩注》、《魏武帝魏文帝詩注》（1928）、范文瀾《〈水經注〉寫景文鈔》（1929）、許文雨《詩品釋》（1929）、陳中凡《漢魏六朝文學》（1931）、羅根澤《樂府文學史》（1931）、洪為法《曹子建及其詩》（1931）、沈達材《建安文學概論》（1932）、《曹植與〈洛神賦〉傳說》（1933）、郭麟閣

《魏晉風流及其文潮》（1933）、葉長青《詩品集釋》（1933）、陳家慶《漢魏六朝詩研究》（1934）、孔至誠《〈孔北海集〉評注》（1935）、杜天糜《廣注詩品》（1935）、范文瀾《文心雕龍注》（1936）、駱鴻凱《〈文選〉學》（1936）、洪爲法《古詩論》（1939）、王瑤《中古文學史論》（1942）、劉大杰《中國文學發展史》（1943）、劉永濟《十四朝文學要略》（40 年代）、蕭滌非《漢魏六朝樂府文學史》（1944）、羅常培《漢魏六朝專家文研究》（1945）、陳寅恪《陶淵明之思想與清談之關係》（1945）、賀昌群《魏晉清談思想初論》（1946）。

由以上諸表可以看出，20 世紀初期確實存在一個中古研究的熱潮，究其成形之原因，方家各有論述，待筆者漸漸揭開它的面紗。

第二節　二十世紀初期中古研究熱潮成因

緣何在十九世紀末二十世紀初出現了中古研究的熱潮，多數學者認爲是由於 20 世紀初期動盪不安、變化多端的政治社會形勢與魏晉六朝有太多的相似之處，因此處於那時的學人會自覺不自覺地將這兩段歷史兩相比附，或者希望從對魏晉六朝的研究中找到合適的救國救民之藥方。也有學者從人的角度來分析，認爲處在那一歷史時期的學人在五四運動追求民主與科學的時代精神的召喚下，尋找自由與獨立，而魏晉名士「越名教而任自然」的勇氣恰恰在某種程度上爲他們提供了思想資源，「時代的相似性與西方思想的啓迪，對於魏晉思想的研究者來說，究竟還是外在的原因；而本世紀初中國學者對魏晉思想的熱情與興趣，從根本上說還是緣於他們自身那種與生命感受、人格精神息息相關的學術追求。……學術活動已不再是書齋裏的玄思冥想，而是成爲一種生命體驗和生存方式；學術文本亦不再是古板枯澀的高頭講章，而是對文化精神對人格境界的一種擔當和承載。」〔註9〕

筆者綜合以上觀點，認爲中古研究在 20 世紀初興起的熱潮首先源自晚清經學的自我消解與玄學對自由的嚮往。聞一多曾這樣描述莊學在魏晉的復興：「像魔術似的，莊子突然佔據了那個時代的身心，他們的生活、思想、文藝──整個文明的核心是莊子。」〔註10〕賀昌群也說：「大抵大一統之世，承平之日多，民康物阜，文化思想易於平穩篤實；衰亂之代，榮辱無常，死生

〔註 9〕　李建中：《古代文論的詩性空間》，武漢：湖北人民出版社，2005 年，第 286 頁。

〔註10〕　聞一多：《聞一多全集》，北京：三聯書店，1982 年，第 270 頁。

如幻，故思之深痛而慮之切迫，於是對宇宙之始終，人生之究竟，死生之意
義，人我之關係，心物之離合，哀樂之情感，皆成當前之問題，而思有以解
決之，以爲安身立命之道，此本篇論述魏晉清談所欲究其內容者也。」〔註11〕
宗白華說：魏晉是「精神史上極自由、極解放，最富於智慧、最濃於熱情的
一個時代。……阮籍佯狂了，劉伶縱酒了，他們內心的痛苦可想而知。這是
眞性情、眞血性和這虛僞的禮法社會不肯妥協的悲壯劇。這是一班在文化衰
墮時期替人類冒險爭取眞實人生眞實道德的殉道者！」〔註12〕不論是莊子還
是阮籍、嵇康的自由精神歸根結底都屬哲學範疇，是玄學思想的一個部分，
因此學者更多地從思想的角度關注中古。章太炎非常注重中古時期思想中的
自由觀念，也極其推崇魏晉文章的自由氣勢與議論力量，魯迅對嵇康的關注
也源自他桀驁不馴、不甘束縛的性格與思想，劉師培對中古文學的研究雖多
受阮元與文選派的影響，但他也同樣在爲魏晉玄學鳴不平。

　　其次，由於西方歷史分期的引進拓展了中國學者歷史研究的視域，歷史
不再以斷裂的朝代興亡史爲研究週期，而呈現出以連續的、每一時期都不可
或缺之景象。歷史分期法的改變，促使學者開始從歷史連續性的角度強調「中
古」思想在中國思想史上的重要地位與深遠影響，「中古」作爲思想大動盪、
民族大融合的歷史時期在中國歷史長河中越來越凸顯出重要價值。胡適的觀
點鮮明地反應出了中古在當時學人心目中的分量與定位：

> 文化史是一串不斷的演變。古代文化都先經過這一千多年的「中
> 古化」，然後傳到近世。不懂得「中古化」的歷程與方向，我們決不
> 能瞭解近世七八百年的中國文化，也決不能瞭解漢以前的文化。宋
> 明的理學固然不是孔孟的思想，清朝的經學也不能脫離中古思想的
> 氣味。漢學家無論回到東漢，或回到西漢，都只是在中古世界裏兜
> 圈子。所以我們必須研究中古思想，方才可望瞭解古代思想的本來
> 面目，又可望瞭解近世思想的重要來歷。〔註13〕

　　再次，由於現代學術的建立，使得學者能夠更加客觀地對待中古，從而
對中古時期的研究進一步深入。20 世紀初期中國開始了現代學術的建立，這
對中古研究有著深刻的影響。傳統士大夫「學而優則仕」，他們需要靠學術本

〔註11〕　賀昌群：《賀昌群史學論著選》，北京：中國社會科學出版社，1985 年，第 191
　　　　　頁。
〔註12〕　宗白華：《美學散步》，上海：上海人民出版社，1981 年，第 223 頁。
〔註13〕　胡適：《中古思想史長編》，桂林：灕江出版社，2013 年，第 330 頁。

身獲取社會地位，實現自身抱負，因此學術與政治的關係難分難解，有時根本就是一體的，因此明清之交的顧亭林、王船山才會將明亡的原因都歸罪於士人思想本身出了問題。但當學術漸趨獨立之時，學與政的分離，學術不再受政治的羈絆，現代知識分子對中古時期的歷史關注點也能漸漸變多，既看到中古時期混亂黑暗的一面，也能看到此時思想自由、灑脫不受約束的一面。這是很重要的變化，此一著眼點，使學者不再只關注朝政的更迭，而能夠站在更高更遠的角度，從宏觀的視角俯視這一歷史瞬間，從而得出更加符合歷史事實的學術論斷。因此眾多學者在學術獨立的思想下從多個視角透視魏晉六朝，提出了許多新論斷，新見解。

第三節　現代學術建立與中古文學研究

　　關於中國現代學術的發端時間，學界有多種說法，本文採納劉夢溪的觀點，以 1898 年嚴復發表《論治學治事宜分二途》、1902 年梁啓超發表《論學術之勢力左右世界》與《新史學》、1904 年王國維發表《紅樓夢評論》爲中國現代學術開始的標誌，因爲「這些論著的學術觀念發生了重大變化，或開始倡言學術獨立，強調學術本身的價值，或借鑒西方的哲學和美學觀點詮釋中國古代文學名著，傳統學術的範圍已經無法包容它們的治學內涵，說明中國學術的現代時期事實上開始了。」〔註 14〕依照劉夢溪的觀點，可以說現代學術建立的標誌就是學術獨立與中西貫通。學術獨立，意味著學與政分離，學者身份與官僚身份分離，學術追求真正成爲有價值、值得奉獻終生的事業，同時，現代學者拋開傳統士階層的特點，不以「學而優則仕」作爲實現人生價值的唯一座右銘。劉師培、魯迅、王瑤對中古文學的研究恰好處在中國學術由傳統到現代的轉型至成型的交界，因此對三者關於中古文學的研究方法進行觀照，可從一個側面考察中國現代學術建立之軌跡。

一、劉師培——學術研究由傳統到現代的過渡

　　身處傳統中國走向現代的風潮中，在政治局面波詭雲譎、社會思潮新舊交替、學術思想中西碰撞的浪潮內，處於傳統學術崩塌、現代學術建立的轉捩點下，劉師培的中古文學研究呈現出由傳統到現代的過渡傾向。就傳統學

〔註14〕　劉夢溪：《中國現代學術要略》，北京：三聯書店，2008 年，第 112 頁。

術而言，深湛地家學傳承使劉師培有深厚的傳統學術根柢；就現代學術而論，年輕的劉師培善於接受西方理論並運用於學術研究之中。歸根結底，劉師培的學術統緒是以傳統學術爲主流，現代學術爲其支脈。

現代學術建立的標誌之一是學術獨立。所謂學術獨立，就外部而言，是學與政的分離，學者身份脫離傳統士人而獨立存在，縱使「學而優」卻「不仕」的狀況意味著學術研究與權利的大小、金錢的多少分道揚鑣，否則如梁啓超所云「以利祿誘餌天下，學校一變名之科舉，而新學亦一變質之八股。學子之求學者，其什中八九，動機已不純潔，用爲『敲門磚』，過時則拋之而已。此其劣下者，可勿論……其不能有所成就，亦何足怪？」〔註 15〕學術若被政治控制，很容易淪爲政治的附庸，失去學術本身應有的獨立精神與自由思想。同時學術獨立還促進了傳統士人向現代知識分子的轉變，雖然在現代知識分子血液中仍流淌著士階層「以天下爲己任」的擔當與道義，卻不再爲了朝廷與皇權的利益而奮鬥；從內部來說，則是學與術的分離，也是「爲學問而學問」與「經世致用」的分離。梁啓超在《學與術》一文中說道：「學也者，觀察事物而發明其眞理者也；術也者，取所發明之眞理而致諸用者也。」〔註 16〕梁啓超所謂「學」猶如科學，以發現眞理爲目的，而「術」則猶如各種實用之學，以應用爲目的。然而現代學術的建立並非一蹴而就，清末民初諸位先賢的搖旗吶喊也不會使學術獨立驟然實現，學與政的分離、學與術的區別都需要時間來完成。「每一個時代所憑藉的『思想資源』和『概念工具』都有或多或少的不同，人們靠著這些資源來思考、整理、構築他們的生活世界，同時也用它們來詮釋過去、設計現在、想像未來。人們受益於思想資源，同時也受限於它們。」〔註 17〕劉師培正是這一分離過程中的一位典型學者，也是傳統士人向現代知識分子過渡的一個代表。「在清末的劉師培身上似乎可以看到當時思想的兩種特質……既痛恨西化，卻又想從『西方』取萬靈丹，所以既不滿意於當時西方事務對中國的影響與衝擊，但是又想學習西方最『科學』、最『進步』的主義……同時他們也有一種既批判傳統，又嚮往某種他們

〔註15〕　梁啓超著，朱維錚校注：《清代學術概論》，北京：中華書局，2011 年，第 147頁。

〔註16〕　梁啓超：《學與術》，《飲冰室合集》第三冊，北京：北京出版社，1999 年，第12 頁。

〔註17〕　王汎森：《「思想資源」與「概念工具」——戊戌前後的幾種日本因素》，見《中國近代思想與學術的系譜》，石家莊：河北教育出版社，2001 年，第 150 頁。

認爲更純粹的傳統的傾向。」〔註18〕處於過渡階段的人，思想、言語、行爲必定會交織著傳統與現代的雙重影響，也會有許多看似矛盾的對立物能夠在其身上得到很好的展現。

　　首先，中國傳統學術多爲家學，家學以「家」爲單位，不以「學」來劃分。傅斯年曾說：「中國學術，以學爲單位者至少，以人爲單位者轉多，前者謂之科學，後者謂之家學。家學者，所以學人，非所以學學也。歷來號稱學派者，無慮數百，其名其實，皆以人爲基本，絕少以學科之別，而分宗派者。縱有以學科不同，而立宗派，猶是以人爲本，以學隸之，未嘗以學爲本，以人隸之。」〔註19〕劉師培有著深厚的家學淵源，且本人即爲揚州學派殿軍。劉師培曾祖劉文淇（1789～1854）在其舅凌曙的指導與幫助下，「湛深經術，於《春秋左氏傳》致力尤勤。嘗謂左氏之義，爲杜注剝蝕已久，其稍可觀者，皆係襲取舊說。爰輯《左傳舊注疏證》一書……又以餘力輯《左傳舊疏考正》一書，自序謂世知孔沖遠刪定舊疏，非出一人之手。」〔註20〕並以此二部著作在當時享有盛名。劉文淇之子、劉師培祖父劉毓崧（1818～1867）自幼受經於父，著有《春秋左氏傳大義》，精於校讎，以校勘《王船山遺書》最爲著名。劉師培父親劉貴曾（1845～1898）通兩漢古文家法，著有《尚書历草補演》、《左傳曆譜》、《禮記舊疏考正》，可知劉師培家學之深湛，也因有家學，劉師培一生從未入塾。傅斯年云「歷來號稱學派者，無慮數百，其名其實，皆以人爲基本，絕少以學科之別，而分宗派者」，在劉氏子孫自述家學淵源時也可略窺一二，如劉師培伯父劉壽曾在《漚宧夜集記》中說：

> 　　婺源江氏崛起窮鄉，修述大業，其學傳於休寧戴氏。戴氏弟子，以揚州爲盛。高郵王氏，傳其形聲訓故之學；興化任氏，傳其典章制度之學。儀徵阮文達公，友於王氏、任氏，得其師說。風聲所樹，專門並興。揚州以經學鳴者，凡七八家，是爲江氏之再傳。先大父早受經於江都凌氏，又從文達問故，與寶應劉先生寶楠切磨至深，淮東有「二劉」之目。並世治經者，又五六家，是爲江氏之三傳。

〔註18〕　王汎森：《反西化的西方主義與反傳統的傳統主義——劉師培與「社會主義講習會」》，見《中國近代思想與學術的系譜》，石家莊：河北教育出版社，2001年，第197頁。

〔註19〕　傅斯年：《中國學術思想的根本謬誤》，見《傅斯年全集》第四冊，臺北：臺北聯經出版公司，1980年，第167頁。

〔註20〕　劉毓崧：《先考行略》，見《通義堂文集》卷六，北京：文物出版社，1984年。

先徵君承先大父之學，師於劉先生。博綜四部，宏通淹雅，宗旨視
文達爲尤近。其遊先大父之門，而與先徵君爲執友者，又多輳學方
聞之彥，是爲江氏之四傳。〔註21〕

乾嘉道咸時期，揚州經學興盛，儀徵劉氏自成一家，且躋身揚州學派。
從劉壽曾這段文字的邏輯來看，揚州經學以戴震爲宗，而戴震又師從音韻學
家江永，因此儀徵劉氏「爲江永之三傳」。這樣的學術傳承體現了傅斯年所稱
「歷來號稱學派者……皆以人爲基本。」因此劉師培正是非常典型的中國傳
統學術繼承人，治經方面多承自家學，關於經學、小學的論著多達三十二種，
其書目如下：

《尚書源流考》、《小學發微補》、《禮經舊說》、《群經大義相通論》、《毛
詩箚記》、《逸周禮》、《理學字義通釋》、《西漢周官師說考》、《春秋古經箋》、
《周禮古注集疏》、《荀子詞例舉要》、《春秋左氏傳時月日古例考》、《爾雅蟲
名今釋》、《讀左箚記》、《春秋左氏傳傳例解略》、《春秋左氏傳古例詮微》、《春
秋左氏傳例略》、《春秋左氏傳傳注例略》、《春秋左氏傳答問》、《毛詩詞例舉
要略本》、《毛詩詞例舉要詳本》、《古書疑義舉例補》。

其治學方法也傳承了清儒的「識字──通經──達道」之法，劉師培在
《中國文學教科書》的序言中說：

況乎作文之道，解字爲基，故劉彥和有言：集字成句，集句成
章。又謂觀乎爾雅，則文義斐然。豈有小學不明而能出言有章者哉？
夫小學之類有三，一曰字形，一曰字音，一曰字義。小學不講則形
聲莫辨，訓詁無據，施之於文必多乖舛……則文學基於小學彰彰明
矣。〔註22〕

將小學視作文學始基，正體現了劉氏家學乃至清儒的治學方法，從小學入
手，特重音韻訓詁，不只通經，乃至作文也要依循此法。然而劉師培所處時代
畢竟已與先賢不同，矛盾也恰顯其中。《中國文學教科書》作於 1906 年，同年
並作《中國歷史教科書》（第二冊）、《倫理學教科書》（第一、二冊）、《中國地
理教科書》（第二冊）、《安徽鄉土歷史教科書》（第一冊）、《安徽鄉土地理教科
書》（第一冊）、《江蘇鄉土歷史教科書》（第一冊）、《中國哲學起源考》。文學、

〔註21〕 轉引自張舜徽：《清代揚州學記》，揚州：廣陵書社，2004 年，第 177～178 頁。
〔註22〕 劉師培：《中國文學教科書》，見《劉申叔遺書》，南京：鳳凰出版社，2010 年，
第 2117 頁。

歷史、地理、倫理學、哲學皆爲現代學術體制下派生出的學科，中國傳統學術只有經、史、子、集四類，且史、子、集又多雜糅於經學中，「蓋經者綱領之謂，凡言一事一物之綱領者，古人皆名之爲經，經字本非專用之尊稱也。故諸子百家書中有綱領性之記載，皆以經稱之。」〔註23〕可知中國傳統學科界限模糊，是一種「你中有我，我中有你」的混融狀態。而自西方引進的現代學科則不同，學科界限清晰，每一學科所解決之問題、闡述之內容都比較固定，如王國維所言：「凡學問之事其可稱科學以上者，比不無系統。系統者何？立一統一分類是矣。分類之法，以系統而異。有人種學上之分類，有地理學上之分類，有歷史上之分類。」〔註24〕每一學科成一統系，且每一學科都有系統的研究方法，文學、史學、哲學、地理學、倫理學有各自不同的研究領域，「凡記述事物而求其原因，定其理法者，謂之科學；求事物變遷之跡，而明其因果者謂之史學；至出入二者間，而兼有玩物適情之效者，謂之文學。」〔註25〕劉師培編寫文學、史學、地理學、倫理學的教科書，至少說明他已經認同並接受西方的學科劃分，即使他在研究文學時仍然採用非常傳統的治學方法，將音韻訓詁作爲最基本的治學基礎。由此可見，劉師培身上既有深厚的傳統學術的血脈，同時他因時代的變動，血液中又滲透進了許多現代的元素。

其次，中國傳統學術重通人之學，而現代學術則重專家之學。錢穆在《現代中國學術論衡》序言中說：「文化異，斯學術亦異。中國重和合，西方重分別。民國以來，中國學術界分門別類，務爲專家，與中國傳統通人通儒之學術大相違異。循至通讀古籍，格不相入。此其影響將來學術之發展實大，不可不加以討論。」〔註26〕所謂通人之學，即古人所云「一事不知，儒者之恥」，傳統士人大多集各種身份於一體，既是政治家，也是經學家、歷史學家、文學家、金石學家等等，而專家之學則是強調各學科研究領域的不同，研究不同學科所用之方法也有別，如國學大師章太炎所論「經學以比類知原求進步」，「哲學以直觀自身自得求進步」，「文學以發情止義求進步」〔註27〕就是通人之學轉爲專家之

〔註23〕 張舜徽：《愛晚廬隨筆》，長沙：湖南教育出版社，1991 年，第 48 頁。

〔註24〕 王國維：《歐羅巴通史序》，見《王國維遺書》第五冊之《靜安文集續編》，上海：上海古籍出版社，1983 年，第 64 頁。

〔註25〕 王國維：《國學叢刊序》，見《王國維遺書》第四冊之《觀堂別集》卷四，上海：上海古籍出版社，1983 年，第 6～7 頁。

〔註26〕 錢穆：《現代中國學術論衡》，長沙：嶽麓書社，1986 年，第 1 頁。

〔註27〕 章太炎：《國學之進步》，見《國學概論》第五章，上海：上海古籍出版社，2000 年。

學的明證。由於研究領域與方法的固定，專家之學大都僅在一兩個領域內研究精湛，要想在多領域都成為專家之學則較艱難，正如王國維所說：「今之世界，分業之世界也。一切學問，一切職事，無往而不需特別之技能，特別之教育。一習其事，終身以之。治一學者之不能使治他學，任一職者之不能使任他職，猶金工之不能使為木工，矢人之不能使為函人也。」〔註28〕

　　通人之學對各領域的研究都有相通的方法路徑，上述劉師培《中國文學教科書》中所使用的方法正是傳統經學家的研究路徑。戴震在《與是仲明論學書》中論：「經之至者道也，所以明道者其詞也，所以成詞者字也。由字以通其詞，由詞以通其道，必有漸。」〔註29〕而劉師培所云「小學不講則形聲莫辨，訓詁無據，施之於文必多乖舛……則文學基於小學彰彰明矣」則與戴震所論治經之道毫無二致，雖論文學之學習方法，卻與治經思路一致，也許可以說，劉師培有意無意間嚮往做一「通人」，事實上，他也幾乎是「通人」。1937 年，南桂馨在校刊劉氏遺書時，共整理劉氏著作七十四種，包括經學、小學、子學、詩文集、校釋以及諸多學術文章，如此豐富的著作，現代專家恐很難做到。

　　儘管如此，我們依然可以看到劉師培由通人向專家過渡的痕跡。1917 年劉師培任教北京大學，開設中古文學課程，並編寫《中國中古文學史講義》，成為第一位將中古文學由中國文學史中抽出進行研究的學者。雖然此時他也一併開設中國文學、中國古代文學史等課程，但專設中古文學課程講授，且專門撰寫講義，一方面源自他對中古文學的熱愛，另一方面則源於他對中古文學的研究已經達到了專家水準。1930 年，羅常培將「曩年肄業北大，從儀徵劉申叔（師培）研治文學，不賢識小，輒記錄口義，以備遺忘」〔註30〕的筆記付梓，分別為：群經諸子、中古文學史、文心雕龍及文選、漢魏六朝專家文研究。除群經諸子外，皆為中古文學研究，足見劉師培對中古文學的重視與研究深入的程度。《漢魏六朝專家文研究》中的「專家」指六朝時期文章傳於今者的「專門名家」，劉氏在此講義中以六朝文章的撰寫為中心，詳述了各名家文章風格的不同與學習作文的取徑，可以說劉師培對六朝文學的研究

〔註28〕　王國維：《教育小言十三則》，見《王國維遺書》第五冊之《靜安文集續編》
　　　　　卷四，上海：上海古籍出版社，1983 年，第 54 頁。
〔註29〕　戴震：《戴震集》，上海：上海古籍出版社，2012 年，第 183 頁。
〔註30〕　劉師培：《漢魏六朝專家文研究》，見《中國中古文學史講義》，上海：上海古
　　　　　籍出版社，2006 年，第 104 頁。

及評論鑒賞確爲專家，實屬今日研究中古文學無法繞過的專門名家。

二、魯迅——現代學術的創建者之一

魯迅雖僅年長劉師培三歲，但學術思想、學術觀念較劉師培更近於現代，或許這就是歷史的複雜性與偶然性，蔡元培曾對魯迅的學術成就有著非常精道的評價：

> 魯迅先生本受清代學者的濡染，所以他雜集會稽郡故書，校《嵇康集》，輯謝承《後漢書》，編漢碑帖，六朝墓誌目錄，六朝造像目錄等，完全用清儒家法。惟彼又深研科學，酷愛美術，故不爲清儒所囿，而又有他方面的發展，例如科學小說的翻譯，《中國小說史略》，《小說舊聞鈔》，《唐宋傳奇集》等，已打破清儒輕視小說之習慣；又金石學爲自宋以來較發展之學，而未有注意於漢碑之圖案者，魯迅先生獨注意於此項材料之搜羅；推而至於《引玉集》，《木刻紀程》，《北平箋譜》等等，均爲舊時代的考據鑒賞家所未曾著手。〔註31〕

既有清儒家法的傳承，又能不爲傳統所囿；既能遵從清儒家法做考據、校勘，又可取徑現代學術發展古已有之的小說、漢碑，這便是蔡元培所論魯迅之學術貢獻。這與後人給予劉師培學術的評價相當有別。尹炎武在《劉師培外傳》中概括劉氏一生學術貢獻：

> （師培）其斠正群書，則演高郵成法，由聲音以明文字之通假，按詞例以定文句之衍奪。而又廣搜群籍，遍發類書，以審其同異，而歸予至當。其爲文章，則宗阮文達《文筆對》之說，考型六代，而斷至初唐。雅好蔡中郎，兼嗜洪适《隸釋》、《隸續》所錄漢人碑版之文，以篤厚古雅爲主。生平手不釋卷，而無書不覽。內典《道藏》，旁及東西洋哲學，咸有造詣。其爲《學報》，好以古書證新義，如六朝人所謂格義之流，內典與六藝九流相配擬也。〔註32〕

魯迅的學術成就有「立」也有「破」，既有清儒之傳承，也有打破清儒之慣習，而劉師培則更多帶有集清儒學術之大成的味道，同時也「旁及東西洋哲學」。相比較下，魯迅比劉師培多了幾分現代性的學術色彩，而劉師培雖也

〔註31〕　蔡元培：《魯迅全集序》，見《蔡元培全集》第 7 卷，北京：中華書局，1989年，第 214 頁。

〔註32〕　轉引自張舜徽：《清代揚州學記》，揚州：廣陵書社，2004 年，第 197 頁。

「旁及東西洋哲學」，但仍以傳統學術研究爲宗。相異的學術興趣、不同的家學風範以及人生道路上的種種偶然，使得魯迅與劉師培雖處時間軸上的同一座標當中，卻有著不同的學術取徑。

　　魯迅祖父介孚公爲翰林院庶吉士散館授編修，後至內閣中書，直至丁憂方才告假回家。父親伯宜公爲會稽縣生員，參加過幾次鄉試，未中，又因寡言少笑，孩子們並不與他過多親近，因此魯迅著實沒有像劉師培那樣深厚的家學，也沒有所宗之開山祖師。沒有所宗，並不意味著能夠脫離傳統學術。魯迅於 1887 年入學塾，後入三味書屋直至十七歲，讀四書，做八股文和試帖詩，打下紮實的傳統學術的基礎。因爲沒有所宗，也就鮮有門戶之見，也因沒有家學傳承，才可稍稍游離於清儒「皓首窮經」的事業，按照自己的興趣選擇性地接受清儒傳下的治學路徑。恰如周作人所說的那樣：「他做事全不爲名譽，只是由於自己的愛好。這是求學問弄藝術的最高的態度，認得魯迅的人平常所不大能夠知道的。」〔註 33〕對清儒的接受，魯迅有著較大的自由。他甚少提及黃宗羲、王夫之，即便對清學中堅的戴震、全祖望、閻若璩、萬斯同、汪中也都未曾公開提及，只偶而表示過對清代學術的認可，但那口吻卻充滿著調侃：「觸經的大作，層出不窮，小學也非常的進步；史論家雖然絕跡了，考史家卻不少；尤其是考據之學，給我們明白了宋明人決沒有看懂的古書。」〔註 34〕清代學術的最大貢獻在經學，而魯迅卻只對小學與金石學興趣頗深，對經學則鮮有述作。阮元學術的最大成就乃《經籍纂詁》，而魯迅卻只推崇《疇人傳》與《金石志》；對於俞樾則唯有《茶香室叢鈔》評價甚高，《茶香室叢鈔》中對古小說細緻的考證，對魯迅影響很大，《古小說鉤沉》、《小說舊聞鈔》、《中國小說史略》即可說明，對《周禮正義》則甚少提及。魯迅的藏書也多以小學、金石類爲主，經學類則寥寥無幾。

　　家道中落與父親早逝的困境，使魯迅不得不於 1898 年 5 月往南京水師學堂，因爲「那時讀書應試是正路，所謂學洋務，社會上便以爲是一種走投無路的人，只得將靈魂賣給鬼子，要加倍的奚落而且排斥的。」〔註 35〕這是他

〔註 33〕　周作人：《關於魯迅》，見《魯迅的青年時代》，石家莊：河北教育出版社，2002年，第 120 頁。

〔註 34〕　魯迅：《算賬》，見《魯迅全集》第 5 卷，北京：人民文學出版社，2012 年，第 514 頁。

〔註 35〕　魯迅：《吶喊》自序，見《魯迅全集》第 1 卷，北京：人民文學出版社，2012年，第 437 頁。

與劉師培最大的不同，劉師培從未入塾，更未入過新式學堂，而是中規中矩地如傳統士人一般存有「學而優則仕」的理想。魯迅雖被「加倍的奚落而且排斥」，卻終於「知道世上有所謂格致、算學、地理、歷史、繪圖和體操這些課程，八股文以外的學問。」〔註36〕如果說新式學堂的學科設置使魯迅得以廣泛接觸新思想、新事物、新方法，如英文與《天演論》，那麼此後魯迅留學日本，則讓他能夠處於傳統學術之外而完全沉浸在現代學術環境之中。1902年，魯迅以「南洋礦路學堂畢業生奏獎五品頂戴」的身份爲江南督練公所的留日學生，1904年於仙臺醫專學習醫學，系統地學習化學、物理學、生物學、解剖學、病理學、細菌學、倫理學等課程，如此系統地掌握現代學科，且又遠離中國文化環境，使魯迅得以自由地運用新思想、新方法思考人生與研究學術。可以說，魯迅較爲成熟且系統的學術統緒是在留日期間建立起來的。

1907年12月在魯迅發表於留日學生所辦雜誌《河南》第一號的《人之歷史》一文中，涉及到生物學、進化論、人類學以及歐洲近代自然科學的演進史，足見魯迅對現代自然科學與社會科學的熟悉。作於同年的《科學史教篇》概述歐洲科學發展，認爲科學的進步可以惠及社會的發展，「蓋科學者，以其知識，歷探自然見象之深微，久而得效，改革遂及於社會，繼復流衍，來濺遠東，浸及震旦，而洪流所向，則尚浩蕩而未有止也。」〔註37〕雖然這兩篇文章都是對西方自然科學知識的概況介紹，偏於通俗地知識性介紹而非嚴格的學術性論文，但可看到魯迅對西方近代科學的發展瞭解深入地程度，這當是他在日本所受現代教育的成果，因而「他的受過近代科學洗煉的精神在他的著述裏隨處表現出來」。〔註38〕相繼作於1908年的《文化偏至論》與《摩羅詩力說》對西方哲學、人類學、政治制度乃至宗教的熟悉程度，也可看到魯迅對西方人文科學、社會科學的深刻理解。

值得注意的是，《人之歷史》與《科學史教篇》都是以史的眼光論述，用歷史的脈絡貫穿研究之內容，這正是現代學科體制下的研究方法。正因魯迅有過系統的現代學科的學習，以及接受了現代的學術研究方法，因此才有了《中國小說史略》的開山劈路：

〔註36〕 曹聚仁：《魯迅年譜》，北京：三聯書店，2011年，第12頁。

〔註37〕 魯迅：《科學史教篇》，見《魯迅全集》第1卷，北京：人民文學出版社，2012年，第25頁。

〔註38〕 鄭振鐸：《魯迅先生的治學精神》，原載1937年10月19日《申報》，見《鄭振鐸文集》第4卷，北京：人民文學出版社，1981年，第437頁。

中國之小說自來無史；有之，則先見於外國人所作之中國文學
史中，而後中國人所作者中亦有之，然其量皆不及全書之什一，故
於小說仍不詳。〔註39〕

　　小說在傳統文學中難登大雅之堂，爲小說做史更可謂開天闢地，這不僅
需要充分的膽識與氣魄，更需要精湛的考證工夫與受過現代學科訓練後所擁
有的現代學識，魯迅恰恰全都具備。也正因了魯迅願爲小說做史，更加反襯
出他不受傳統文學觀念制約的現代思想。

　　在中古文學研究方面，魯迅也步出傳統，將現代學術的思維方式、研究
方法運用其中：

他（曹丕）說詩賦不必寓教訓，反對當時那些寓訓勉於詩賦的
見解，用近代的文學眼光看來，曹丕的一個時代可說是「文學的自
覺時代」，或如近代所說是爲藝術而藝術（Art for Art's Sake）的一派。
〔註40〕

　　魏晉時期乃「文學的自覺時代」的論斷對後世影響甚大，此後學者對魏
晉文學的研究大都在這一論斷基礎上前行。曹丕於《典論‧論文》中稱「詩
賦欲麗」，標示著建安文學的新走向，陸機在《文賦》中進一步表示「詩緣情
而綺靡」，文論的風向標將詩賦帶入綺麗的審美心態。但此後許多傳統士人囿
於「文以載道」的窠臼，對魏晉時期詩歌的豔麗走向並不能給予公允的評價。
魯迅運用現代學術的思維方式，得出與前人不一樣的論斷：首先，「文學」一
詞指代詩賦，本就是現代學術建立之後形成的，筆者將在後面的部分著重討
論此問題。其次，從現代學科分類的層面上說，文學確指有文采的、能夠打
動人心、怡人性情的詩歌、散文或其他形式的作品，「麗」與「緣情」、「綺靡」
正是辭藻華美、具有充沛感情與感染力的濃縮，而人只有自覺感知內心情感
變化與體驗，才能創造出優美動人的文學作品。因而魏晉時期將對人類情感、
體驗的表達以及在審美心態上從諷諫、言志轉變爲華美與抒情，正體現了人
對自我主體性的認識，以及對自我感情表達的自覺性。從這個角度說，「詩賦
欲麗」正是「文學的自覺時代」。

〔註39〕　魯迅：《中國小說史略》序言，見《魯迅全集》第9卷，北京：人民文學出版
　　　　　社，2012年，第4頁。
〔註40〕　魯迅：《魏晉風度及文章與藥及酒之關係》，見《魯迅全集》第3卷，北京：
　　　　　人民文學出版社，2012年，第526頁。

三、王瑤——現代學術傳統的承繼者

　　劉師培、魯迅、王瑤，不論哪一位學者，單獨研究他們的學術統緒時，總會看到傳統與現代的交織，劉師培、魯迅自不消說，王瑤的弟子在總結他的學術淵源時稱：「王先生學術上有兩個主要淵源：一是魯迅，一是朱自清和聞一多。這三位學者恰好都是既承清儒治學之實事求是，又有強烈的時代感，不以單純考古爲滿足的。」〔註41〕但若將他們三人的學術統緒對比來看，會發現三位學者的學術血脈中呈現出傳統學術的蘊藏遞減、現代學術含量遞增的模式，這正是傳統學術的逐漸消亡與現代學術漸趨建立在歷史進程中的具象化。王瑤的中古文學研究已經具有自覺地方法論色彩，既承繼劉、魯二人的「史識」意識，又自覺吸收現代學者朱自清、聞一多的治學路徑，並主動學習陳寅恪史學研究的治學方法。

　　由吳宓主持的清華國學院成立於 1925 年，後於 1929 年解散。雖然僅有短暫的歷史生命，但清華國學院在中國現代學術建立進程中的價值卻不可小覷。吳宓曾指出國學院之辦院方針正是要兼採中西之長，「本院所謂國學，乃取廣義，舉凡科學方法，西人治漢學之成績，亦皆在國學正當之範圍以內。故如方言學、人種學、梵文等，悉國學也。」〔註42〕可見清華國學院的學科設置已經極具現代色彩。王瑤於 1934 年考入清華大學，已經是在現代學科完備的基礎上完成的學業，因此王瑤的治學取徑容納了更多的現代性思維與方法。

　　首先，王瑤對魯迅治學方法的吸收。在王瑤自己的治學經驗論述中，將此追溯到 20 世紀 30 年代。「在我開始進入專業學習的 30 年代初期，我受到了當時左翼文化運動和魯迅著作的很大影響……我的大學畢業論文題目爲《魏晉文論的發展》，研究院的畢業論文題目爲《魏晉文學思想與文人生活》，就都是在魯迅的《魏晉風度及文章與藥及酒之關係》一文的引導和啓發下進行研究的。」〔註43〕30 年代接受左翼與魯迅思想，無疑是進步的，而選擇中古時段作爲研究對象，也曾是西南聯大師生們在那個特定的歷史環境下內心的某種追求。「（研究生）三年間，論題從『文論』轉爲『文人生活』，論述範

〔註41〕　陳平原：《念王瑤先生》，見王瑤《中國文學：古代與現代》附錄，北京：北京大學出版社，2008 年，第 431 頁。
〔註42〕　吳宓：《研究院發展計劃意見書》，《清華週刊》25 卷 4 號，第 216～217 頁。
〔註43〕　王瑤：《治學經驗談》，見《中國文學：古代與現代》，北京：北京大學出版社，2008 年，第 405 頁。

圍固然擴大，但更重要的是學術眼光的拓展；師法的目標逐漸從朱自清轉爲魯迅……意識到『學者魯迅』的開拓意義，先生乃自覺追隨其後。」〔註44〕至此之後，王瑤在中古時段的研究漸漸開拓出一條道路，並匯成專著《中古文學史論》。在此書的序言中，王瑤深切感言道：「研究中古文學史的思路和方法，是深深受到魯迅《魏晉風度及文章與藥及酒之關係》一文的影響的……這不僅指他對某些問題的精闢的見解能給人以啓發，而且作爲中國文學史研究工作的方法論來看，他的《中國小說史略》、《漢文學史綱要》、《中國新文學大系小說二集導言》等著作以及關於計劃寫的中國文學史的章節擬目等，都具有堪稱典範的意義，因爲它比較完滿地體現了文學史既是文藝科學又是歷史科學的性質和特點。」〔註45〕

　　魯迅用現代精神去詮釋古典文學，即探求古典文學的現代性，在研究古典文學時，並不停留在考據的基礎上，而是運用社會學、政治學、心理學等方法，透過社會生活與士人心態來研究。這對王瑤的影響無疑是巨大的，在中古文學研究中，「緊緊皈依兩個中介環節，即作爲特定時代的『社會政治經濟』與『文學』的中介的『文化』，以及作爲『歷史文化背景』與『文學文本（形式）』的中介的『作家主體精神』（生活狀態，思維方式，情感方式，心理狀態等等）。」〔註46〕如此方法的運用，使得《中古文學史論》「一出版，即給人以耳目一新之感，並具有極大的超前性。」〔註47〕同時，王瑤在「中古文學研究由傳統模式轉向現代的思維方式的發展中，起到了轉關的作用……爲這門學科的現代化奠定了紮實的基礎。」〔註48〕

　　其次，對朱自清、聞一多的繼承。朱自清是王瑤的導師，後王瑤在清華任教期間，又經常做聞一多的助手，他於二位先生的確是「親承音旨」的。朱自清《經典常談》一書囊括《說文解字》、《五經》、《戰國策》等經史子集共十三篇，由此可見乾嘉學派之餘風，同時，「朱先生以散文家爲國學，亦不可不從事

〔註44〕　陳平原：《中古文學研究的魅力——關於〈中古文學史論〉》，見《文學史的形成與建構》，桂林：廣西教育出版社，1999 年，第 59 頁。

〔註45〕　王瑤：《中古文學史論》之《重版題記》，北京：商務印書館，2011 年，第 2頁。

〔註46〕　錢理群：《王瑤先生的研究個性、學術貢獻與地位》，《徐州師範學院學報》，1995 年，第 3 期。

〔註47〕　錢理群：《王瑤先生的研究個性、學術貢獻與地位》，《徐州師範學院學報》，1995 年，第 3 期。

〔註48〕　葛曉音：《王瑤先生對中古文學研究的貢獻》，《文學遺產》，1990 年，第 4 期。

樸學或考據學。他講語文，講注釋，講文學評論，講文學源流發展，處處可見其留意考據，不作無根之談。」〔註49〕在講授中國文學批評這一課程時，力求研究每一批評詞彙的歷史演變與確切的涵義。詩人出身的聞一多也非常注重音韻學、訓詁學，在那篇充滿深情的《念聞一多先生》中，王瑤詳細敘述了聞一多在教學過程中如何注重小學工夫，並時刻展現自己考據的能力。例如，在講授《摽有梅》時，聞先生認爲「摽」是古「拋」字，「梅」字從「每」，「每」又與「母」在古代爲同一字，因此「梅」象徵女子可以爲妻爲母。「拋梅」這種習俗也同樣古已有之，並舉出《晉書》中的詳細記載，因此「他的詮釋新解都是建立在嚴格的考據訓詁基礎上的，可謂言必有據。」〔註50〕。在《中古文學史論》中隨處可見詳實的史料引證，「其引證史料的豐富，以至時人有『竭澤而漁』的稱譽，顯示出所受傳統治學方法的深刻影響和濃厚功力。」〔註51〕書中對每一問題的深入分析，都力求有理有據，對於史料的徵引也可謂駁雜且全面，在史書、序、跋、書信等史料互相印證的前提下，所得結論令人信服，如此紮實的治學路向確實承自朱、聞二先生的教誨。

再次，陳寅恪的影響。在一篇敘述治學經驗的文章中，王瑤寫道：「1934年我考入清華大學中文系⋯⋯當時聽課和接觸比較多的教授還有聞一多先生和陳寅恪先生，他們的專業知識和治學方法都給了我很大的影響。」〔註52〕對於陳寅恪給予的影響，王瑤並未多談，但從整本《中古文學史論》一書中，仍然可以找到很多顯著的例證。「很少引證時人著述的《中古文學史論》中，起碼有三章正面引述了陳先生的觀點：《文人與酒》之於《天師道與海濱地域之關係》、《隸事・聲律・宮體》之於《四聲三問》，以及《徐庾與駢體》之於《讀〈哀江南賦〉》。」〔註53〕例如在論及永明聲律說的出現之時，王瑤說到：「除了上述自然演進的原因以外，音韻學的發達，文人們對於音樂聲律的愛好，以及如陳寅恪先生所說『中國文士依據及摹擬當日轉讀佛經之聲，分別

〔註49〕　郭良夫編：《完美的人格──朱自清的治學和爲人》，北京：清華大學出版社，2003年，第67頁。

〔註50〕　王瑤：《念聞一多先生》，見《王瑤文論選》，北京：人民文學出版社，2009年，第386頁。

〔註51〕　錢理群：《王瑤先生的研究個性、學術貢獻與地位》，《徐州師範學院學報》，1995年，第3期。

〔註52〕　王瑤：《治學經驗談》，見《中國文學：古代與現代》，北京：北京大學出版社，2008年，第405頁。

〔註53〕　陳平原：《文學史的形成與建構》，南寧：廣西教育出版社，1999年，第63頁。

定爲平上去之三聲，合入聲共計之，適成四聲，於是創爲四聲之說』。」〔註54〕一向重考據、史料且嚴謹非常的王瑤能夠直接引用陳寅恪關於「四聲之說」的論點，顯示了對陳寅恪學識的肯定與欽佩。

　　當然，更重要的影響是治學方法，這才是最根本的。「以『文學史論』爲題，關注的重點卻是社會風尚與文人心態，除了私淑魯迅，其實還有陳寅恪作爲導引。」〔註55〕從社會風尚與文人心態的角度出發研究歷史，在陳寅恪史學研究中多有體現。例如《元白詩箋證稿》一書中，陳寅恪從元稹與白居易唱和之詩歌入手，分析當時士人階層的生活習俗、心路歷程，進而深入分析唐朝歷史的進程與發展。此種治學路徑開創了史學研究中重要的「文史互證」方法，在學界中被廣泛採用。陳寅恪之史學路徑，擅從細微處窺測歷史圖景，並將此細微處置於宏觀歷史背景中，在有理有據的嚴謹分析中得出精妙「史識」。縱覽《中古文學史論》，王瑤從魏晉士人希企隱逸、崇尚擬古之風氣著手，將隱逸與擬古整個地置於中古時段大背景中，在「文史互證」的嚴密論證中，考察魏晉之時緣何隱逸詩與擬古詩文大爲興盛之原因，確有陳寅恪治學的風範。

〔註54〕　王瑤：《中古文學史論》，北京：商務印書館，2011年，第299頁。
〔註55〕　陳平原：《文學史的形成與建構》，南寧：廣西教育出版社，1999年，第63頁。

第二章 中西匯通中的「新學語」之確立

　　學術話語內涵的變化與外延的伸縮、研究對象與視角的轉換，意味著學術思想正在發生改變。在學術由傳統向現代演進的歷程中，劉師培、魯迅的學術話語與研究視角也在漸趨由傳統進入現代，並促進了現代文學研究領域內基本學術話語的確立。這些具有現代色彩的「新學語」作為中古文學研究方法的基礎和前提的作用不容忽視。本章旨在分析同一學術話語在劉師培、魯迅的學術思想中發生的變遷歷程，以及這一變遷對二者中古文學研究的影響。

第一節　劉師培之「文」與「文學」觀念

　　《國粹學報》創刊於光緒三十一年正月，即 1905 年 2 月，時年 21 歲的劉師培為該報的創刊者之一與主要撰稿人。該報設有政篇、史篇、文篇、學篇、社說、撰錄、叢談七個欄目，劉師培為學篇、文篇、叢談的中心作者。同時，《國粹學報發刊辭》對每個欄目的要求與目的都做了說明，「撰文篇第五」曰：「一為文人，固無足觀。立言不朽，捨文曷傳。古曰文言，出語有章。昭明《文選》，巨篇煌煌。大雅不作，旁雜侏儷。墮地斯文，孰振厥衰。」〔註1〕此發刊辭明確表示了該報的文學主張：崇尚文言，以《文選》為典範，宗駢文儷語。此篇發刊辭究竟出自誰手，尚無法確證，但可以肯定的是，劉師培對此文中的觀點一定持贊同意見。因此可以認為，《國粹學報》中的文學觀就是當時劉師培的文學觀。

　　以駢文為宗、以《文選》為典範乃是劉師培對鄉先賢阮元的承繼，而阮

〔註 1〕　《國粹學報》第一年，第一號，1905 年 2 月。

元對韻文儷語的推崇則來自十九世紀的駢散之爭。駢散之爭的核心並非駢文、散文誰居主導，而是駢散背後的漢學家與古文家之爭，也即阮元與桐城派之爭。乾嘉時期，漢學的發展對作爲官方意識形態的程朱理學有著很強的衝擊力，錢大昕、戴震都曾對桐城文有著不同程度的譏諷。阮元則撰寫《文言說》、《文韻說》、《與友人論古文書》、《書梁昭明太子文選序後》等文章，在將「文」與「筆」分開的框架下，強調唐宋四六文才是「文之正統」，桐城派的唐宋八大家非但不能算作「文之正統」，簡直不能算作「文」，僅僅是「筆」爾。劉師培接續了阮元「文筆說」觀念，利用自己深湛的小學修養爲「文筆說」架構起堅固的框架並組織了眾多的例證支撐，最終得出「古人之文，可誦者文也，其不可誦者筆也。」〔註2〕劉師培所論之「文」與阮元之「文」從某種角度看上去大體相同，「是偶語韻詞謂之文，凡非偶語韻詞概謂之筆。蓋文以韻詞爲主，無韻而偶，亦得稱文。」〔註3〕但「文」的外延在劉師培這裡有了新變，發表於《國粹學報》的《文說・耀采篇》曰：

> 昔大《易》有言：「道有變動故曰爻，爻有等故曰物，物相雜故曰文。」《考工》亦有言：「青與白謂之文，白與黑謂之章。」蓋伏羲畫卦，即判陰陽；隸首作數，始分奇偶。一陰一陽謂之道，一奇一偶謂之文。故剛柔相錯，文之重於天者也；經緯天地，文之列於諡者也。三代之時，一字數用，凡禮樂法制，威儀言辭，古籍所載，咸謂之文。是則文也者，乃英華髮外秩然有章之謂也。〔註4〕

劉師培並未局限於阮元設置的「文言」中，而是將「文」單獨抽出，置入更廣袤的空間中，將一切「英華髮外秩然有章」者皆稱爲「文」，至於阮元所論之駢文僅僅是「文」的一個子系統，而非全部。事實上，我們可以很清晰地看到劉師培這一觀點的源頭，《文心雕龍・原道》篇曰：「文之爲德也大矣，與天地並生者何哉？夫玄黃色雜，方圓體分；日月疊璧，以垂麗天之象；山川煥綺，以鋪理地之形：此蓋道之文也。仰觀吐曜，俯察含章，高卑定位，故兩儀既生矣。惟人參之，性靈所鍾，是謂三才，爲五行之秀，實天地之心。」〔註5〕對比這兩段文字可以發現，劉勰將「文」看作是世間萬物

〔註2〕 劉師培：《文説・和聲篇第三》，《國粹學報》第二年，第一號，1906 年 2 月。
〔註3〕 劉師培：《中國中古文學史講義》，上海：上海世紀出版社，2006 年，第 4 頁。
〔註4〕 劉師培：《文説・耀采篇第四》，《國粹學報》第二年，第二號，1906 年 3 月。
〔註5〕 劉勰著，周振甫譯注：見《文心雕龍譯注》，南京：鳳凰出版社，2006 年，第54 頁。

都具備的性質，包括道也不例外。自然山川的形成是道之文，而人作爲天地自然中的精華存在，「人文」實乃「天地之心哉」。劉師培在《文說》中套用了這一邏輯，並將劉勰所論之「人文」具體化，「禮樂法制，威儀言辭，古籍所載」，皆謂之「文」。

然而，劉師培這一「文」的觀念在同屬國粹派陣營中的章太炎那裡被分解掉了。首先，章太炎並未將「文學」視若「文」的一個子系統，而是將「文學」與「文」看作兩個不同層面的物質。他於《文學論略》中給出了這樣的定義：「何以謂之文學？以有文字著於竹帛，故謂之文。論其法式，謂之文學。」〔註6〕章太炎將「文」的範疇明顯縮小於「著於竹帛」上的物質，而非劉師培所論「英華髮外秩然有章」之物。章氏將關注點集中於可捕捉、可呈現的帶有極強物質性色彩的「著於竹帛」之上的文字，而劉氏之關注點則更多集中於「英華」、「秩然」這些只可意會、不可言說的、帶有美學意味的、不可具體呈現的、物質性較弱的詞彙。

同爲國粹派的兩大主將爲何在文學觀上會有如此差異，這是一個耐人尋味的問題。章太炎與劉師培的共同點是二人都有精湛的小學修養，並且認爲「小學實文章之始基」，因此對於「文」、「文學」，二人的出發點都是語言文字。但章太炎認爲語言與文字「功用各殊」，「文字初興，本以代言爲職，而其功用有勝於言語者。蓋言語之用，僅可成線……故一事一義，得相聯貫，言語司之；及夫萬類坌集，棼不可理，言語之用，有所不周，於是委之文字，文字之用，可以成面，故表譜圖畫之術興焉，凡排比鋪張不可口說者，文字司之。」〔註7〕明顯的是，章太炎將文字看得高過言語，言語相對文字缺乏連貫性、邏輯性，文字可表達的內容勝過言語，因爲文字既包括「著於竹帛」之上的文學類書籍，也包括「表譜圖畫」這些非文學類物質。而劉師培的著重點則在語言、語音而非文字，他在《文章源始》中論曰：

> 然文字雖興，勒書簡畢，有漆書刀削之勞，抄胥匪易，傳播維
> 艱。故學術授受，仍憑口耳之傳聞。又慮其艱於記憶也，必雜於偶
> 語韻文，以便記誦，而語言之中有文矣；即以語言著書冊，而書冊

〔註6〕 章太炎：《文學論略》，《國粹學報》第二年，第十號至十二號，1906 年 11 月至 1907 年 1 月。

〔註7〕 章太炎：《文學論略》，《國粹學報》第二年，第十號至十二號，1906 年 11 月至 1907 年 1 月。

之中亦有文。是則上古之前，文訓爲字；中古以降，文訓爲章，故
出言之有章者爲文，著書之有章者亦曰文。〔註8〕

劉師培在這裡表達了與章太炎完全不同的意思，即文字難掩語言之功，
文字書寫雖便於攜帶記憶，但人類因早期的書寫性文字傳播不便，仍以口耳
相傳爲主要交流方式，且爲了便於記憶，因此有了偶語韻文的出現。同時，
劉師培再次申明了他的「文」的內涵：「出言之有章者爲文，著書之有章者亦
曰文。」由此可以看出劉師培與章太炎有關「文」的內涵的不同。章太炎強
調「文」的物性，因此重「著於書帛」的有形文字，劉師培則突出「文」的
審美性，因此看重便於誦讀的韻文儷語。

章太炎與劉師培爲同時期之國學大家，且二人同屬「國粹派」，同爲《國
粹學報》主要撰稿人，因此相較之處略多，在二人觀點的對比中也更易闡明
劉師培之「文」與「文學」觀。章太炎注重文字是因他的治學理路承自戴震，
即「語言文字——典章制度——聖賢義理」的研究方法，因此他的文字學是
「建立由文字孳乳以明歷史發展的根據，又建立由文字起源以明思維發展的
理論」。〔註9〕而劉師培之重音韻則更多的是爲了發展阮元的「文筆說」，以及
他受所屬揚州學派對《文選》推崇的影響。或許是因爲劉師培「文」與「文
學」觀中本身帶有重審美的傾向，因此在 1907 年 3 月，《國粹學報》開設了
兩個新的專欄：「美術篇」與「博物篇」，而在第一年「美術篇」的稿件中，
劉師培幾乎佔據了半數之多。

明治維新後的日本將 Fine Art 譯爲「美術」，後傳入中國，這意味著「美
術」一詞不僅來自西方，且它背後的文學觀、美學觀也一併傳入中國。美國
學者芬諾洛薩（E.F.Fenollosa，1853～1908）於 1882 年赴日演講，題目爲「美
術之眞諦」（The True Meaning of Fine Art），成爲第一位將「美術史」（Art
History）引入日本學界的學者。在西方美學初創時期，「美術」、「美學」包含
文學創作，如德國哲學家鮑姆加登（Alexander Gottlieb Baumgarten，1741～
1762）在《對詩的哲學沉思》（*Meditations Philosphicae de Nonnvillis, ad Poema
Pertinentibus*）中首次提出「美學」（Aesthetica）時只關注詩學和修辭學。〔註
10〕這一思想在日本學界得到延續，畢業於東京帝國大學、活躍於日本文壇的

〔註 8〕 劉師培：《文章源始》，《國粹學報》，第一年，第一號，1905 年 2 月。

〔註 9〕 侯外廬：《中國近代啓蒙思想史》，北京：人民出版社，1993 年，第 224 頁。

〔註10〕 轉引自邵宏：《西學「美術史」東漸一百年》，《文藝研究》，2004 年，第 4 期。

坪內逍遙（1859～1935）發表在 1885 年 8 月刊的《自由燈》上的文章中已有
「小說之爲美術」這樣的說法。〔註11〕

　　「美術」一詞究竟何時傳入中國，並不太容易考證，就筆者目前所知最
早出現「美術」一詞的，是刊行於 1898 年康有爲所著的《日本書目志》，康
有爲在書中介紹了明治維新後的日本的知識體系，「美術門」爲其中一項。而
使「美術」概念廣泛流傳於中國的，是王國維。1904 年，王國維的《〈紅樓夢〉
評論》在《教育世界》上刊登，首次使用「美學」、「美術」作爲文學批評概
念，並將《紅樓夢》歸類爲「美術」，「苟知美術之大有造於人生，而《紅樓
夢》自足爲我國美術上之惟一大著述。」〔註12〕可知王國維在最初使用「美
術」這一概念時便沿襲了日本學界的用法。

　　由此便不難推出緣何劉師培在《國粹學報》之「美術篇」一經創刊後，
便投入大量精力爲之創作了。「美術」在當時幾乎包涵一切藝術門類，文學自
然也屬此範圍，況且在這一新興欄目、新興門類中即使發表些與傳統相左之
意見，也不會引起較大波瀾，這從劉師培發表於「美術篇」的第一篇文章《古
今畫學變遷論》中可略見端倪：

　　　　又如古代詩歌，均屬詠事，故徵實之詞異於蹈虛之語。及莊老
　　　告退，山水方滋，乃流連光景，以神韻自詡，蓋文學之進化隨民智
　　　而變遷。〔註13〕

　　論畫之際，筆鋒一轉而論詩歌，首先表明劉師培的「文學」觀念受日本
影響，包含有「美術」的意味。其次，「雖然談的是詩歌而不是『文』，但拋
開『文筆論』而去區分『徵實之詞』『蹈虛之語』，這是劉師培文論的一個值
得注意的變化，說明他的關注點已從語言形式轉移到文學性質上了。」〔註14〕
劉師培的關注點已經不再集中於詩歌是否以用韻爲主，而涉及到了文學變遷
與學術思想之關係問題，可知劉氏此時的文學觀較前期已經有了較大的發
展，阮元之「文筆觀」已不能將他束縛。

〔註11〕　何寅、許光華主編：《國外漢學史》，上海：上海外語教育出版社，2002 年，
　　　　　第 319 頁。
〔註12〕　王國維：《〈紅樓夢〉評論》，《靜安文集》《王國維遺書》第五冊，上海：上海
　　　　　古籍書店，1983 年，第 60 頁。
〔註13〕　劉師培：《國粹學報》第三年，第一號。
〔註14〕　王風：《劉師培文學觀的學術資源與論爭背景》，見《中國文學研究現代化進
　　　　　程二編》，北京：北京大學出版社，2005 年，第 16 頁。

　　劉師培的「文」的觀念，從時間上說，處於晚清與民國之間；從思想發展上說，處在傳統到現代的轉折點上，他是架通傳統與現代文學觀念的一個橋樑。在「文」的觀念上，他承繼《文心雕龍》中「天文」、「人文」的思想，使得「文」被無限放大又無所不在，並將阮元之「文筆說」置入這一大框架內，更加有力地肯定了駢文的正統性。隨著西方思想不斷進入，劉師培的文學觀念漸趨變化，從注重小學的音韻、訓詁到關注文學的審美性，再到關注文學的變遷史以及社會思潮、學術思想等對文學的影響等內容，這是一個由表及裏的過程，也是文學研究在現代化進程中逐漸深化的表現。而與他同處一個時期的魯迅，則因在日本留學時期接受了系統的現代學術訓練以及西方現代文學思想，因此文學觀念也更加現代化。

第二節　魯迅之「文學」觀念

　　許壽裳曾經回憶魯迅與章太炎關於「文學」觀念的一次論爭：「章先生問及文學的定義如何，魯迅答道：『文學和學說不同，學說所以啓人思，文學所以增人感。』先生聽了說：這樣分法雖較勝前人，然仍有不當。郭璞的《江賦》、木華的《海賦》，何嘗能哀樂動人呢。魯迅默然不服，退而和我說：先生詮釋文學，範圍過於寬泛，把有句讀的和無句讀的悉數歸入文學。其實文字與文學固當有分別的，《江賦》、《海賦》之類，辭雖奧博，而其文學價值就很難說。」〔註15〕這場論爭從一個側面展示了文學觀念在傳統與現代之間難以逾越的鴻溝。章太炎論文學以小學爲始基，從訓詁的方法出發辨析「文」意：「文理、文字、文辭，皆謂之文。而言其彩色之煥發，則謂之彣……要之命其形質，則謂之文；狀其華美，則謂之彣。凡彣者，必皆成文；而成文者，不必皆彣。」〔註16〕「文」的內涵非常寬泛，質言之，文理、文字、文辭皆稱「文」，而偏於審美性質的文學只能喚作「彣」。在與劉師培關於語言與文字究竟孰爲根本的論爭中，章太炎已經將「文」的物性推到極限，而在《文

〔註15〕　許壽裳：《亡友魯迅印象記》，桂林：廣西師範大學出版社，2010 年，第 78 頁。
〔註16〕　章太炎：《文學總略》，太炎對「文」與「彣」的不同有更多說明：「《傳》曰：『博學於文。』不可作『彣』。《雅》曰『出言有章。』不可作『彰』。古之言文者，不專在竹帛諷誦之間。孔子稱堯、舜『煥乎其有文章』。蓋君臣朝廷尊卑貴賤之序，車輿衣服宮室飲食嫁娶喪祭之分，謂之文。八風從律，百度得數，謂之章。」

學論略》中,他又再次將「文」的審美性放大到極致:「既知文有無句讀,有句讀之分,而後文學之歸趣可得言矣。無句讀者,純得文稱,文字語言之不共性也;有句讀者,文而兼得稱辭,文字語言之共性也。」〔註17〕凡有句讀者,皆可稱爲文辭,也便算作文學,並具有審美性質。

章氏過於寬泛的觀點並未得到學生魯迅的認同。魯迅將「啓人思」與「增人感」作爲學說與文學的劃分準則,「思」與「感」作爲人類的認知能力有著本質的區別,「思」重思考力與邏輯力,屬理性範疇;「感」重感悟力與體驗性,屬感性範疇,因此魯迅所論「文學」當屬包含飽滿情思且能打動人心的藝術作品。這一文學概念已經有很濃的現代性意味,它的源頭則是日本。正如魯迅在《門外談文》中所說:「現在的『文學』,不是從『文學,子游、子夏』上割下來的,是從日本輸入,他們的對於英文(literature)的譯名。」〔註18〕

《論語·先進》篇將「文學」作爲「孔門四科」之一,這是「文學」一詞最早出現的文獻記錄,北宋邢昺在《論語疏》中釋爲「文章博學」,此後「文學」或指儒家典籍、學說,或指文辭修養,或爲官名,但大體不超「文章博學」範圍。明朝中葉,隨著西方思想與知識體系的傳入,「文學」一詞在傳教士的運用下才漸漸突破此範圍。天啓年間(1623),傳教士艾儒略在《職方外紀》中寫道:「歐羅巴諸國尚文學。國王廣設學校,一國、一郡皆有大學、中學,一鄉、一邑皆有小學。」〔註19〕此處「文學」範圍較廣,包含語言、詩歌、戲劇、小說以及文明、文化等所有關於「文」的學問,但仍與現代意義上的「文學」有較大差異。

隨著中西之間文化的進一步交流,英語詞彙進入中文世界,並互相尋找著最佳的對應詞彙。1819年出版、由馬禮遜(Robert Morrison)編撰的《五車韻府》將中文之「文」譯爲 Literature。此後二十餘年,另一部由墨黑士編撰的《華英詞典》將 Literature 譯爲「文字、文章」。此時的「literature」沒有被譯爲今天意義上的「文學」並非明代中國沒有相對應的詞彙,而是由這一英文詞自身發展所限制的,正如卡勒在《文學理論入門》中指出的:「如今我們稱之爲 literature(著述)的是二十五個世紀以來人們撰寫的著作。而 literature

---

〔註17〕 章太炎:《文學論略》,《國粹學報》1906年,第11號。
〔註18〕 魯迅:《門外談文》,見《魯迅全集》第6卷,北京:人民文學出版社,2012年,第96頁。
〔註19〕 艾儒略:《職方外紀》,長沙:湖南人民出版社,1981年,第3頁。

的現代含義：文學，才不過二百年。1800 年之前，literature 這個詞和它在其他歐洲語言中相似的詞指的是『著作』，或者『書本知識』。」〔註20〕1847 年後「文學」的所指就帶有些微現代性色彩了，由葡萄牙人瑪吉士（J.M.Marques）撰寫的《地理備考》曾論：「至其文學、技藝，古時亦未開闢，惟以兵農是習，迨勝額力西後，盡獲其珍奇，嗣服阿西亞各國，復得其積貯。各國文藝精華，盡入於羅馬。外敵既謐，爰修文學，常取高才，置諸高位，文章詩賦，著作撰述，不乏出類拔萃之人。」〔註21〕此處「文學」專指文章詩賦與著作撰述，將作爲「文字」的意義稍稍褪去了。

　　眞正將「literature」的意義確定下來，並接受它背後西方文化思想的是明治維新時的日本。明治中期，丹納《英國文學史》傳入日本，並帶去了英語世界中「literature」的意義，這一觀念在日本廣爲流傳。首先，「literature」縮小所指範圍，只包括小說、戲劇及詩歌。其次，「literature」屬於美術的一個門類。爲了進一步明確「literature」的審美特質，日本學者做了細緻的分析。如森鷗外在《自然與文學》（1889）中區分了「美文學」與「科文學」，三上參次、高津鍬三郎在《日本文學史》（1900）又區分了「美文學」與「理文學」，將文學的審美性進一步突出，從而將文學帶出知識性、客觀性的認識論範疇。同時，在上述《日本文學史》中還出現了「純文學」這一提法，更進一步表明文學需要「美」的理念。由此，具有現代性色彩的「文學」內涵被確定下來，「在日本，以語言藝術爲中心的近代『文學』概念固定下來，是在 20 世紀初到 1910 年之間。如果需要劃一條線的話，可以選明治三十九年（1906）這一年。」〔註22〕

　　很快，固定下來的「文學」概念隨著清末民初時期向日本學習的風潮進入中國。最初，國人對這一詞語的使用並不是很統一。蔣英豪在《十九、二十世紀之交「文學」一詞的變化——並論漢語中「文學」現代詞義的確立》一文中發現：「『文學』一詞在晚清文獻中的使用，其義項是相當混亂的。」〔註23〕蔣氏在對梁啓超主筆的《時務報》、《清議報》和《新民叢報》中出現的「文

〔註20〕 喬納森・卡勒著，李平譯：《文學理論入門》，南京：譯林出版社，2008 年，第 22 頁。
〔註21〕 魏源：《海國圖志》，鄭州：中州古籍出版社，1999 年，第 283～284 頁。
〔註22〕 鈴木貞美著，王成譯：《文學概念》，北京：中央編譯出版社，2011 年，第 220 頁。
〔註23〕 蔣英豪：《十九、二十世紀之交「文學」一詞的變化——並論漢語中「文學」現代詞義的確立》，載劉東主編《中國學術》總第二十六輯，北京：商務印書館，2010 年。

學」一詞進行梳理後發現，「文學」的內涵在晚清學者筆下呈現混亂的局面，大約有九個義項：文章博學、儒家學說、學校、文才、文教、學術、語文、文科以及文學藝術。出現這樣複雜的局面，大致有兩個原因，第一，「文學」一詞在中國本土本身就具有多個義項，需要視具體語境才能確定語義。第二，晚清民初學者在對外來詞語的理解中尚存有偏差，學者主觀傾向度較高。劉半農也稱：「文學之界說如何乎？此一問題，向來作者、持論每多不同……欲訂文學之界說，當取法於西文、分一切作物爲文字 Language 與文學 Literature 二類……Literature 則界說中即明明規定爲 The class of writings distinguished for beauty of style, as poetry, essays, fictions, or belles-letters，自與普通僅爲語言之代表之文字有別……故就進一步言之，凡可視爲文學上有永久存在之資格與價值者，只詩歌、戲曲、小說、雜文二種也。」〔註24〕

　　隨著日語中「文學」涵義的確定，在日本的中國留學生開始接受並使用這一新思想與新詞語。1908 年，魯迅在發表於《河南》2、3 月第二、三號的《摩羅詩力說》中便使用了「純文學」一詞：「由純文學上言之，則以一切美術之本質，皆在使觀聽之人，爲之興感怡悅。文章爲美術之一，質當亦然，與個人暨邦國之存，無所繫屬，實利離盡，究理弗存。」〔註25〕這表示魯迅已經接受「純文學」的價值內涵，接納了文學屬美術的性質，以及文學當具有感人情的功能這一思想。在西方美文學觀念傳入中國的初期，雖然學者們在使用「文學」這一語詞時較爲駁雜，但對文學當「使觀聽之人，爲之興感怡悅」則是毫無疑義的。如周作人表示：「文章者，人生思想之形現，出自意象、感情、風味，筆爲文書，脫離學術，遍及都凡，皆得領解，又生興趣者也。」〔註26〕可見「文學」當能「攖人心」是彼時學者的共識。

　　雖然魯迅已經接受了西方美學觀念，也已經開始使用現代意義上的「純文學」這一語詞，但用「文學」來指涉能夠「攖人心」的詩歌、散文、小說等作品的用法還並不很穩固。例如，魯迅多次將「文學」與「文章」置換，「文章爲美術之一，質當亦然，與個人暨邦國之存，無所繫屬，實利離盡，究理弗存。」此處的「文章」顯然代指「文學」。又如「故文章之於人生，其爲用決不次於衣

〔註24〕　劉半農：《我之文學改良觀》，《新青年》第三卷第三期，1917，5，1.
〔註25〕　魯迅：《摩羅詩力說》，初刊於 1908 年 2、3 月《河南》第 2、3 號，《魯迅全集》第 1 卷，北京：人民文學出版社，2012 年，第 73 頁。
〔註26〕　周作人：《論文章之意義暨其使命因及中國近時論文之失》，初刊於 1908 年 5、6 月《河南》第 4、5 號。

食，宮室，宗教，道德……文章之用益神。所以者何？以能涵養吾人之神思耳。涵養人之神思，即文章之職與用也。」〔註27〕再如「故神話不特爲宗教之萌芽，美術所由起，且實爲文章之淵源。惟神話雖生文章，而詩人則爲神話之仇敵，蓋當歌頌記敘之際，每不免有所粉飾，失其本來，是以神話雖託詩歌以光大，以存留，然亦因之而改易，而銷歇也。」〔註28〕「文章」亦通指所有文藝作品。這一現象也同樣存在於周作人那裡：「近有譯著說部爲之繼，而本源未清，濁流如故，其過在不以小說爲文章，或以爲文章而仍昧於文章之義，則惑於裨益社會，別長謬見。」〔註29〕「文章一科，後當別爲孤宗，不爲他物所統。」〔註30〕將小說視爲「文章」，且有意區分自己闡述之「文章」與傳統文章之不同，可知周氏兄弟的「文章」在一定程度上確指代「文學」。這樣的「文章」觀來自於宏德（Hunt）：「宏氏《文章論》曰：『文章者，人生思想之形現，出自意象、感情、風味，筆爲文書，脫離學術，遍及都凡，皆得領解，又生興趣者也』。」〔註31〕周作人所描述之「文章」，正是源自靈感、抒發情懷、感人性情的「文學」。

周氏兄弟對「文章」的借用，既表明了他們對於新出現之名詞——「文學」的不習慣，也反映了二人有意識地接納西方美文學之思想，在「文章」與「文學」的置換中，周氏兄弟——這兩位民初知識分子的內心世界中充滿了傳統與現代交織所構成的張力。相對來說，國學根基相當厚重的周氏兄弟骨子裏仍然受中國傳統思想影響較深，因此在使用「文學」一詞時，經常會發生置換或借用。木山英雄認爲：「比周氏兄弟更早一步接受了西歐文學觀的王國維，經常自覺使用日本造譯語『文學』，而周氏兄弟共同的譯語，卻既與厭惡此種『新名詞』的《國粹學報》和章炳麟同道，同時又有意識地區別於章氏『過於寬泛』的定義。」〔註32〕與業師章太炎的相似與衝突，凸顯了二人思想世界中傳統與現代

〔註27〕 魯迅：《摩羅詩力說》，初刊於 1908 年 2、3 月《河南》第 2、3 號，《魯迅全集》第 1 卷，北京：人民文學出版社，2012 年，第 74 頁。

〔註28〕 魯迅：《中國小說史略》，見《魯迅全集》卷九，北京：人民文學出版社，2012 年，第 19 頁。

〔註29〕 周作人：《論文章之意義暨其使命因及中國近時論文之失》，初刊於 1908 年 5、6 月《河南》第 4、5 號。

〔註30〕 周作人：《論文章之意義暨其使命因及中國近時論文之失》，初刊於 1908 年 5、6 月《河南》第 4、5 號。

〔註31〕 周作人：《論文章之意義暨其使命因及中國近時論文之失》，初刊於 1908 年 5、6 月《河南》第 4、5 號。

〔註32〕 木山英雄著，趙京華編譯：《「文學復古」與「文學革命」——木山英雄中國現代文學思想注集》，北京：北京大學出版社，2004 年，第 225 頁。

的構成，在渴望接受西方思想的同時難以迴避自己骨子裏滲透的中國傳統。然而他們畢竟已處於打破傳統的現代，因此雖然傳統影響難以磨滅，但並不妨礙他們突破。因此周氏兄弟將傳統「文章」的內涵擴大，將詩歌、小說、散文、戲曲等所有「攖人心」的文學作品統歸於「文章」，以此區別於傳統的「文章」內涵。在這一層面上，也可看出魯迅較劉師培更接近現代學術。

劉師培所論之「文章」依然是中國傳統之文章內涵，「文章之用有三：一在辨理，一在論事，一在敘事。文章之體亦有三：一為詩賦以外韻文，碑銘、箴頌、贊誄是也；一為析理議事之文，論說、辯議是也；一為據事直書之文，記傳、行狀是也。」〔註33〕以說理論事為主、傳情達意為輔的各類「文」，並明確規定將詩賦除外，此類文章，有著非常明確的格式規範與抒寫模式。周氏兄弟則或許在一定程度上希望表明自己破除傳統束縛的意味，但卻在另一層面暴露出二人實乃脫胎於舊傳統的痕跡。

「文學」的內涵到王瑤治學之時已相當固定，已基本等同今日所論之「文學」，且學者在使用時也較為統一，不再使用「文章」等在某種程度上帶有傳統色彩的語詞來代替，可知「文學」一詞的使用方法已經被完全接納及熟練應用。

從「文」到「文章」、再到「文學」的發展路程可以看出現代學者在傳統與現代之間的徘徊與擇取，在對西方思想的吸收與運用中邁出的步伐。當然，這並不是意味著章太炎這樣的國學大師由於沒有完全接受西方「純文學」之思想就應當算作保守，而是由於他與魯迅、周作人所論之「文學」本就屬於兩個體系。例如在看待文學是否應以「感人情」的問題上，太炎也並未完全否定，「一切文辭（兼學說在內），體裁各異，以激發感情為要者，箴銘哀誄詩賦詞曲雜文小說之類是也；以發思想者為要者，學說是也……其體各異，故其工拙亦因之而異；其為文辭，則一也。」〔註34〕太炎也認為詩賦詞曲小說之類的文辭應當以能夠感人情為主，並大體認可了學說與文辭的不同，學說以「發思想者為要者」，畢竟與文辭有別。但太炎只是對具體的文體「感人情」表贊同，而並非針對共同的「文學」，「文之代言者，必有興會神味；文之不代言者，則不必有興會神味。不代言者，文字所擅場也。故論文學者，

〔註33〕　劉師培：《漢魏六朝專家文研究》，見《中國中古文學史講義》，上海：上海古籍出版社，2006年，第106頁。
〔註34〕　章太炎：《文學論略》，《國粹學報》1906年，第12號。

不得以感情爲主。」〔註35〕太炎所謂「文」乃是從文字性角度定義的,「文學」只屬「文」的一個子系統而已,因此他又否定了所有的「文」都應「感人情」。

第三節 現代「小說」觀念的萌芽

新詞語的確立往往是新思想的誕生,固定詞語的內涵倘若發生變化,也是思想變化的一個標誌。劉師培與魯迅在對待小說的問題上,雖然相差年份不多,卻有著顯著的差異。劉師培《中國中古文學史講義》(以下稱《講義》)著於 1917 年,也正是在同一年,陳獨秀、胡適在《新青年》發表《文學革命論》、《文學改良芻議》,發起文學革命,提倡白話文,反對文言文,提倡新文學,反對舊文學。文學革命的浪潮似乎對劉氏並未有太大影響,《講義》仍然以文言抒寫,並將文言文中的美文——駢文——作爲文章之典範而推崇。且更讓人訝異的是,《講義》雖名爲「文學史講義」,但內容卻以文章爲主,主要是以駢文爲宗,間或涉及詩,至於萌芽於魏晉時期的志怪小說,則幾乎沒有涉及。即使論及詩歌,次數也極其有限,這對於研究五言詩迅速發展的魏晉時期的著作而言是不可思議的。這樣的事實足以證明,在劉師培心中,「文學」的範圍仍然較爲狹窄,比我們今天所謂純文學的內涵也要窄,小說這類「下里巴人」自然不在所屬範圍之內。

一、「小說」在傳統文學中的定位與發展

「小說」之名最早見於《莊子・外物》中「飾小說以干縣令」〔註 36〕,此處之「小說」意爲瑣屑之言,與今日「小說」不同。班固於《漢書・藝文志》中言「小說家者流,蓋出於稗官,街談巷語,道聽途說者之所造也。孔子曰:『雖小道,必有可觀者焉。致遠恐泥,是以君子弗爲也。』然亦弗滅也,閭里小知者之所及,亦使綴而不忘,如或一言可採,此亦芻蕘狂夫之議也。」如淳注曰「細米爲稗。街談巷說,甚細碎之言也。王者欲知里巷風俗,故立稗官,使稱說之。」〔註37〕「稗」,原指稗草,似禾,價值甚小。稗官是沒有

〔註35〕 章太炎:《文學論略》,《國粹學報》1906 年,第 12 號。
〔註36〕 郭慶藩撰,王孝魚點校:《莊子集釋》(下),北京:中華書局,2012 年,第 918 頁。
〔註37〕 魯迅:《中國小說史略》,見《魯迅全集》卷九,北京:人民文學出版社,2012 年,第 29 頁。

正式官爵的官職，主要職責是收集街談巷語以便天子觀聽民風。直至漢代，「小說」一詞涵義並無明顯變化，仍是不足道的街談巷語，而與「小說」相關聯的人，則是微不足道、連正式官爵都沒有的散居鄉野的小官吏。稗官一職，與樂府有相似之處。漢武帝爲采風而設樂府，通過採集各地民歌以觀政治。稗官也同樣以採集各地街談巷語爲主，而並非獨立創作。只是有一點不同，被孔子奠定了崇高地位的詩，與瑣屑之言的「小說」不同，「詩，可以興，可以觀，可以群，可以怨」，「小說」則並無這樣煊赫的地位。班固依循劉向、劉歆父子《別錄》、《七略》的安排，將「小說家」納入諸子十家，與儒家、道家、墨家等並列。雖然班固將「小說家」列於末尾，但並不妨礙我們做出「小說」可成一家的事實判斷。可見，在漢代，「小說」雖爲稗官所採的來自民間的街談巷語，但這瑣屑之言、不足道的小道理已經具備相當的規模，因此《桓子新論》曰：「若其小說家合叢殘小語，近取譬喻，以作短書，治身理家，有可觀之辭。」〔註38〕

　　「小說」一詞在漢代還有另外的解釋。張衡《西京賦》曰：「匪唯玩好，乃有秘書。小說九百，本自虞初。從容之求，實俟實儲。」〔註39〕虞初爲漢代方士，方士承繼先秦巫文化而來，善談巫術，言辭多涉及長生、神仙等內容，因此多誇飾之詞。漢代之後，「小說」這兩種內涵漸趨合流，即運用各種修辭手法講述小道理。如《三國志》卷二十一注引《魏略》記載：

　　　　（曹）植初得（邯鄲）淳甚喜，延入坐，不先與談。時天暑熱，
　　植因呼常從取水自澡訖，傅粉。遂科頭拍袒，胡舞五椎鍛，跳丸擊
　　劍，誦俳優小說數千言訖。〔註40〕

　　這則史料證明「小說」似與俳優有密切關係。至魏晉，「小說」的涵義已不僅是「治身理家」的「殘叢小語」，而是與方士、俳優等相關聯的具有誇張、滑稽、詼諧等特點的一種文體了。只是方士與俳優社會地位較低，與進入國家權力中心的士相去甚遠，因而「小說」與居於主流的詩文仍不可同日而語。幽默、詼諧的「小說」與俳優本就是上層統治者取而一笑的「小道」，既無關

〔註38〕　蕭統編，李善注：李善注江淹詩《李都尉》，見《文選》卷三十一，上海：上海古籍出版社，2013 年，第 1453 頁。
〔註39〕　嚴可均輯，許振生審訂：《全後漢文》（下），北京：商務印書館，1999 年，第540 頁。
〔註40〕　陳壽著，裴松之注：《魏書‧王衛二劉傳第二十一》，見《三國志》卷二十一，北京：中華書局，1964 年，第 603 頁。

乎社稷，也無功績於朝廷，「記人間事者已甚古，列禦寇韓非皆有錄載，惟其所以錄載者，列在用以喻道，韓在儲以論證。若爲賞心而作，則實萌芽於魏而盛大於晉，雖不免追隨俗尚，或供揣摩，然要爲遠實用而近娛樂矣。」〔註41〕因此「小說」的表現力雖然漸趨豐富，但它的發展道路卻與「修身齊家治國平天下」的士人準則漸行漸遠，而最終被定位於「遠實用而近娛樂」。

入唐後，「小說」被歸入史部。劉知幾於《史通·採撰》中說：

> 晉世雜書，諒非一族，若《語林》、《世說》、《幽明錄》、《搜神記》之徒，其所載或詼諧小辯，或神鬼怪物。其事非聖，揚雄所不觀；其言亂神，宣尼所不語。皇朝所撰《晉史》，多採以爲書。
> 〔註42〕

雖將「小說」歸於史部，但劉知幾對「小說」的可信度是持保留態度的，《史通》中有這樣一則史料：「夫學未該博，鑒非詳正，凡所修撰，多聚異聞，其爲踳駁，難以覺悟……又劉敬叔《異苑》稱晉武庫失火，漢高祖斬蛇劍穿屋而飛，其言不經。故梁武帝令殷芸編諸《小說》，及蕭方等撰《三十國史》，乃刊爲正言。」〔註43〕因「其言不經」而被編入《小說》，可見「小說」並不具備徵實可信的特點，雖被認爲與史有關，但可信度卻遠遠低於正史。由於「小說」所記載之事多神奇怪誕，因此通常被看做野史雜記，僅僅作爲正史的補充而存在。

宋以後，「小說」的內涵又較前有所擴大。吳自牧《夢粱錄》（二十）記載「且『小說』名『銀字兒』，如煙粉靈怪傳奇公案、撲刀杆棒發跡變態之事……談論古今，如水之流……蓋小說者，能講一朝一代故事，頃刻間捏合。」〔註44〕魯迅云：「是知講史之體，在歷敘史實而雜以虛辭，小說之體，在說一故事而立知結局。」〔註45〕可見「小說」已可以在一個固定的框架內由說書人自由發揮。明清時期，「小說」作爲一種藝術形式已經基本固定，成爲敘事作品

〔註41〕 魯迅：《中國小說史略》，見《魯迅全集》卷九，北京：人民文學出版社，2012年，第62頁。

〔註42〕 劉知幾撰，趙呂甫校注：《史通·內篇·採撰》，見《史通新校注》，重慶：重慶出版社，1990年，第287頁。

〔註43〕 劉知幾撰，趙呂甫校注：《史通·外篇·雜說中》，見《史通新校注》，重慶：重慶出版社，1990年，第930頁。

〔註44〕 吳自牧：《夢粱錄》（三），北京：商務印書館，1937年，第194頁。

〔註45〕 魯迅：《中國小說史略》，見《魯迅全集》卷九，北京：人民文學出版社，2012年，第117頁。

的代稱，馮夢龍甚至認爲「六經國史而外，凡著述皆小說也。」〔註46〕

中國傳統小說的發展歷程大致如此。由「殘從小語」至幽默、詼諧的俳優小說，再變而爲敘述一個完整的故事，但不論怎樣變化，小說都無法逃脫「小道」的命運，也因此無法躋身於士階層心中那個可以「言志」的神聖殿堂，始終停留在娛樂的活動範圍之中。

二、晚清民初小說地位的改變

通常認爲，小說地位的改變始於戊戌變法前後。1896 年，康有爲關注並收集大量日本小說，編成《日本書目志》，「小說門」共收錄小說一千五十六種，短時間之內想要編成書目幾乎是不可能的，可推想，康氏對日本小說的關注應當比 1896 年更早。而從康氏的「少年書類隨筆附」中更可看出其對「小說」的重視：

> 易逮於民治，善入於愚俗，可增《七略》爲八，四部爲五，蔚爲大國，直隸《王風》者，今日急務，其小說乎？僅識字之人，有不讀經，無有不讀小說者。故《六經》不能教，當以小說教之；正史不能入，當以小說入之；語錄不能諭，當以小說諭之；律例不能治，當以小說治之。天下通人少，而愚人多，深於文學之人少，而粗識之無之人多。《六經》雖美，不通其義，不識其字，則如明珠夜投，按劍而怒矣。孔子失馬，子貢求之不得，圉人求之而得，豈子貢之智不若圉人哉？物各有群，人各有等。以龍伯大人與僬僥語，則不聞也。今中國識字人寡，深通文學之人尤寡，經義史故亟宜譯小說而講通之。泰西尤隆小說學哉！〔註47〕

1897 年 11 月、12 月間，嚴復、夏曾佑於《國聞報》上刊發萬言長文《本館附印小說緣起》，該文論述了小說的意義，被認爲是「闡明小說價值的第一篇文字」〔註48〕：

> 夫說部之興，其入人之深，行世之遠，幾幾出於經史上，而天下之人心風俗，遂不免爲說部所持……本館同志，知其若此，且聞

〔註46〕　馮夢龍：《醒世恒言序》，見《馮夢龍全集》（3），南京：鳳凰出版社，2007 年，第 1 頁。

〔註47〕　康有爲撰，姜義華、張榮華編校：《康有爲全集》第三集，北京：中國人民大學出版社，2007 年，第 522 頁。

〔註48〕　阿英：《晚清小說史》，北京：商務印書館，1937 年，第 3 頁。

歐、美、東瀛，其開化之時，往往得小説之助。〔註49〕

在社會發生急劇變動的晚清，小説因遠離「廟堂之高」而得福，倍受康有爲、嚴復、夏曾佑等知識分子領袖重視。在尋求中國如何擺脫羸弱、如何走上與西方同樣強盛的道路上，知識分子們發現了小説的力量。小説具有可讀性、親民性，因備受人民喜愛而具有強大的傳播性。處在上層地位的六經則因文言傳播範圍的狹窄致使可接受人群過少而暫時被置放起來。在眾多重視小説的知識人中，以梁啓超用力最大最深。戊戌變法失敗後，梁啓超逃亡日本，1898 年 9 月在日本接觸政治小説後發表《譯印政治小説序》，提倡以關心時局爲主的政治小説。後於 1902 年在日本橫濱創立《新小説》月刊，並撰寫可稱爲發刊詞的《論小説與群治之關係》，公開大力提倡小説之價值，開啓了「小説界革命」。《新小説》設有「論説」專欄，強調此刊任務乃「論文學上小説之價值，社會上小説之勢力，東西各國小説學進化之歷史及小説家之功德，中國小説界革命之必要及其方法等。」〔註50〕梁啓超對小説的偏愛，既來自業師康有爲的言傳身教，也有嚴復等人的影響。梁啓超在《小説叢話》中曾説：「天津《國聞報》初出時有一雄文，曰《本館附印小説緣起》，殆萬餘言，實成於幾道（嚴復）與別士（夏曾佑）二人之手。余當時狂愛之，後竟不可裒集。」〔註51〕康、嚴二人都將小説與開化風俗、啓發民智聯繫起來，因此梁啓超在那篇可稱爲發刊詞的《論小説與群治之關係》一文開篇即倡「新小説」與政治、風俗、道德之關係：「欲新一國之民，不可不先新一國之小説。故欲新道德，必新小説；欲新宗教，必新小説；欲新政治，必新小説；欲新風俗，必新小説；欲新學藝，必新小説；乃至欲新人心，欲新人格，必新小説。何以故？小説有不可思議之力支配人道故。」〔註52〕

「小説界革命」的影響是巨大的，由此引發了一場晚清小説創作高峰。根據日本學者樽本照雄在《清末民初小説年表》中的統計，清末民初翻譯、

〔註49〕　舒蕪、陳邇冬、周紹良、王利器編選：《中國近代文論選》，北京：人民文學出版社，1981 年，第 187 頁。

〔註50〕　梁啓超：《中國唯一之文學報〈新小説〉》，《新民叢報》第 14 號，1902 年。

〔註51〕　阿英：《晚清文學叢鈔·小説戲曲研究卷》，北京：中華書局，1960 年，第 310 頁。

〔註52〕　梁啓超：《論小説與群治之關係》，見《梁啓超全集》第四卷，北京：北京出版社，1999 年，第 884 頁。

創作小說共二千二百餘種。歐陽健所編《中國通俗小說總目提要》統計，唐代至清末所創作的通俗小說共 1160 部，而晚清時期（1872～1911）創作的通俗小說就有 620 餘種。這是兩個龐大的數字，足以說明「小說界革命」後帶來的小說創作的繁榮。「小說界革命」後，小說期刊雨後春筍般湧現，比較重要的有：梁啓超所創的《新小說》（1902）、李伯元主編的《繡像小說》（1903）、吳研人主編的《月月小說》（1906）、徐念慈、黃人主編的《小說林》、以及《新新小說》（1904）、《小說世界日報》（1905）、《中外小說林》（1907）、《小說時報》（1909）、《小說月報》（19010）等，眾多的小說期刊的發行反映了當時小說創作的興盛與小說市場的繁榮。

　　但小說繁榮的背後也暗含著一些問題：晚清時期創作的小說是否就是梁啓超在「小說界革命」所提倡的「新小說」？嚴復、康有爲、梁啓超諸人所論的「小說」是否就是他們看到的西方小說？五四新文學運動中魯迅等創作的小說又與「新小說」有何異同？更重要的是，梁啓超登高一呼、萬眾響應的「小說界革命」究竟有多大的影響力與衝擊力，如果這一革命足夠震撼，爲何如章太炎、劉師培這樣的上層主流知識分子卻並沒有加入這一陣營？這些問題並不孤立地存在，而是複雜地纏繞在一起，有待進一步的討論和探索，筆者在此僅僅表達一二點個人看法。

　　首先，不能孤立地看待「小說界革命」。「小說界革命」是作爲晚清政治改革運動的一部分出現的，它的任務是思想啓蒙，「革命」二字本身就帶有強烈的政治色彩，因此晚清小說的興盛從某種意義上說並非小說作爲一種文學體裁本身獲得了長足的發展，而更多的是作爲另一種載道的工具重獲士人青睞。這一工具比執文學界牛耳的詩文更通俗易懂，更易被大眾接受。梁啓超提出小說有「薰」、「浸」、「刺」、「提」四力，稱：「此四力者，可以盧牟一世，亭毒群倫，教主之所以能立教門，政治家所以能組織政黨，莫不賴是。文家能得其一，則爲文豪；能兼其四，則爲文聖。有此四力而用之於善，則可以福億兆人；有此四力而用之於惡，則可以毒萬千載。而此四力所最易寄者，惟小說。」〔註 53〕因此小說成爲梁啓超首要推重的，他看重的是小說便於綜合這「四力」，便於實行他的啓蒙大眾的思想計劃，而並非對小說這一文體的切實認可。因此梁啓超對「小說」是有具體要求的，他推崇政治小說，

〔註53〕　梁啓超：《論小說與群治之關係》，見《梁啓超全集》第四卷，北京：北京出版社，1999 年，第 884 頁。

認為「在昔歐洲各國變革之始，其魁儒碩學，仁人志士往往以其身之所經歷，及胸中所懷，政治之議論，一寄之於小說……往往每一書出，而全國之議論為之一變。彼美、英、德、法、奧、意、日本各國政界之日進，則政治小說，為功最高焉。」〔註54〕同時，排斥那些帶有「狀元宰相思想」、「佳人才子思想」、「江湖盜賊思想」、「妖巫狐鬼思想」的傳統小說，而要取能夠啟民智、助民風，可使人人關心時局的、具有啟蒙意義的「新小說」。

但真正能將此「新小說」付諸實踐的作家並不多。在晚清小說期刊中，出現了諸多題材，比如：社會小說、時事小說、哲理小說、冒險小說、科學小說、教育小說、國民小說、偵探小說、軍事小說，以及航海小說、虛無黨小說等，從這些題材中可知，真正能夠做到使國民皆可關心時局而達到啟蒙民智的政治小說並不占多數，小說題材更多的是以增長見聞、擴充知識為主。如《世界繁華報》曾刊：「首列評林、諷林二門，或詩或詞，義取諷刺。次本館論說、藝文志。次翻譯新聞、最新電報、滑稽列傳、時事嬉談、野史、地理志、利園日記、鼓吹錄、海上看花記、北里志、侍兒小名錄、事貨志、群芳譜等名目。」〔註55〕又《新新小說》刊登「社啟」：「凡有詩詞、雜記、奇聞、笑談、歌謠、俚諺、遊戲文字以及燈謎、酒令、楹聯、詩鐘等，不拘新舊體裁，本社均擬廣為彙集，按期選錄，四方風雅，望勿吝珠玉為幸。」〔註56〕而小說讀者的需求也更多的是以娛樂為目的，「默年來更有痛心者，則小說銷數之類別是也，他肆我不知，即小說林之書計之，記偵探者最佳，約十之七八；記豔情者次之，約十之五六；記社會態度，記滑稽事實者又次之，約十之三四；而專寫軍事、冒險、科學、立志諸書為最下，十僅得一二也。」〔註57〕由此可知當時的小說創作家並沒有完全遵從「新小說」的創作理論，有很大一部分是為了適應市場，賺取稿費，而大部分讀者也只是將小說當做娛樂的一種。因此，晚清時期的小說並未脫離傳統小說「遠實用而近娛樂」的束縛。

〔註54〕 梁啟超：《譯印政治小說序》，見《梁啟超全集》第一卷，北京：北京出版社，1999年，第172頁。

〔註55〕 《上海〈世界繁華報〉告白》，原載《大公報》第2期，1902年6月8日。轉引自《李伯元全集》第5冊，南京：江蘇古籍出版社，1997年，第150頁。

〔註56〕 《新新小說社啟》，《新新小說》第一號，1905年。

〔註57〕 陳平原、夏曉虹編：《二十世紀中國小說理論資料》第1卷，北京：北京大學出版社，1997年，第335頁。

正因如此，「小說界革命」雖產生了深遠的影響，爲五四新文化運動做了積極的準備與鋪墊，然而晚清小說的繁榮更多的仍是以娛樂爲主，而不是以啓蒙教化爲主，這與中國傳統小說觀基本一致。夏志清曾論道：「由於嚴梁二氏未嘗界說這個名詞，我們相信他們之所以極力提倡小說，是因爲除了詩、詞、賦、散曲之外，小說幾乎等於所有的想像文學。因此，嚴復列舉的最有名的小說人物，皆出自《三國演義》、《水滸傳》、《西廂記》及《牡丹亭》。梁啓超列舉的最有影響力的小說，除了《水滸傳》和《紅樓夢》外，尚包括《西廂記》與《桃花扇》。〔註58〕」可知在梁啓超、嚴復心中的「小說」實乃西方小說與中國傳統小說的合體，既包括了西方小說的抒情性、通俗性，也包含了中國傳統小說的故事性、趣味性。而新文化運動所倡之小說，是在參照西方現代小說觀念的過程中逐漸形成的中國現代小說觀念，小說界革命雖然獲得巨大成就，實與新文化運動時期創作之小說不同。

其次，科舉制度的廢除，使得滲透於士人骨子裏的「學而優則仕」的理想破滅了，政道分離「從根本上改變了人的上升性社會變動取向，切斷了『士』的社會來源，使士的存在成爲一個歷史範疇，而新教育制度培養出來的已是在社會上『自由浮動』的現代知識分子。」〔註59〕晚清小說的創作者多爲吳研人、李伯元之類的下層士人，他們雖關心時局，但遠離政治權力核心，且以任誕不羈的風格行事，更多場合以文人身份出現，飲酒賦詩、猜燈謎、畫扇面是他們更願爲之的事情。

在中國傳統社會，文人本是士人的一重身份，對詩文書畫的愛好並不與治國平天下背道而馳，相反，在琴棋書畫、詩詞歌賦的精神世界裏，士人可獲得暫時的休息與心靈的靜謐，也是自我超越、自我解脫的方式之一，「這是一種身份的自我疏離，是知識人對自身文化人格的自覺整合與完善，這是一種良性的衝突，可以使士人們內心的世界保持一種張力平衡。」〔註60〕然而科舉制的廢除打破了這一平衡，士人不能以「學而優則仕」的方式參與政治，並且失掉了經濟上的保障；科舉制的廢除意味著中國正進行一場天翻地覆的革新，也從側面反映了皇權體制難以繼續實行的現實，這使得一部分個性較

〔註58〕　夏志清：《人的文學》，福州：福建教育出版社，2010 年，第 65 頁。
〔註59〕　嚴復：《論教育書》，見《辛亥革命前十年間時論選集》上冊第 1 卷，北京：三聯書店，1977 年，第 193 頁。
〔註60〕　李春青：《趣味的歷史——從兩周貴族到漢魏文人》，北京：三聯書店，2014 年，第 293 頁。

強、文人色彩較重的士人選擇放棄士大夫身份，而完全沉浸於文人的行列，比如吳研人與李伯元都屬此類。

然而，更多士人仍然以士身份立身行事，肩負國家前途運命之責。中國士人當以「治天下」爲己任，因此章太炎的文字學的出發點仍然是傳統文化的興衰，而劉師培的詩歌中也一再表露過自己的理想。1904 年《中國白話報》第四期刊載劉師培詩《崑崙吟》：「兼弱攻昧肆併吞，沉沉大陸三千年。連城璧已去，無復商於還。瓜分慘禍眉睫間，能毋流涕傷汶瀾！」〔註 61〕感情何等悲壯深沉，林白水作附記云：「（《崑崙吟》）是一部二十二史，是一部民族志，其富於歷史知識、種族之思想，字字有根據，而復寓論斷於敘事中。吾恐大索吾國中求一如劉子者不可得矣。」〔註 62〕劉師培於同年寫給湖廣總督端方的信中言：「自滿洲肇亂，中原陸沉；衣冠化爲塗炭，群邑蕩爲邱墟；呻吟虐政之中，屈服氈腥之壤，蓋二百六十年於茲矣……光漢幼治《春秋》，即嚴夷夏之辨。垂髫以右，日讀姜寨、亭林書，於中外大防，尤三致意。竊念天下興亡，匹夫有責；《春秋》大義，九世復仇。」〔註63〕若我們暫且擱置劉師培由排滿又投滿的行爲，單從文字中可以讀出劉師培心念天下之意，這是傳統士人所懷之精神，吳研人、李伯元等文人在小說中揭露、諷刺晚清政治腐敗、官場黑暗等意義不可與之同日而語。以士行事的劉師培不僅在文字中表露對國家興亡之悲痛，與救國救民之願望，且積極付諸行動。雖然劉師培最終選錯了道路，但仍然是他身爲士人的努力，這也是他始終將小說視作小道的一個重要原因。

三、劉師培與魯迅小說觀念的不同

學界通常認爲中國現代知識分子群體成形於 19 世紀末 20 世紀初，以「公車上書」爲標誌，現代知識分子作爲一個群體對中國社會的變革產生了巨大作用。客觀地說，劉師培、魯迅都屬於這一群體，但歷史總是複雜的，複雜歷史語境下造就的個人同樣是複雜的。若將中國現代知識分子群體畫作一個圓圈，筆者更傾向於將魯迅完全劃入圈內，劉師培則只有一半屬於此群體，另一半當屬中國傳統士階層。傳統士人與現代知識分子究竟有何不同，這不

〔註 61〕 萬仕國編著：《劉師培年譜》，揚州：廣陵書社，2003 年，第 43 頁。

〔註 62〕 萬仕國編著：《劉師培年譜》，揚州：廣陵書社，2003 年，第 43 頁。

〔註63〕 萬仕國編著：《劉師培年譜》，揚州：廣陵書社，2003 年，第 45 頁。

是一個可以簡單說清的問題，二者間交集因素很多，比如同樣具有高水準的文化、獨立精神、良知、強烈的公共關懷與批判精神，但筆者以爲傳統士人在對現實狀況否定背後還具有一種烏托邦精神，「恰恰是烏托邦精神構成了士人階層獨立性、主體性和自覺性最高形式。」〔註64〕首先，士階層在不滿於現實社會的基礎上建構了一個個德才兼備的古代聖王以制約現實君主，這些被建構的、只存在於士人理想中的聖王本就是烏托邦精神的一種象徵。其次，士人還將「天」作爲對現實君王的一個挾制，並以「天人感應」之思想牢牢將君王的權力與士人本身的理想結合起來。再次，士人有理想人格與理想社會這兩個烏托邦表現。孔子所稱「君子」、墨子所云「兼愛」、莊子所謂「眞人」都是士人對理性人格的期盼，《禮記》中對「大同」與「小康」的描繪、道家對回歸自然本眞狀態的渴望則是士人對理想社會的建構。

　　士階層的烏托邦精神在劉師培身上有一定的體現。劉師培在《悲佃篇》一文中指出中國土地制度失衡，應將土地按人口分配於農民，發動「農人革命」，認爲「處今之世……必盡破貴賤之級，沒豪富之田，以土地爲國民所共有，斯能眞合於至公……使人人之田，均有定額，此則仁術之至大者也。」〔註65〕此後，劉師培開始接受無政府主義，並創辦《天義報》，陸續發表《人類均力說》、《論種族革命與無政府主義異同考》、《無政府主義之平等觀》，在《衡報》發表《論共產制易行於中國》、《論中國宜組織勞民協會》等文宣傳無政府主義思想，設想推翻滿清政府後，中國可以走無政府主義道路。同時，劉師培在《人類均力說》中建構了一個「人人全能」的社會，在此社會中，全人類將打破國界與現存社會秩序，以千人爲一鄉，設置「老幼棲息所」，人自出生就在「老幼棲息所」中按階段學習語言、歷史、地理、音樂、圖畫、數學等知識，21歲以後按年齡長幼從事開礦、伐木、冶鐵等工作，36歲後再按年齡大小從事烹飪、醫療等工作。顯然，劉師培在反滿排滿主張背後，試圖建構一個烏托邦社會，對中國應實行土地均分制，對全世界則應實現「人人全能」、「人人均力」的理想，這是士階層的烏托邦精神在劉師培身上的展現，也是先秦士人的烏托邦理想在晚清民初的遙遠回應，同時也是劉師培具有傳統士人特徵的典型例證。

〔註64〕　李春青：《烏托邦與詩——中國古代士人文化與文學價值觀》，北京：北京師範大學出版社，1995年，第25頁。

〔註65〕　劉師培：《劉申叔遺書‧左盦外集》卷一四，南京：鳳凰出版社，1997年。

　　正因劉師培骨子裏還流淌著傳統士人的血液，他的精神仍屬士人之精神世界，士人將小說視爲「小道」，故而劉師培在對待小說的態度上與魯迅有別。首先，以「文學史」命名的《中國中古文學史講義》中通篇沒有涉及小說，在「小說界革命」蓬勃興起、西方純文學觀念的思想影響下也絲毫沒有受到半分干擾，而魯迅則開闢了爲小說作史的道路，「把中國小說（尤其是元明清三代的章回小說）的藝術發展理解爲若干主要類型演進的歷史。這一學術思路，終於使得小說史的研究擺脫了作家作品點評的傳統方式，走向綜合性的整體把握。」〔註66〕《中國小說史略》也因此成爲中國傳統小說研究中的一顆璀璨明珠。其次，劉師培與魯迅即使論及同一人，視角也有明顯差異。如在論及梁代吳均時，劉師培認爲其「尤以詩名者」〔註67〕並引《梁書‧吳均傳》：「字叔庠，有俊才。沈約見均文，頗相稱賞……均文體清拔，有古氣，好事者或傚之，謂爲吳均體。著文集二十卷。」〔註68〕其實吳均並非只以詩文著稱，他還作有《續齊諧記》一卷，而劉師培竟隻字不提。魯迅在評價吳均時則稱「均夙有詩名，文體清拔，好事者或模擬之，稱『吳均體』，故其爲小說，亦卓然客觀，唐宋文人多引爲典據。」〔註69〕由此可見劉師培與魯迅的關注點並不相同。

四、魯迅的小說觀念

　　五四新文學運動時期，中國知識分子在參照西方現代小說觀念體系下建立了中國現代小說觀念，與傳統小說觀念有很大不同。西方小說源自古希臘神話，充滿了古希臘式的想像、誇張、浪漫。文藝復興時期，在人文主義思潮影響下，小說將視線由神轉到人身上，敘事文學從此以描寫現實人生爲主題。西方現代小說產生自十八世紀，理性思維與眞摯感情交織在一起構成了西方現代小說的基本特點。二十世紀以來，在第一次世界大戰的震動中，西方世界開始懷疑曾經信奉的理性、自由、平等、科學等的傳統觀念，出現了柏格森直覺主義、叔本華悲觀主義、尼采的唯意志主義等現代思潮，使得西方現代小說觀念中出現了彷徨、苦悶、非理性等特徵。五四時期小說正是在西方現代小說觀念的影響下發展起來的，較傳統小說而言，多了人性、理性、

〔註66〕　陳平原：《論魯迅的小說類型研究》，《魯迅研究月刊》，1991年，第9期。
〔註67〕　劉師培：《中國中古文學史講義》，上海：上海古籍出版社，2006年，第73頁。
〔註68〕　劉師培：《中國中古文學史講義》，上海：上海古籍出版社，2006年，第73頁。
〔註69〕　魯迅：《魯迅全集》卷九，北京：人民文學出版社，2012年，第50頁。

苦悶、彷徨等特點。且五四時期知識分子較「小說界革命」時期的傳統知識分子視野開闊，大都有留學經歷，在他國反觀本國，對本國情狀可以有更清晰的認識，同時五四學人對西方思想與西方小說觀念更加認同，在創作小說中能夠更靈活地運用，因此「五四時期不僅完成了中國文學觀念的現代轉換，而且促進了中國文學創作的現代發展。也就是說，文學創作也出現了不同於傳統文學的現代特點，開始了中國文學現代化的歷程。」〔註 70〕魯迅所作小說正是在西方現代小說觀念下誕生的，是不同於「小說界革命」提倡的「新小說」的具有現代性的小說。

　　魯迅的小說觀念既表現在他創作的小說中，也體現於他對中國傳統小說的理解上。魯迅依照西方小說觀念，將人性與理性融進小說內，且形式多樣，使小說真正脫離「小道」，成為改造國民性的利器。同時，魯迅持純文學觀念，欣賞有文采、想像之小說，在評價唐傳奇時，魯迅稱：「小說亦如詩，至唐代而一變，雖尚不離於搜奇記逸，然敘述宛轉，文辭華豔，與六朝之粗陳梗概者校，演進之跡甚明。」〔註 71〕唐傳奇的文采與想像是超出六朝志怪小說的關鍵所在，也是中國傳統小說發展的轉折點，而入宋以來，文壇整體風氣以平淡簡要為美，故而「（宋之志怪）其文平實簡率，既失六朝志怪之古質，復無唐人傳奇之纏綿，當宋之初，志怪又欲以『可信』見長，而此道於是不復振也。」〔註 72〕魯迅將小說視作文學的一個門類，故而小說應以文采見長，而「宋一代文人之為志怪，既平實而乏文采，其傳奇，又多託往事而避近聞，擬古且遠不逮，更無獨創之可言矣。」〔註 73〕

〔註70〕　王齊洲：《中國文學現代化的檢討》，《井岡山師範學院學報》，2000 年，第 3 期。

〔註71〕　魯迅：《中國小說史略》，見《魯迅全集》卷九，北京：人民文學出版社，2012 年，第 73 頁。

〔註72〕　魯迅：《中國小說史略》，見《魯迅全集》卷九，北京：人民文學出版社，2012 年，第 105 頁。

〔註73〕　魯迅：《中國小說史略》，見《魯迅全集》卷九，北京：人民文學出版社，2012 年，第 115 頁。

第三章 「語境化」研究方法

　　本文所論「語境化」指研究對象存在的具體歷史語境，包括宏觀與微觀兩個層面。宏觀的說，「歷史語境是指那些對言說主體發生重要影響、制約的非精神文化因素，包括政治事件、制度變更、經濟狀況等等。任何文化話語的建構者都必須在一定文化語境中才有所作爲，因爲只有特定文化語境能夠爲他們提供價值觀念與話語形式。」〔註1〕任何個人都難以脫離既定的歷史語境，生活於其間，受其限制，被其影響，個體生命帶有不可磨滅地歷史印記。微觀而言，文學本身滲透著創作者獨特的個人感情與生命體驗，「語言中滲透了情感與文化，包括我們提倡的審美精神、歷史精神和人文精神，都隱藏在文本語言中。」〔註2〕文學文本是作者心路歷程地結晶，因而通過細讀文本進入作者內心世界，又可通過作者內心世界眞情的流露進一步闡釋文本以及文本出現的原因。因此，「語境化」研究是宏觀與微觀相結合的研究方法，將宏觀的歷史語境與微觀的個體生命相結合的研究。本章重點論述劉師培、魯迅、王瑤如何在自身不同歷史語境中選擇了相異的「語境化」研究方法闡釋中古文學。

第一節　何爲「語境化」

　　「語境」本是一個語言學的概念，指語言所使用的環境。西方學者一般將語境分爲三個範疇：物理語境，即時空；話語語境，即話語世界；原文語

〔註 1〕　李春青：《中國文化詩學論綱——對古代文論研究方法的一種構想》，《社會科學輯刊》，1996 年，第 6 期。

〔註 2〕　童慶炳：《文化詩學：宏觀視野與微觀視野的結合》，《甘肅社會科學》，2008年，第 6 期。

境，即上下文。1976 年，美國社會語言學家約翰・甘勃茲在《語言與語境論集》一書中提出了「使語言語境化」的概念，更加注重語言、言語產生的背景與交流雙方的主體心態。在 20 世紀中後期，「語境化」這一概念逐漸引入文學研究領域，指文學文本、文論思想所產生的具體歷史語境，包括歷史、政治、地域、時代思潮、社會風俗、文人心態等多種因素。正如童慶炳教授所指出的：「在研究文學問題（作家研究、作品研究、理論家研究、理論範疇研究等）的時候，要向宏觀的文化視野拓展，以歷史文化的眼光來關注研究的對象，把研究對象放回到原有的歷史文化語境中去把握，不把研究對象孤立起來研究，因爲任何文學對象都是更廣闊的歷史文化的產物。」〔註3〕本文所論「語境化」正是在此層面上展開的。

「語境化」研究方法與美國新歷史主義文化詩學有著不可分割的聯繫。格林布拉特在《通向一種文化詩學》中闡述了新歷史主義與舊曆史主義的區別，舊曆史主義認爲人難以改變歷史進程，每個人都由特定的時間、特定的場景決定和塑造，而新歷史主義的關注點則在每一個具體的歷史事件是由哪些因素構成，包括人類的種族、階級、性別、宗教信仰、文化背景等多種元素。因此，新歷史主義強調歷史語境，新歷史主義文化詩學則強調在歷史語境中形成的審美意蘊。按照格林布拉特的觀點，「舊曆史主義傾向於獨白話語，即它致力於發現一個唯一的政治圖景，就是那個據說被整個知識界或甚至全世界認可的圖景……這種圖景雖然有時被分析爲兩種或兩種以上的成分的聚合，通常認爲這種圖景內部連貫一致，具備某一歷史事實的地位。人們不會認爲這個圖景是史學家闡釋的結果，更不會把它看作是與其他社會集團有利益衝突的，某一社會集團的利益所致。因此這個圖景避免了闡釋和衝突，超越了偶然性，可以作爲穩定的指涉讓文學闡釋安全地加以引用。」〔註4〕而新歷史主義則打破了這種唯一的圖景，並釜底抽薪般地動搖了支撐這個圖景的各個因素的穩固性與連續性，將歷史看成是斷裂的、不穩定的、需要不斷建構的，因此文學文本與非文學文本，包括社會政治、地理、人文風俗、宗教、人們的心態等，都應給予同樣的重視。因此，新歷史主義文化詩學不滿新批評主義將文學文本作爲孤立、單一的機體來研究，僅從形式上與審美上

〔註 3〕 童慶炳：《文化詩學：宏觀視野與微觀視野的結合》，《甘肅社會科學》，2008 年，第 6 期。

〔註 4〕 Stephen greenblatt, Introduction to *The Power of Forms in the English Renaissance*, 1982. In Vincent B Leitch, 2001, p22～53.

作內在分析，提出應解構文本對開放性、綜合性的追求。可以說，「語境化」研究正是採納了新歷史主義文化詩學的方法，關鍵之處在於「要把研究對象看成是在與具體語境的互動中的生成過程，而非居於語境中的已成之物。所謂語境化研究，正是要在複雜的關聯中梳理、闡述這一生成過程，揭示其複雜性。」〔註5〕綜上所述，「語境化」研究具備以下三個特點：

第一、與文本中心主義相反，是把研究對象置於複雜的關係網絡中來考察，而不是孤立地看待它。20 世紀初期崛起的俄國形式主義、英美新批評都力圖建立一種文本中心主義，他們將文本視作文學的本體，並將文本作為一個封閉的、孤立的、單一的存在物，認為對文本的研究就是文學研究的中心，從而切斷了文學與其他領域的聯繫。文本中心主義側重於文本內部的細緻研究，針對文本中出現的某一詞或某種結構進行細讀，並通過這種細讀挖掘出某些隱藏在文本深處的東西。而「語境化」研究則將研究對象視作開放的、流動的、由多元因素建構的。「語境化」研究認為文本的形成是各種社會力量彙集的作用，而各種社會力量的交匯則形成一個場域，筆者在此借助布迪厄的場域理論進行分析。布迪厄對場域給出過定義，即「在各種位置之間存在的客觀關係的一個網絡（network），或一個構型（configuration）。正是在這些位置的存在和它們強加於佔據特定位置的行動者或機構之上的決定性因素之中，這些位置得到了客觀的界定，其根據是這些位置在不同類型的權力（或資本）——佔有這些權利就意味著把持了在這一場域中利害攸關的專門利潤（specific profit）的得益權——的分配結構中實際的和潛在的處境（situs），以及它們與其他位置之間的客觀關係（支配關係、屈從關係、結構上的對應關係，等等。）」〔註6〕布迪厄將社會世界劃分為各個具有相對自主性的社會小世界，每一個小世界即構成一個場域，它們具有自身邏輯，是一個客觀性、開放性的空間，在這個空間中所有的物質存在以及與這些物質存在所處的位置共同構成了一個場域，文學也因此構成了文學場。在文學場中，「語境化」研究試圖將每一文學文本都視作一個更小的場域，文本的形成受到來自它所處場域中各種關係的制約，包括社會政治、世態人情、風俗習慣、學術思潮、

〔註 5〕 李春青：《「文化詩學」的本土化與「中國文化詩學」之建構》，《文藝爭鳴》，2012 年，第 4 期。

〔註 6〕 皮埃爾‧布迪厄、華康德著，李猛、李康譯：《實踐與反思——反思社會學導引》，北京：中央編譯出版社，1998 年，第 133 頁。

地理區隔等,因此,「語境化」研究將文學文本與構成該場域的各種因素的關係做多視角的觀察、開放性的考察、綜合性的梳理。

另外,中國傳統文學文論研究通常只做文本上的分析,或敘述作家作品源流,或對某一作品做印象式的點評,而這些評點又大都傾向一種「羚羊掛角,無跡可尋」的審美意境,這導致中國傳統文學文論研究始終停留在要麼做史的梳理,要麼做「只可意會不可言傳」的需要心靈感應的審美分析,而缺乏一種客觀的、全局性的、歷史性的把握。「語境化」研究恰好彌補了這一缺憾,通過「語境化」方法的使用,現代學者可以通過與傳統相異的視角,形成相對眞實且宏通的觀點。

第二、通過對不同學科的各種材料的使用,建構起一個有著活潑潑文化氛圍的生活場景,再將研究對象安置在這個生活場景中審視。由於「語境化」研究呈現出一種開放性和流動性,因此它可以將不同學科的不同材料都納入使用範圍。正如新歷史主義文化詩學提出的,歷史是不穩定的、斷裂的,對歷史的重構則不能僅靠固定的文本,而應將非文學文本也納入視線範圍。因此,「語境化」研究在分析文學文本的同時,非常注重歷史學科中史書、地理學科中各地方的地理志、心理學中備受重視的日記與書信、哲學學科中的思想與學術等文獻資料以及人類學、社會學中的風俗人情的考察、社會心態的調查等等。歷史原貌雖然不能被恢復,但「通過對各種歷史遺留(主要是各種文本)的辨析、鑒別與比較,人們還是能夠大體上確定大多數歷史事件的大致輪廓。」〔註7〕通過這些材料的使用,「語境化」研究試圖建構出當時的歷史圖景,這一歷史圖景並非只是幾則文獻、幾個數據建立起來的平面的、生硬的材料,而是充滿了豐富的生活意蘊、流淌著鮮活的血脈氣息、包蘊著靈動的思想內涵的生活圖景。可以說,「語境化」研究意在借助不同的學科材料和使用方法來重構鮮活的歷史場景,並將研究對象置入這一鮮活場景中來考察。從微觀的角度看,「語境化」研究試圖建構起研究對象所在場域,並與該場域中的各種關係進行「親密接觸」,做「身臨其境」般地細緻研究。從宏觀的角度說,「語境化」研究可以凌駕於整個研究對象的場域之上,做一種「一覽眾山小」的全局性考察。正如海登・懷特在《元史學》(Metahistory)中所說:「語境主義者探索歷史解釋問題,可以看成是兩種動

〔註7〕 李春青:《文化詩學視野中的古代文論研究》,《文學評論》,2001 年,第 6 期。

力結合所致，一是形式論背後的「分散性」動力，另一種是有機論背後的「整合性」動力。」〔註8〕

　　第三、考察研究對象在各種力量制約下的生成過程，而不是靜止地看待它。「語境化」研究在建構起鮮活的歷史圖景之後，並不簡單地做「俯視」性地觀賞，而是做動態地研究。既能夠構建起研究對象的場域，同時對場域中各種關係之間的張力以及這些張力如何生成了現存的研究對象做考察。由於每一個場域都呈現開放性與流動性，因此形成該場域的各個關係也都具有開放性與流動性，只有用動態的眼光才能夠捕捉到研究對象形成的過程。因此「語境化研究對任何一個概念、範疇、觀點的考察，都必須將其置於具體語境之中，看它是如何被提出和實用的。在這一過程中，尤其要梳理此一概念或觀點在使用中的具體指涉以及其與以往的使用有何區別。」〔註9〕

　　綜上所述，「語境化」研究與中國傳統文學文論研究有著很大的區別，劉師培作為傳統到現代的過渡學者，對中古文學的研究已經顯示了與傳統不同的特點，並嘗試將「語境化」方法帶入中古文學研究之中。繼劉師培之後，魯迅、王瑤進一步將「語境化」方法熟練運用，使得現代時期中古文學的研究呈現出新的活力。

第二節　劉師培——以學術思想變遷為核心

　　劉師培首次將中古時段從中國古代文學中抽出進行斷代研究，並最早揚棄評點式的研究方法，不再只關注文學文本，更多地注意文學變遷的歷史語境，從政治形勢、地域分隔、學術思潮等多元視角探析中古文學的特點，可視為運用「語境化」研究方法的雛形。劉師培之「語境化」研究，擅於將學術思想對文學之影響作為突破口，一面由於劉氏乃經學世家出身，且他本人身為揚州學派殿軍，因此對學術思想有更多體會和思考，著眼點也多落在此處；一面因魏晉時期乃學術思想、文學思想之大變革時期：經學到玄學的轉換、「文學自覺時代」的開啓、群體意識到個人意識的聚焦變換，每一處無不滲透著學術思想的力量，故若研究魏晉文學之變遷，不能不考慮學術思想之

〔註8〕　海登·懷特著，陳新譯，彭剛校：《元史學：十九世紀歐洲的歷史想像》，南京：譯林出版社，2004年，第23頁。
〔註9〕　李春青：《「文化詩學」的本土化與「中國文化詩學」之建構》，《文藝爭鳴》，2012年，第4期。

影響。因此劉師培的「語境化」研究，以學術思想之變遷爲中軸，穿插政治權力之交替、地理環境之影響。

劉師培在論及建安文學之特徵時曰：

> 建安文學，革易前型，遷蛻之由，可得而說：兩漢之世，戶習七經，雖及子家，必緣經術；魏武治國，頗雜刑名，文體因之，漸趨清峻，一也。建武以還，士民秉禮，迨及建安，漸尚通悅，悅則侈陳哀樂，通則漸藻玄思，二也。獻帝之初，諸方棋峙，乘時之士，頗慕縱橫，騁詞之風，肇端於此，三也。又漢之靈帝，頗好俳詞，下習其風，益尚華靡，雖迄魏初，其風未革，四也。〔註10〕

這是一段常被人徵引的劉師培式的經典論斷，文字雖簡而內容實多，簡短的幾句分析之後得出了建安文學的三個變化：文體漸趨清峻、思想漸趨通悅、文風漸趨騁詞華靡。看似簡潔明快地結論，事實上包含了非常詳實的內涵，融和了政治社會、學術思潮等歷史語境的變化，而劉師培簡捷乾脆的分析與偶語儷辭的使用則簡化了這一結論得出的過程。

首先，欲瞭解建安文學，必先理解建安時代，這就需要運用「史」的眼光，梳理從兩漢到建安的時代變遷，由此方能明瞭建安文學與兩漢文學的不同特點以及建安文學作爲獨立單元論述的必要。其次，欲認識建安文學，不能僅就文學而論文學，而要將文學置入政治社會與學術思潮的具體語境中探析其生成過程。順著劉師培的視野和思路，我們看到，漢代自武帝獨尊儒術，經學漸興並成爲士人階層晉身仕途之主要途徑，經學統治了漢代此後的整個學術思想。但由於古文經學囿於章句，今文經學流於讖緯，使得經學的道路趨於窄化，學術思想影響到文風上來，就使得漢末文章偏於繁縟瑣碎。「惟東漢以來，讚頌銘誄之文，漸事虛辭，頗背立誠之旨……蓋文而無實，始於斯時，非惟韻文爲然也，即作論著書，亦蹈此失。」〔註11〕劉師培在列舉了漢代杜恕《請令刺史專民事不典兵疏》與曹魏夏侯玄《時事議》兩篇奏疏後指出：「東漢奏疏，多含蓄不盡之詞。魏人奏疏之文，純尚眞實，無不盡之詞。」〔註12〕

劉師培論建安時期文風，謂之清峻通悅，著實眼光銳敏。清峻，即清簡

〔註10〕　劉師培：《中國中古文學史講義》，上海：上海古籍出版社，2006年，第6頁。
〔註11〕　劉師培：《中國中古文學史講義》，上海：上海古籍出版社，2006年，第18頁。
〔註12〕　劉師培：《中國中古文學史講義》，上海：上海古籍出版社，2006年，第26頁。

峻峭，文風一改漢末之瑣碎繁冗而如秋風般清力有勁道。通俛，則通透少羈絆，建安文學以「慷慨以任氣，磊落以使才」聞名，「建安風骨」更成爲文人傚仿之榜樣，這與其清峻通俛的氣質有必然的關係。這樣的文風與東漢時期解經注經的嚴謹慎微的文風有很大的區別，劉氏認爲，如此變化實與政治背景、學術思潮有千絲萬縷的聯繫，因此建安時期文風漸趨清峻通俛，與魏武帝曹操的政治訴求與學術偏愛相關。

劉師培從政治思想與學術思潮入手，解讀東漢至建安文風的變化。公元 25 年，劉秀稱帝，建立東漢。東漢時，周禮、儀禮、禮記並立學官，至此，繼漢武帝「罷黜百家，獨尊儒術」，儒學逐漸成爲主流思想後，進一步被統治者立爲國家意識形態，正所謂「兩漢之世，戶習七經」。既尊儒學，則遵儒家思想所倡導的孝友、禮法，故而東漢統治者以孝治天下，並遵循儒家之禮。《後漢書·儒林傳》載：「（漢光武帝）愛好經書，未及下車，而先訪儒雅，採求闕文，補綴漏逸」〔註 13〕，漢明帝更以儒家禮儀制度「始冠通天，衣日月，備法物之駕，盛清道之儀，坐明堂而朝群后，登靈臺而望雲物。」〔註 14〕又《後漢書·明帝紀》永平元年十二月條注引《漢官儀》曰：「古不墓祭。秦始皇起寢於墓側，漢因而不改，諸陵寢皆以晦望、二十四氣、三伏、社、臘及四時上飯。天子以正月上原陵。公卿百官及諸侯王郡國計吏，皆當軒下占其郡國穀價，四方改易，欲先帝聞之也。」生活中飲食起居甚而陵寢墓祭都要遵循相應的禮制，足見東漢統治者對儒家思想的服膺。上行下效，東漢之士階層也都以守禮聞名，《後漢書·獨行傳》所記范式因夢劭元伯亡而告假太守，請往奔喪，並「留止冢次，爲修墳樹，然後乃去。」〔註 15〕又《後漢書·袁紹傳》載：「遭母憂，三年禮竟，追感幼孤，又行父服。」〔註 16〕袁紹乃漢末豪族的代表人物，如此守禮，由此可知劉師培所言「建武以還，士民秉禮」。

東漢政權與曹魏政權一個最大的不同是前者爲豪族的政權，後者則爲寒

〔註 13〕 范曄撰，李賢等注：《後漢書》卷七十九，北京：中華書局，1973 年，第 2545 頁。

〔註 14〕 范曄撰，李賢等注：《後漢書》卷七十九，北京：中華書局，1973 年，第 2546 頁。

〔註 15〕 范曄撰，李賢等注：《後漢書》卷八十一，北京：中華書局，1973 年，第 2677 頁。

〔註 16〕 范曄撰，李賢等注：《後漢書》卷七十四，北京：中華書局，1973 年，第 2373 頁。

族的政權，因此統治者所崇之思想不同，行之政策也有別，故「魏武治國，頗雜刑名」。東漢末期群雄並起，成三國鼎立之局，曹操爲圖大業而下令招賢納士，故此有著名的求才三令，《三國志》卷一《武帝紀》建安十五年正月條載：

> 自古受命及中興之君，何嘗不得賢人君子與之共治天下乎……今天下尚未定，此特求賢之急時也……若必廉士而後可用，則齊桓其何以霸世！今天下得無有被褐懷玉而釣於渭濱者乎？又得無盜嫂受金而未遇無知者乎？二三子其佐我明揚仄陋，唯才是舉，吾得而用之。〔註17〕

「唯才是舉」乃曹操思想通侻的一個重要表現，有才幹是第一位的，至於品格與精神追求倒是次要的，這與東漢時期的社會思潮有極大的區別。東漢末期政治黑暗，外戚與宦官交替專權，且儒學被立爲官學之後，漸漸由獨立自由的思想轉爲國家意識形態，知識階層在這種政治與思想的雙重壓力下形成了一個相互認同的群體，並以世俗社會遙不可及的「君子」人格而傲睨天下，當時太學生們語曰：「天下楷模，李元禮；不畏彊禦，陳仲舉；天下俊秀，王叔茂。」〔註 18〕這樣的話，足見當時知識階層對品格與精神的追求，甚至士人只要具備了足夠高尚的道德品質就擁有睥睨政府的實力，並因「能以德行引人」、「能導人追宗」、「能以財救人」的品格而在他周圍形成一個圈子。劉劭《人物志》曰：「夫國體之人兼有三材，故談不三日不足以盡之。一以論道德，二以論法制，三以論策術，然後乃能竭其所長，而舉之不疑。」〔註 19〕而曹操則與當時主流知識分子有別，《三國志·魏書·武帝紀》云：「太祖少機警，有權數，而任俠放蕩，不治行業，故世人未之奇也。」〔註 20〕又《三國志·魏書·袁紹傳》注引《魏氏春秋》載紹檄州郡文云：「操贅閹遺醜，本無令德，僄狡鋒俠，好亂樂禍。」〔註 21〕曹操出身寒族，又爲閹宦階級，與豪族士人服膺儒教不同，因此尚權數、好任俠，少了幾分儒家禮教的束縛，自然多了些微與世風不同的灑脫，故此會有較爲通侻的思想。《魏武事略》記

〔註17〕 陳壽撰，裴松之注：《三國志》卷一，北京：中華書局，1964年，第32頁。
〔註18〕 司馬光編著，胡三省音注：《資治通鑒》卷五十五，北京：中華書局，1976年，第1788頁。
〔註19〕 梁滿倉譯注：《人物志·接識第七》，北京：中華書局，2009年，第88頁。
〔註20〕 陳壽撰，裴松之注：《三國志》卷一，北京：中華書局，1964年，第2頁。
〔註21〕 陳壽撰，裴松之注：《三國志》卷六，北京：中華書局，1964年，第197頁。

曰：「孤始舉孝廉，年少，自以本非嚴穴知名之士，恐海內人之所見凡愚，欲為一郡守，好作政教以建立名譽，使世士明知之。」〔註 22〕在這段曹操自述身世的文字中約略可以讀出他自知不見重於當時的主流士人，也並未按照主流思想的規則對自己的道德有更高要求，倒是希望能成就一番事業以證明自己的能力。近實業而遠道德，重目的而輕手段，自然促使曹操能夠提出「唯才是舉」的詔令，也才會有如「夫有行之士未必能進取，進取之士未必能有行也。陳平豈篤行，蘇秦豈守信邪？而陳平定漢業，蘇秦濟弱燕。由此言之，士有偏短，庸可廢乎」〔註 23〕如此通達的思想。通達的思想反映到文學中則使文學作品帶有某種達觀暢快與慷慨淋漓之感。如曹操《秋胡行》（其一）：「晨上散關山，此道當何難！晨上散關山，此道當何難！牛頓不起，車墮谷間。坐磐石之上，彈五弦之琴。」〔註 24〕崎嶇的山路難阻詩人的決心，雖「牛頓不起，車墮谷間」，但何妨趁此機會靜靜地彈上一曲呢，達觀之情躍然紙上。

　　由於曹操出身寒族，故尚節儉而廢奢侈，統治者的這般思想反映到文學中便形成了清簡的風格。又曹操既非服膺儒家，自然不拘泥於儒家所崇之禮教，又因他喜實務而厭空談，且常年征戰需要嚴明的紀律與剛柔並濟的法治條令，故而崇尚法家簡單嚴明且具威懾力的思想，這種思想滲入文學中，則形成了建安文學清峻的特徵。《三國志・魏書》卷一《武帝紀》裴注引《魏書》云：「（操）雅性節儉，不好華麗，後宮衣不錦繡，侍御履不二彩，帷帳屏風，壞則補納，茵蓐取溫，無有緣飾。」〔註 25〕又《三國志・魏書》卷一二《毛玠傳》載：「務以儉率人，由是天下之士莫不以廉節自勵，雖貴寵之臣，輿服不敢過度。」〔註 26〕毛玠乃東曹掾，掌管選舉，他所執行之政策即曹操的政策。且曹操尚法家刑名之學，「夫刑，百姓之命也，而軍中典獄者或非其人，而任以三軍死生之事。吾甚懼之。其選明達法理者，使持典刑。」〔註 27〕法理與注經不同，最忌繁冗瑣碎，簡約嚴明乃其樞機。故此曹氏政策提倡通倪，

〔註 22〕　陳壽撰，裴松之注：《三國志》卷一，北京：中華書局，1964 年，第 32 頁。
〔註 23〕　陳壽撰，裴松之注：《三國志》卷一，北京：中華書局，1964 年，第 44 頁。
〔註 24〕　逯欽立輯校：《先秦漢魏晉南北朝詩》上，北京：中華書局，2011 年，第 349 頁。
〔註 25〕　陳壽撰，裴松之注：《三國志》卷一，北京：中華書局，1964 年，第 54 頁。
〔註 26〕　陳壽著，裴松之注：《三國志》卷一二，北京：中華書局，1964 年，第 375 頁。
〔註 27〕　陳壽著，裴松之注：《三國志》卷一《武帝紀》，北京：中華書局，1964 年，第 44 頁。

力戒繁縟，餘風所及，文章也就形成「清峻」風格，即文章簡約嚴明。

上文將「通侻」作爲一個詞語來講，可解爲通達、達觀、通透，即思想豁達樂觀，行爲不拘束，任性自然。儒學的式微，造就了其他思想的活躍；禮教束縛的減弱，勢必使得思想不再拘束而變得自在通達，猶如杯中之水，杯碎則水任意流之。事實上，劉師培是將「通侻」分開做解：「侻，則侈陳哀樂；通，則漸漬玄思。」侈即多，建安時期，士人對個人喜怒哀樂與生老病死有更多的關注。這是一個非常重要的轉變，思想的轉變可以影響文學的風格，而文學風格的變遷則是思想漸變的折射。經學思想籠罩下的漢代士人服膺儒學，士人階層多以「修身齊家治國平天下」爲己任，不論是《七發》還是《子虛賦》，都以勸諫君主爲主，這是典型的儒家人格。同時追求內心平和的君子心態，對音樂的要求也以平和爲美，並不贊許「侈樂」，這樣的思想在《呂氏春秋》中即有體現。《呂氏春秋》在思想史中被看作戰國時期「百家爭鳴」後諸子思想被貫通融合的創作，它的「十二紀」依照天道循環的變化，按照「春生，夏長，秋收，冬藏」的四季排列，將天象、世事、人道組織起來，形成了一個天地人統一的思想與行爲秩序。按照《呂氏》思路，「夏長」爲人類社會由混沌進入文明的時期，也是人類思想心靈由自然淳樸到需要用知識理性自我節制的思想過渡，因此儒家思想才顯得重要起來。《仲夏紀》中《侈樂》篇曰：「凡古聖王之所爲貴樂者，爲其樂也。夏桀、殷紂作爲侈樂，大鐘鼓磬管簫之音，以鉅爲美，以眾爲觀……宋之衰也，作爲千鍾。齊之衰也，作爲大呂。楚之衰也，作爲巫音。侈則侈矣，自有道者觀之，則失樂之情。失樂之情，其樂不樂。樂不樂者，其民必怨，其生必傷。」〔註28〕過大過哀的音樂都不被儒家所認可，因爲超過一定標準的音樂會失去讓人快樂的本質，也必然引起民怨，只有懂得節制，才是根本的治國之道，因此「侈樂」是不被提倡的。禮樂本爲教化人心，只有符合儒家禮教的樂才具備教化人心的力量和能力，過分地表達內心的喜怒哀樂之情則超出了禮教範圍，「溫柔敦厚」才是正道。但東漢末年征戰不斷，民不聊生，生命的可貴與短暫瞬間充斥個人心靈，因此建安文學中充滿了對生命短暫的哀悼與對個人生活的關切，悲痛之情溢於言表，情感的氾濫已越出「溫柔敦厚」的框架，故此劉師培云「侈陳哀樂」。同時，東漢末期殘酷的黨錮之禍，使得知識階層開始懷疑

〔註28〕 呂不韋著，陳奇猷校釋：《呂氏春秋新校釋》，上海：上海古籍出版社，2001年，第269頁。

那種道德至上的群體性認同，轉而追求個人的精神獨立與超脫，「他們中的一些人開始意識到眞理的終極依據並不在『群體的確認』而在於『個人的體證』，人的存在價值並不在社會的贊許而在於心靈的自由」。〔註29〕可以說，魏武之後文學風格「侈陳哀樂」的變化，正是政治權力動盪與轉變引起的社會思潮與學術思想轉變的一個投影。

　　而劉師培謂「通，則漸藻玄思」也同樣如此。這可從兩方面分析，一方面，漢以察舉取士，特重人物品鑒，故士人重名，所謂「有名者入青雲，無聞者委溝渠」。士人重操行、尚名節，既是漢代服膺儒家思想的表現，也反過來促進了儒家思想在士人中的流行。既重人物品鑒，則識鑒人物之法則流行於世，如劉劭《人物志》詳細記載了品鑒識人之法。然識鑒人物多由神韻、風骨、才性而論，人殊性異，才分也各有短長，漢代之時尚兼論性與行，魏晉時期則漸以論性爲主，重名輕實，故因「談論既久，由具體人事以至抽象玄理，乃學問演進之必然趨勢。漢代清議，非議朝政，月旦當時人物。而魏初乃於論實事時，且繹尋其原理……漢代瑣碎之言論已進而幾爲專門之學矣。」〔註30〕另一方面，魏初，魏武帝好法術，重典制，尊法家之名實精神。然法家本承自道家思想一脈而來，司馬遷云：「韓非者……喜刑名法術之學，而其歸本於黃老。」〔註31〕此處注引「劉氏云『黃老之法不尚繁華，清簡無爲，君臣自正。韓非之論詆駮浮淫，法制無私，而名實相稱。』」〔註32〕又「老子所貴道，虛無，因應變化於無爲，故著書辭稱微妙難識。莊子散道德，放論，要亦歸之自然。申子卑卑，施之於名實。韓子引繩墨，切事情，明是非，其極慘礉少恩。皆原於道德之意，而老子深遠矣。」〔註33〕法家本與道家同源，莊子承繼道家形上之思，重精神世界中之自由追求；申、韓則承繼道家形下之思，重實際政治之價值。故章太炎在《諸子略說》中云：「道家所以流爲法家者，即老子、韓非同傳可以知之。《老子》曰：『魚不可脫於淵，國之利器不可以示人。』此二語是法家之根本，唯韓非能解老喻老，故成其爲法

〔註29〕　葛兆光：《中國思想史》第一卷，上海：復旦大學出版社，2001年，第291頁。
〔註30〕　湯用彤：《魏晉玄學論稿》，北京：三聯書店，2009年，第13頁。
〔註31〕　司馬遷撰，裴駰集解，司馬貞索引，張守節正義：《史記》，北京：中華書局，1963年，第2146頁。
〔註32〕　司馬遷撰，裴駰集解，司馬貞索引，張守節正義：《史記》，北京：中華書局，1963年，第2147頁。
〔註33〕　司馬遷撰，裴駰集解，司馬貞索引，張守節正義：《史記》，北京：中華書局，1963年，第2156頁。

家矣。」〔註 34〕魏武帝尚刑名之學，重法家之思想，本就與道家同源同流，因此在漢代執牛耳之儒家思想至魏晉時期被道家的光環所籠罩，不僅有統治者思想的轉換，更有學術思想的內在原因。因此，劉師培云「通，則漸藻玄思」，既有政治權力轉換的關係，更有學術思想內在轉移的理路。

劉師培在研究文學變遷時注重對學術思想之解析的例子還有很多，例如：

> 蓋一時代有一時代流行之學說，而流行之學說影響於文學者至巨。戰國之時，諸子爭鳴，九流歧出，蔚爲極盛。周、秦以後，各家互爲消長，而文運之升降繫焉。約而論之，西漢初年，儒家與道、法、縱橫並立，其時文學，儒家而外，如鄒陽、朱買臣、嚴助等之雄辯，則縱橫家指流也；賈誼《新書》取法韓非，則法家之流也；《史記》之文，兼取三家，其氣厚含蓄之處，固與董仲舒《春秋繁露》爲近，而其深入之筆法則得之法家，採《國策》之文，則爲縱橫家，故與純粹儒家之文不同。〔註 35〕

文學受學術影響至巨，蓋因學術本屬哲學思想之範疇，而哲學乃一切學科之基礎，也是個人思想成熟之關鍵。古代士階層自儒學執學界之牛耳後，便肩負著「修身齊家治國平天下」的重任，而士階層既無軍隊支撐，也無財力供給，只能依附君王的力量，不斷修身，通過至高之道德爲帝王師，實現儒家之政治烏托邦理想。因此無論是政論性的對策、章表、書記還是史書，士人都將自身的政治觀點與人生理想融入其中。自春秋戰國以來，學術思想包括儒、道、墨、法、縱橫等均與政治理想、人生價值有脫不開的關係，因此士人所作文章中政治理論、人生價值與學術思想混融一體，難以分割。加之中國古代文史哲不分，很多政論性的文章極具審美價值，即使以事實爲準繩的史書也都頗具文采，因此劉師培將《史記》、《春秋繁露》等容納在內。

又如：

> 建安以後，群雄分立，游說風行。魏祖提倡名法，趨重深刻，

〔註34〕 章太炎：《國學講演錄·諸子略說》，上海：華東師範大學出版社，1995 年，第 166 頁。

〔註35〕 劉師培：《論各家文章與經子之關係》，見《中國中古文學史講義》，上海：上海古籍出版社，2006 年，第 125 頁。

故法家、縱橫又漸被於文學，與儒家復成鼎足之勢。儒家則東漢之遺韻，法家、縱橫則當時之新變也。七子之中，曹子建可代表儒家，其做法與班、蔡相同，氣厚而有光，惟不免雜以慨歎耳。王仲宣介乎儒、法之間，其文大都淵懿，惟議論之文推析盡致，漸開校練名理之風，已與兩漢之儒家異貫。〔註36〕

王弼、何晏之文，所以變成道家，即由法家循名責實之觀念進而爲探索高深哲理耳。陳琳、阮瑀並以騁詞爲主，蓋受縱橫家之影響而下開阮嗣宗一派。〔註37〕

劉師培依據儒、法、縱橫學派之特點，將曹植、王粲、王弼、何晏、陳琳、阮瑀作一重新評估，結論別出心裁。陳思王曹植與王粲都爲建安文學慷慨壯美之代表，然劉師培認爲，魏武帝曹操雖倡法家，然曹植實承儒家一脈，其文溫柔敦厚，自有一種博大寬宏之力。而王粲則兼具儒、法之特點，其文既有敦厚之思，又存法家嚴明尋理之邏輯。故此二人雖同處建安時期，然所受學術思想影響不同，文風自然不同。值得注意的是，劉師培此論源自《論各家文章與經子之關係》一文，此處「文章」的涵義略爲偏狹，並非「文學」的代指，而僅以善陳議論之章表書記而論，「欲麗」之詩賦則顯然不包括在內。劉勰《文心雕龍・明詩》云：「文帝陳思，縱轡以騁節，王徐應劉，望路而爭驅；並憐風月，狎池苑，述恩榮，敘酣宴，慷慨以任氣，磊落以使才。」〔註38〕曹植《贈白馬王彪》、《贈王粲》等抒憂憤之情思的詩歌與王粲之《登樓賦》、《七哀詩》等慷慨悲歌當屬劉勰所論範疇，而與劉師培所論不同。魏文帝曹丕即位後，曹植屢遭貶黜，數次上疏渴求建功立業，其文確有一種端正厚重之力：

臣聞天稱其高者，以無不覆；地稱其廣者，以無不載；日月稱其明者，以無不照；江海稱其大者，以無不容。故孔子曰：「大哉堯之爲君！惟天爲大，惟堯則之。」夫天德之於萬物，可謂弘廣矣。改堯之爲教，先親後疏，自近及遠。其傳曰：「克明俊德，以親九族；九族既睦，平章百姓。」及周之文王亦崇厥化，其詩曰：「刑于寡妻，

〔註36〕 劉師培：《論各家文章與經子之關係》，見《中國中古文學史講義》，上海：上海古籍出版社，2006年，第125頁。

〔註37〕 劉師培：《論各家文章與經子之關係》，見《中國中古文學史講義》，上海：上海古籍出版社，2006年，第126頁。

〔註38〕 劉勰著，周振甫譯注：《文心雕龍譯注》，南京：鳳凰出版社，2006年，第116頁。

至于兄弟，以御家邦。」是以雍雍穆穆，風人詠之。〔註39〕

此處還有一點值得特別注意，劉師培云「曹子建可代表儒家」略有歧義，此處稍作說明。首先，劉師培是在建安七子的範圍內，認爲曹植之文頗具儒家之溫柔敦厚精神，固列爲代表，而並不是說曹植乃一純粹儒生。其次，魏晉之時，儒家思想並不獨佔鰲頭，儒、道、釋各爭光輝，生活於其間之人很難純受一種思想影響，《三國志・陳思王植傳》記載：「植任性而行，不自彫勵，飲酒不節。」〔註40〕又「性簡易，不治威儀。輿馬服飾，不尙華麗。」〔註41〕簡易不奢靡的生活方式承自曹操之法家思想，而任性隨行、追求自由的個性則更多來自道家。但因曹植又渴求建功立業，並心懷天下，故在論時政、陳理想時，儒家思想的傾向便表現出來。七子之中，劉師培認爲王粲介乎儒、法之間，眼光甚爲獨特。王粲少時有奇才，蔡邕極爲欣賞，「時邕才學顯著，貴重朝廷，常車騎填巷，賓客盈座。聞粲在此，倒屣迎之。粲至，年既幼弱，容狀短小，一座盡驚。邕曰：『此王公孫也。有異才，吾不如也。吾家書籍文章，盡當與之。』」〔註42〕《後漢書・蔡邕傳》記載曰：「蔡邕字伯喈，陳留圉人也。六世祖勳，好黃老，平帝時爲郿令。」〔註43〕又「邕性篤孝，母常滯病三年，邕自非寒暑節變，未嘗解襟帶，不寢寐者七旬。母卒，廬於冢側，動靜以禮。有菟馴擾其室傍，又木生連理，遠近奇之，多往觀焉。與叔父從弟同居，三世不分財，鄉黨高其義。少博學……好詞章、數術、天文，妙操音律。」〔註44〕可知蔡邕先祖好黃老，而至邕時，尊禮守敬，爲時所重，且博學多才，乃東漢時期之儒生代表。且喜藏書，所藏之書也應不超詞章、數術、天文、音律、經書、

〔註39〕 陳壽著，裴松之注：《魏書・陳思王植傳》，見《三國志》卷十九，北京：中華書局，1964年，第569頁。

〔註40〕 陳壽著，裴松之注：《魏書・陳思王植傳》，見《三國志》卷十九，北京：中華書局，1964年，第557頁。

〔註41〕 陳壽著，裴松之注：《魏書・陳思王植傳》，見《三國志》卷十九，北京：中華書局，1964年，第557頁。

〔註42〕 陳壽著，裴松之注：《魏書・王粲傳》，見《三國志》卷二十一，北京：中華書局，1964年，第597頁。

〔註43〕 范曄著，李賢等著：《後漢書・蔡邕傳》，卷六十下，北京：中華書局，1973年，第1979頁。

〔註44〕 范曄著，李賢等著：《後漢書・蔡邕傳》，卷六十下，北京：中華書局，1973年，第1980頁。

黃老之範圍。蔡邕將書籍文章悉與王粲，故王粲必受其影響，既有儒家濟蒼生之志，又兼黃老達觀之旨，並兼通天文、詞章、音律。又「（粲）性善算，作《算術》，略盡其理。」〔註45〕既通算術，則邏輯思維較強，因此兼通法家思想，也在情理之中。

其次，劉師培注重從地域區隔的視角解析文學風格的不同。

> 及五胡亂華，中原文士相率南遷，於是魏晉以來之文化遂由北而南。其時南北之所以不同者，北方文句重濃，南方文句輕淡，自東晉以降，北如五胡十六國，南如晉、宋、齊，大抵皆然。揆厥所由，則以晉承清談之風，出語甚雋。宋、齊踵繼，餘韻猶存，及齊、梁之際，宮體盛行，則又加以綺麗。〔註46〕

> 魏晉之際，文體變遷，而北方之士侈效南文。曹植詞賦，塗澤律切，憂遠思深，其旨開於宋玉；及其弊也，則採摘豔辭，纖冶傷雅。嵇阮詩歌，飄忽峻佚，言無端涯，其旨開於莊周；及其弊也，則宅心虛闊，失所旨歸。左思詩賦，廣博沈雅，慨慷卓越，其旨開於蘇張；及其弊也，則浮囂粗獷，昧厥修辭。〔註47〕

永嘉南渡，南北學風不同，文學也不同，劉師培認爲：「北方文句重濃，南方文句輕淡」；北方文風實際，南方文風虛玄；北方文辭質樸，南方文辭華豔。南北文風之不同，首先由南北地理環境所致，「山國之地，地土墝瘠，阻於交通，故民之生其間者，崇尙實際，修身力行，有堅忍不拔之風。澤國之地，土壤膏腴，便於交通，故民之生其間者崇尙虛無，活潑進取，有遺世特立之風。」〔註48〕北方山多水少，多風沙少潤澤，土地貧瘠，需努力耕作方有收穫；南方氣候溫暖，植被繁茂，農作物成熟期較短，故南人生活較北人輕鬆。生活習慣形成一定的社會風俗，社會風尙又制約著思維習慣，故北人較踏實勤勞，南人則多自由活潑，南北文風也因此而不同，北方文學多質樸

〔註45〕 陳壽著，裴松之注：《魏書・王粲傳》，見《三國志》卷二十一，北京：中華書局，1964 年，第 597 頁。

〔註46〕 劉師培：《論研究文學不可爲地理及時代之見所囿》，見《中國中古文學史講義》，上海：上海古籍出版社，2006 年，第 135 頁。

〔註47〕 劉師培：《南北學派不同論》，見《清儒得失論》，北京：中國人民大學出版社，2006 年，第 256 頁。

〔註48〕 劉師培：《南北學派不同論》，見《清儒得失論》，北京：中國人民大學出版社，2006 年，第 227 頁。

厚重，南方文學則多柔婉和媚。

劉師培的家學以及他身爲揚州學派殿軍人物的特殊身份，使得他尤爲關注學術思潮的變遷，因此在分析南北文風不同時，也較易從學術思想的變化著手。漢族初興之時，學術思想沿黃河之南北而倡，而「魏晉以後，南方之地學術日昌，致北方學者反瞠乎其後。」〔註49〕永嘉南渡，隨著士族的南遷，學術思想、文明風俗都隨士人而南遷，使得南北方的文學有較大差異。「須知永嘉南渡，僑寓建鄴的勝流，都是出仕西晉，居於洛陽的名流。其遠祖則又是東漢時期以經明行修致身通顯的儒士。」〔註50〕既在西晉居於高位，而遠祖又爲東漢時之豪門望族，既是豪門，則有家學傳承，故學術思想存在由北漸南之過程，也是一個南北學風溝通之過程。

然學術思想乃文化之樞機，最能體現文化之趨向變動，故此學術思想的南強北弱，也影響到文學方面。兩漢之時，儒生注經各有師承，恪守家法，注經講求訓詁章句，且經生多出於北方，南方治經者較少。以治《易》爲例，北人尊鄭康成，以訓詁章句求解經之道，永嘉之亂後，王弼《易》學風靡江左，故南人崇清談義理，解經之道蹈爲玄虛。然「民崇實際，故所著之文不外記事析理二端。民尚虛無，故所作之文或爲言志抒情之體。」〔註51〕因此北方多質樸論說之文，而南方則多豔麗之詩賦。再加上南人治經尚義理之風，故南方文風多「飄忽峻逸，言無端涯」。

第三節　魯迅——以社會風尚、士人心態變遷爲軸心

一、以社會風尚、士人心態作爲研究之切入點

魯迅的「語境化」研究方法較多注重社會風尚與士人心態，以此兩者爲軸心，雜以政治環境的變化。社會風尚由人長久聚集而居才得以形成，具有穩定、鮮明的特徵。但穩定的社會風尚也會因政治權力的變換而產生相應的

〔註49〕 劉師培：《南北學派不同論》，見《清儒得失論》，北京：中國人民大學出版社，2006 年，第 226 頁。

〔註50〕 萬繩楠整理：《陳寅恪魏晉南北朝史講演錄》，貴陽：貴州人民出版社，2012 年，第 289 頁。

〔註51〕 劉師培：《南北學派不同論》，見《清儒得失論》，北京：中國人民大學出版社，2006 年，第 253 頁。

變化，或去除曾經有的舊識，或增進新的內容，士人心態就在這樣或顯著或細微的變化中發生改變，並進而影響文學的走向。社會風尚與士人心態歷來是魯迅關注的焦點，1930 年，許壽裳之子許世瑛考入國立清華大學中國文學系，魯迅曾爲他開了一份書單，共 12 種，從這份書單中可略窺魯迅之興趣所在及治學路徑：

計有功 宋人《唐詩紀事》（四部叢刊本，又有單行本。）

辛文房 元人《唐才子傳》（今有木活字單行本。）

嚴可均《全上古三代秦漢三國六朝文》（今有石印本，其中零碎不全之文甚多，可不看。）

丁福保《全上古三代秦漢三國六朝詩》（排印本。）

吳榮光《歷代名人年譜》（可知名人一生中之社會大事，因其書爲表格之式也。可惜的是作者所認爲歷史上的大事者，未必眞是「大事」，最好是參考日本三省堂出版之《模範最新世界年表》。）

胡應麟 明人《少室山房筆叢》（廣雅書局本，亦有石印本。）

《四庫全書簡明目錄》（其實是現有的較好的書籍之批評，但須注意其批評是「欽定」的。）

《世說新語》劉義慶（晉人清談之狀。）

《唐摭言》五代王定保（唐文人取科名之狀態。）

《抱朴子外篇》葛洪（内論及晉末社會狀態。有單行本。）

《論衡》王充（内可見漢末之風俗迷信等。）

《今世說》王晫（明末清初之名士習氣。）〔註52〕

魯迅在所列書名後稍作說明，以示讀此書之目的。此書單並未羅列傳統四書五經，而以雜談、筆叢、詩文爲主。雜談、筆叢乃著者隨心所作，既可反映時代，也可指示人心，較少矯揉造作之態與奉命完成之累，而多親切眞實之感。對於史書與經書，魯迅是持保留態度的，「現在我們再看歷史，在歷史上的記載和論斷有時也是極靠不住的，不能相信的地方很多，因爲通常我們曉得，某朝的年代長一點，其中必定好人多；某朝的年代短一點，其中差

〔註52〕 許壽裳著，馬會芹編：《亡友魯迅印象記》，見《回望魯迅，摯友的懷念——許壽裳憶魯迅》，石家莊：河北教育出版社，2001 年，第 54 頁。

不多沒有好人。爲什麼呢？因爲年代長了，做史的是本朝人，當然恭維本朝人物，年代短了，做史的是別朝人，便很自由地貶斥其異朝的人物。」〔註53〕中國傳統史書以記敘王朝史爲主，因此大都採取「爲尊者諱，爲親者諱，爲賢者諱」的寫作態度，其眞實性與可靠性是值得商榷的，今天看來，我們永遠無法擁有眞實的歷史，只能無限趨近。在魯迅眼中，史書的記載因各種「諱」而失去了歷史眞實性，不僅無法趨近眞相，反而被「諱」蒙蔽了雙眼。雜談、筆記則相對隨意性更大，忌諱也相對較少，因爲「歷史上都寫著中國的靈魂，指示著將來的命運，只因爲塗飾太厚，廢話太多，所以很不容易察出底細來……但如看野史和雜記，可更容易了然了，因爲他們究竟不必太擺史官的架子。」〔註54〕魯迅對經書，並未有過多推崇和贊許，故此魯迅所列書單中以筆記、雜談爲主，並在書名後明確了應注意各時代之社會狀態。

其實魯迅對待經史的態度，並非他個人所獨有，而是整個晚清民初興起的浪潮，魯迅只是生於其間，又被裹挾其中。中國傳統價值核心是以儒家爲中心形成的，雖然道家與佛教偶有「鳩占鵲巢」，但儒家的中心地位從未被眞正撼動。直至晚清民初之際，西方思想的不斷入侵在中國士階層中造成巨大的心裏震盪，傳統價值觀支離破碎甚至崩塌，造成士階層對儒家思想發生深刻的質疑，儒家的權威才受到正面挑戰。出身理學世家並入曾國藩幕府的汪世鐸早在太平天國時代就已有強烈的反道學之言論：

> 道學家其源出於孟子，以爭勝爲心，以痛詆異己爲衣缽，以心性理氣誠敬爲支派，以無可考驗之慎獨存養爲藏身之固，以內聖外王之大言相煽惑，以妄自尊大爲儀注，以束書不觀爲傳授，以文章事功爲粗跡，以位育參贊，篤恭無言、無聲色遂致太平之虛談互相欺詐爲學問。〔註55〕

如此痛惡道學，可謂前所未有，言辭之激烈，態度之強烈，都足以證明道學在士人心中的光環漸趨退隱。汪士鐸對經學的批評始自19世紀上半葉經世思想方興之時，意味著「這個缺口打開之後，中國知識分子對儒家價值系

〔註53〕 魯迅：《魏晉風度及文章與藥及酒之關係》，見《而已集》，《魯迅全集》第三卷，北京：人民文學出版社，第523頁，2012年。

〔註54〕 魯迅：《忽然想到》（三），見《華蓋集》，《魯迅全集》第3卷，北京：人民文學出版社，2012年，第17頁。

〔註55〕 鄧之誠輯錄：《汪悔翁（士鐸）乙丙日記》卷二，臺北：文海出版社，1946年，第94頁。

統的整體信仰便開始動搖了。」〔註56〕

　　稍後的譚嗣同則以更激烈的方式向儒家價值發難，其矛頭直指傳統之「名教綱常」。譚嗣同在《仁學》中詳盡闡述了中國傳統倫常秩序之不合理：

　　　　以名為教，則其教已為實之賓，而絕非實也。又況名者，由人創造，上以制其下，而不能不奉之，則數千年來，三綱五倫之慘禍烈毒，由是酷焉矣。君以名桎臣，官以名軛民，父以名壓子，夫以名困妻，兄弟朋友各挾一名以相抗拒，而仁尚有少存焉者，得乎？〔註57〕

　　譚嗣同比汪士鐸的態度更為堅定，批判程度也更加深入，因為譚嗣同是將中國的倫常與西方的價值系統做對比之後得出的結論，「五倫中於人生最無弊而有益，無纖毫之苦，有淡水之樂，其惟朋友乎。顧擇交何如耳，所以者何？一曰『平等』；二曰『自由』；三曰『節宣惟意』。總括其義，曰不失自主之權而已矣。」〔註58〕「平等」、「自由」均脫胎自西方思想，有了西方價值系統這個立足點，譚可以比汪更能看清三綱五常的壓制性，且譚氏在《仁學》中攻擊的主要目標是三綱五常中的君臣一綱，目的則是摧毀清政府的政治地位，因此譚氏在對名教的批判上比汪走的更遠。

　　五四運動繼續著譚嗣同《仁學》的理路發展，由陳獨秀在 1915 年所作《東西民族根本思想之差異》首先對三綱五常中之父子、夫婦二綱給予強烈批判，1917 年後，五四運動之倡導者先後在《新青年》發表一系列批判傳統價值倫常的文章，如吳虞《家族制度為專制主義之根據論》、胡適《貞操問題》、唐俟《我之節烈觀》等，圍繞著傳統核心價值觀展開批判，攻擊家族制度與呼籲婦女解放並行。其中以 1918 年 5 月 15 日刊行於《新青年》四卷五號的由魯迅所作之《狂人日記》影響最大：

　　　　我翻開歷史一查，這歷史沒有年代，歪歪斜斜的每頁上都寫著「仁義道德」幾個字。我橫豎睡不著，仔細看了半夜，才從字縫裏看出來，滿本都寫著兩個字是「吃人」！〔註59〕

〔註56〕　余英時：《中國現代價值觀念的變遷》，見《中國思想傳統及其現代變遷》，桂林：廣西師範大學出版社，2004 年，第 49 頁。

〔註57〕　譚嗣同：《仁學·三十八》，見《譚嗣同全集》（下），北京：中華書局，1981年，第 337 頁。

〔註58〕　譚嗣同：《仁學·三十八》，見《譚嗣同全集》（下），北京：中華書局，1981年，第 349 頁。

〔註59〕　魯迅：《狂人日記》，見《吶喊》，《魯迅全集》，北京：人民文學出版社，2012年，第 447 頁。

　　文學的感染力與影響力遠超政論性的文章,「仁義道德」、「三綱五常」
使得魯迅「屏息低頭,毫不敢輕舉妄動。兩眼下視黃泉,看天就是傲慢,
滿臉裝出死相,說笑就是放肆。」〔註 60〕給它冠以「吃人」的大罪,足見
魯迅對名教之三綱五常的憎惡與批判之力度。1935 年,魯迅爲《中國新文
學大系‧小說二集》寫序言時明確表示,《狂人日記》「意在暴露家族制度
和禮教的弊害。」〔註 61〕余英時認爲,魯迅於《狂人日記》中對「仁義道
德」的否定,其含義已遠遠超出了家族制度和禮教,「而涵蓋了全部中國文
化的傳統,所以客觀地說,五四反傳統的基調是在魯迅的筆下決定的。」〔註
62〕余英時的觀點是否公允暫且不論,但魯迅對名教於人的束縛持激烈反抗
態度則毫無異議。因此魯迅在給許世瑛所開書單中,沒有一本經書,甚至
認爲「要少──或者竟不──看中國書,多看外國書」〔註 63〕,因「中國
書雖有勸人入世的話,也多是僵屍的樂觀;外國書即使是頹唐和厭世的,
但卻是活人的頹唐和厭世。」〔註 64〕

　　而魯迅對於史書的態度,也與當時史學界革命有關。20 世紀以來,中國
知識分子在西方科學主義精神的影響下,積極引進求眞的實證主義方法,進
化論、懷疑主義態度盛行於 19 世紀末 20 世紀初的知識階層。梁啓超對 17 世
紀英國經驗主義思想家培根的歸納法和法國新古典主義者笛卡爾的懷疑學說
持欣賞態度,並多次給予詳細介紹,同時稱讚科學乃破除迷信、奴性,「教人
求得有系統之眞智識的方法」〔註 65〕,並於 1904 年在《論中國學術思想變遷
之大勢‧近世之學術》中詳論科學精神要旨:

　　　　所謂科學的精神何也?善懷疑,善尋問,不肯妄徇古人之成説
　　與一己之臆見,而必力求眞是眞非之所存,一也。既治一科,則原

〔註60〕　魯迅:《忽然想到》(五),見《華蓋集》,《魯迅全集》第 3 卷,北京:人民文
　　　　　學出版社,2012 年,第 44 頁。
〔註61〕　魯迅:《〈中國新文學大系〉小說二集序》,見《且介亭雜文二集》,《魯迅全集》,
　　　　　北京:人民文學出版社,2012 年,第 246 頁。
〔註62〕　余英時:《中國現代價值觀念的變遷》,見《中國思想傳統及其現代變遷》,桂
　　　　　林:廣西師範大學出版社,2004 年,第 59 頁。
〔註63〕　魯迅:《青年必讀書》,見《華蓋集》,《魯迅全集》第 3 卷,北京:人民文學
　　　　　出版社,2012 年,第 12 頁。
〔註64〕　魯迅:《青年必讀書》,見《華蓋集》,《魯迅全集》第 3 卷,北京:人民文學
　　　　　出版社,2012 年,第 12 頁。
〔註65〕　梁啓超:《科學精神與東西文化》,《時事新報‧學燈》,1922 年 8 月 23 日。

始要終，縱說橫說，務盡其條理，而備其左證，二也。其學之發達，
如一有機體，善能增高繼長，前人之發明者，啓其端緒，雖或有未
盡，而能使後人因其所啓者而竟其業，三也。善用比較法，臚舉多
數之異說，而下正確之折衷，四也。〔註66〕

科學精神之首要便是懷疑、追問，不盲從，不盲信，有一分證據說一分
話，梁氏將此種精神帶入史學研究中，便強調史家首要辨定史料之眞僞，此
乃治史之基礎，「史料爲史之組織細胞，史料不具或不確，則無復史之可言。」
〔註67〕梁氏對科學精神之倡導對20世紀初的學風有深刻影響，魯迅認爲中國
傳統史書不可信的看法，是完全浸潤在這一學風之中的，二者相輔相成。更
重要的是，魯迅留學日本期間所受西方科學主義教育，他所習之醫科尤其以
眞實、準確爲準繩，要不得半點虛假，更進一步促使魯迅對歷史眞相的渴求，
而對毫無科學依據的古書持懷疑與批判態度，如魯迅以嚴格地科學精神評判
《黃帝內經》與《洗冤錄》，認爲《內經》「對於人的肌肉，確是看過，但似
乎只是剝了皮略略一觀，沒有細考校，所以亂成一片，說是凡有肌肉都發源
於手指和足趾。」〔註68〕《洗冤錄》「說人骨，竟至於謂男女骨數不同；老仵
作之談，也有不少胡說。」〔註69〕足見魯迅科學精神之表現。

當然，對經書持批判態度，對史書存審慎眼光，並不意味魯迅對二者的
輕視，只能說明魯迅對傳統禮教持批判的態度，在治學研究中持懷疑精神。
從此二點出發，魯迅自然會將野史、筆記、雜聞、年譜等非主流意識形態作
品納入研究範圍，試圖從中尋找到眞的東西，故此社會風尚、習俗、士人生
活就隨著這類非主流作品不斷進入魯迅視野，並成爲他在此後治學生涯中的
寶貴財富與主要立論支撐點。同時，魯迅對小說等俗文學的熱愛，也促使他
的興趣點始終集中在市井生活之中。周作人曾回憶：「他在書房很早就讀完了
四書五經，還有工夫加讀了幾經，計有《周禮》、《儀禮》以及《爾雅》，可是
這些經書固然沒有給他什麼好教訓，卻也未曾給了他大的壞的印象，因爲較

〔註66〕 梁啓超：《論中國學術思想變遷之大勢》，上海：上海古籍出版社，2012年，
第92頁。
〔註67〕 梁啓超：《說史料》，見《中國歷史研究法》，《梁啓超全集》第14卷，北京：
北京出版社，1999年。
〔註68〕 魯迅：《忽然想到》，見《華蓋集》，《魯迅全集》第3卷，北京：人民文學出
版社，2012年，第14頁。
〔註69〕 魯迅：《忽然想到》，見《華蓋集》，《魯迅全集》第3卷，北京：人民文學出
版社，2012年，第14頁。

古的書也較說的純樸，不及後來的說得更是嚴緊、兇狠。例如孔子在《論語》裏說：『君君、臣臣、父父、子子』，漢朝學者提出了『三綱』，說是『君爲臣綱，父爲子綱，夫爲妻綱』，宋人就更是乾脆，說什麼『君叫臣死，不得不死，父叫子亡，不得不亡』了。所以魯迅的材料大都是在漢以後，特別是史部的野史和子部的雜家。」〔註70〕由於社會風尚、士人生活、士人心態具有眞實性與多樣性，故以此作文學研究之視角，較傳統研究方法更眞實與豐富，所得結論也更全面可靠。

二、魯迅「語境化」研究方法的具體運用

服藥與飲酒是魏晉士人日常生活中不可或缺的部分，甚至是最重要的部分，《後漢書·孔融傳》云：

> （孔融）性寬容少忌，好士，喜誘益後進。及退閒職，賓客日盈其門。常歎曰：「坐上客恒滿，尊中酒不空，吾無憂矣。」〔註71〕

曹植《與吳季重書》云：

> 願舉泰山以爲肉，傾東海以爲酒，伐雲夢之竹以爲笛，斬泗濱之梓以爲箏，食若塡巨壑，飲若灌漏巵，其樂固難量，豈非大丈夫之樂哉！〔註72〕

《世說新語·任誕篇》云：

> 畢茂世云：「一手持蟹螯，一手持酒杯，拍浮酒池中，便足了一生。」〔註73〕

> 王衛軍云：「酒正自引人箸勝地。」〔註74〕

> 王佛大歎言：「三日不飲酒，覺形神不復相親。」〔註75〕

《晉書》卷四十九云：

〔註70〕 周作人：《魯迅讀古書》，見《關於魯迅》，烏魯木齊：新疆人民出版社，1997年，第431頁。

〔註71〕 范曄撰，李賢等注：《後漢書》卷70，北京：中華書局，1973年，第2277頁。

〔註72〕 蕭統編，李善注：《文選》卷第四十二，上海：上海古籍出版社，2013年，第1906頁。

〔註73〕 徐震堮著：《世說新語校箋》，北京：中華書局，2012年，第397頁。

〔註74〕 徐震堮著：《世說新語校箋》，北京：中華書局，2012年，第408頁。

〔註75〕 徐震堮著：《世說新語校箋》，北京：中華書局，2012年，第410頁。

> 諸阮皆飲酒，咸至，宗人間共集，不復用杯觴斟酌，以大盆盛
> 酒，圓坐相向，大酌更飲。〔註76〕

　　服藥與飲酒在魏晉士人的文學作品中隨處可見，藥與酒已經浸入到魏晉士人之生命深處，但這僅是我們所能見之現象，問題是，爲何魏晉士人要服藥、要狂飲呢？他們是怎樣形成這樣的社會風尚，是怎樣的心態造就了他們這樣的行爲？這樣的行爲與心態又如何成就了不一樣的文學？魯迅將服藥與文章風格之變化聯繫在一起，並認爲此風始於何晏：

> 　　到明帝的時候，文章上起了個重大的變化，因爲出了一個何
> 晏……第一，他喜歡空談，是空談的祖師；第二，他喜歡吃藥，是
> 吃藥的祖師。此外，他也喜歡談名理。他身子不好，因此不能不服
> 藥，他吃的不是尋常的藥，是一種名叫「五石散」的藥。〔註77〕

　　按照服用方法來說，此藥名寒食散；就其原料來說，則名五石散。藥性外顯之時名曰散發。五石，包括紫石英、赤石脂、白石英、石硫磺與鍾乳。史料所載，此五石具有強身健體、延年益壽之功效，由此觀之，服此藥之人的初衷與最根本目的是爲了求長生。《晉書・王羲之傳》云：「又與道士許邁共修服食，採藥石不遠千里，遍遊東中諸郡，窮諸名山，泛滄海，歎曰：『我卒當以樂死。』」〔註78〕王羲之採藥不遠千里，並視此辛勞爲一種樂趣，可見服藥已完全浸入魏晉時人生活中。《世說新語・言語》載：「何平叔云：『服五石散，非唯治病，亦覺神明開朗。』」〔註79〕服藥之風始於何晏，但何晏最初服藥之動機已不可詳考，大致也是出於強身健體之目的。《世說新語・容止篇》記載：「何平叔美姿儀，面至白，魏明帝疑其傅粉，正夏月，與熱湯餅，既噉，大汗出，以朱衣自拭，色轉皎然。」〔註80〕不管魏明帝出於何種心態戲弄何晏，可以確證的是何晏「美姿儀，面至白」且「色轉皎然」，是十足的美男子。服散之後，人的面色紅潤，看上去精神煥發，因此服散一方面可以延年益壽，另一方面又能讓自己青春貌美，這應該是何晏吃藥的最初動機。但服藥畢竟是有危險的，何故還要冒生命危險而取一時之貌美呢？這與漢末的人物品評

〔註76〕　房玄齡撰：《晉書》卷四十九，北京：中華書局，1974年，第1363頁。
〔註77〕　魯迅：《魏晉風度及文章與藥及酒之關係》，見《而已集》，《魯迅全集》第 3
　　　　　卷，北京：人民文學出版社，2012年，第528頁。
〔註78〕　房玄齡撰：《晉書》卷八十，北京：中華書局，1974年，第2101頁。
〔註79〕　徐震堮著：《世說新語校箋》，北京：中華書局，2012年，第40頁。
〔註80〕　徐震堮著：《世說新語校箋》，北京：中華書局，2012年，第333頁。

有直接關係。兩漢時期以察舉選士,重士人之德行,形成清議制度,至東漢末期,人物品鑒則不僅重德行,而且重才性與姿容,這是一個重要的轉向,意味著漢末士人認爲人的才性品行是可以表現在姿容儀態上的。三國時,士人對容貌儀態的重視已蔚然成風,《太平御覽》引《吳錄》:「滕胤年十二,孤單煢獨,爲人白皙,威儀可觀。每正朔,朝會修觀,在位大臣見者莫不歡賞。」〔註81〕滕胤因面容姣好且舉止瀟灑,就可引起士人的讚賞,可見容止在當時已備受重視。《三國志‧魏書‧曹爽傳》注引《魏略》曰:「晏性自喜,動靜粉白不去手,行步顧影。」〔註82〕何晏傅粉之眞假已不得而知,但他愛美是無疑的,因此何晏通過服藥保持青春靚麗的容貌與容光煥發後的精神狀態,實乃當時社會風尚使然。

　　服藥既爲長生,這可從一個側面反映出魏晉士人對死亡進行著有意識的思考。東漢末年的《古詩十九首》中已經有大量的詩句反映人對時間、空間變化的感觸,對生死離別的善感,而在此之前這樣的話題很少進入到士人筆下。孔子曰:「未知生,焉知死。」儒家對生死之事並不過分探討,而更看重個人在當下的奮鬥。但生死離別之情在漢代末年益發受到重視,最主要的原因是漢末政局動盪、戰亂頻仍,人民朝不保夕,聚少離多。失去才會懂得珍惜,因此人們對於失去、離別、逝去的痛苦,才有更深的感觸。魏晉時期,各地軍閥混戰,人民流離失所,苦不堪言,士人階層面對不斷交替的皇權,如臨深淵,如履薄冰,這使得他們更加珍愛生命。曹子建《贈白馬王彪》詩云:「人生處一世,去若朝露晞。年在桑榆間,影響不能追……虛無求列仙,松子久吾欺。變故在斯須,百年誰能持?」〔註83〕又阮籍《詠懷詩》(其三十二)云:「人生若塵露,天道邈悠悠。齊景升丘山,涕泗紛交流!孔聖臨長川,惜逝忽若浮。去者余不及,來者吾不留。願登太華山,上與松子遊。漁父知世患,乘流泛輕舟。」〔註84〕此間例子,不勝枚舉。既然明白了生命的可貴,有能力的人自然期望能夠延長生命的長度,服藥正是求長生的一種辦法。魏晉士人重老莊、重道教、重玄學,正是因爲儒家學說並未給出生死將何往的

〔註81〕　李昉著,夏劍欽、張意民校點:《太平御覽》第四冊,卷三八九,石家莊:河北教育出版社,2000年,第258頁。
〔註82〕　陳壽撰,裴松之注:《三國志》卷九,北京:中華書局,1964年,第292頁。
〔註83〕　蕭統編,李善注:《文選》卷第二十四,上海:上海古籍出版社,2013年,第1124頁。
〔註84〕　阮籍著,陳伯君校注:《阮籍集校注》,北京:中華書局,2012年,第310頁。

答案，而老莊思想雖未給出求長生不老的具體方法，卻教人「達」，使人能夠用通達的態度面對生死。人不能不死，然而如何面對死亡，就是人的智慧所在了，將思想落於宇宙之中，寄於天地之外，才能正確對待人之死生。興盛於漢末的道教，同樣注重長生，因此道教、老莊、玄學與服藥相互促進。佛教思想進入到士人階層以後，人們對虛無、生死的描寫漸漸減少。由於佛教講「報應」，講「輪迴」，講「三世」，人們雖然意識到無法延長自己的生命，但終究不再對死亡恐懼萬分。

　　品鑒人物由重德行而兼重容止，是士人從儒家道德準則中體認自己轉而向獨立人格中體認自己的轉變，這是漢末經學轉向玄學的必要準備。重視個人容貌舉止、儀態行為，表明魏晉士人開始「重視人、重視人的自然情性，重人格獨立，亦就逐步導向對於人的哲理思考，探尋人與自然、人與社會的關係，逐步地轉向玄學命題。」〔註85〕因此魯迅才說何晏既為吃藥的祖師，也為空談的祖師。《三國志·魏書·曹爽傳》記載：「晏，何進孫也。母尹氏，為太祖夫人。晏長於宮省，又尚公主，少以才秀知名，好老莊言，作道德論及諸文賦著述凡數十篇。」〔註86〕何晏少有異才，且善老莊。又《三國志·魏書·管輅傳》注引《輅別傳》中引裴徽答管輅曰：「吾數與平叔共說老、莊及《易》，常覺其辭妙於理，不能折之。又時人吸習，皆歸服之焉，益令不了。」〔註87〕又《輅別傳》云：「輅辭裴使君，使君言：『何、鄧二尚書有經國才略，於物理無不精也。何尚書神明精微，言皆巧妙，巧妙之志，殆破秋毫，君當慎之！自言不解《易》九事，必當以相問。比至洛，宜善精其理也。』輅言：『何若巧妙，以攻難之才，遊形之表，未入於神。夫入神者，當步天元，推陰陽，探玄虛，極幽明，然後覽道無窮，未暇細言。若欲差次老、莊而參爻、象，愛微辭而興浮藻，可謂射侯之巧，非能破秋毫之妙也。』」〔註88〕儘管裴徽與管輅對何晏談玄評價並不高，但從上引史料中可以看出何晏好老莊，善清言，且晏之談玄「辭妙」、「神明精微」。且《世說新語·賞譽》注引《晉陽秋》曰：「尚書令衛瓘見廣曰：『昔何平叔諸人沒，常謂清言盡矣，今復聞之

〔註85〕　羅宗強：《玄學與魏晉士人心態》，天津：天津教育出版社，2006 年，第 51 頁。
〔註86〕　陳壽撰，裴松之注：《三國志》卷九，北京：中華書局，1964 年，第 292 頁。
〔註87〕　陳壽撰，裴松之注：《三國志》卷二十九，北京：中華書局，1964 年，第 819頁。
〔註88〕　陳壽撰，裴松之注：《三國志》卷二十九，北京：中華書局，1964 年，第 819頁。

於君。』」〔註89〕衛瓘對何晏清言的懷念，認爲何晏的離世使得清言也銷聲匿跡，可作爲晏好談玄的一個旁證。

又晏長於宮省，有異才，爲曹操所賞，地位較高，雖不被曹丕重用，但正始年間，得曹爽之提拔，《三國志·魏書·曹爽傳》注引《魏略》曰：「至正始初，曲合於曹爽，亦以才能，故爽用爲散騎侍郎，遷侍中尚書。晏前以尚主，得賜爵爲列侯……晏爲尚書，主選舉，其宿與之有舊者，多被拔擢。」〔註90〕何晏於正始時期被曹爽任用，官至尚書，位高權重，並多提攜與其志同道合之友，因此在何晏周圍形成了一個善談玄理的圈子。《世說新語·文學》注引《文章敍錄》稱：「晏能清言，而當時權勢，天下談士多宗尚之。」〔註91〕又《世說新語·文學》載：「何晏爲吏部尚書，有位望。時談客盈座，王弼未弱冠，往見之。晏聞弼名，因條向者勝理語弼曰：『此理僕以爲極，可得復難不？』弼便作難，一坐人便以爲屈，於是弼自爲客主數番，皆一坐不及。」〔註92〕這則材料可證以何晏爲中心聚集著一群善談玄理之人，王弼這樣初出茅廬且談玄出色的人也願意進入何晏爲首的談玄群體中。談玄的出現是正始文學開始的標誌，也是建安文學告退的截止點，因此魯迅認爲何晏的出現使魏晉文學有了新變，由建安時期的清峻、通倪、華麗、壯大進入到了充滿哲思與玄理的新時代。

由於服散之人多爲有身份有地位之人，因此服藥便成了有身份有地位的象徵，東晉後期許多服散之人目的也就不再單純，在強身健體、求長生的基礎上渴求假裝服散而躋身貴族行列。《太平廣記》卷二百四十七「魏市人」條載：

後魏孝文帝時，諸王及貴臣多服石藥，皆稱石發。乃有熱者，非富貴者，亦云服石發熱，時人多嫌其詐作富貴體。有一人，於市門前臥，宛轉稱熱，因眾人競看，同伴怪之，報曰：「我石發。」同伴人曰：「君何時服石，今得石發？」曰：「我昨在市得米，米中有石，食之乃今發。」眾人大笑。自後少有人稱患石發者。〔註93〕

當服散成爲一種象徵性的符號時，它最初強身健體的目的便漸趨退隱，同樣漸趨退隱的是對個人身體、情感的重視以及對人生、對人與自然、社會的關係的哲理性思辨，而僅作爲一種士族身份的象徵存在，因此才會有人號

〔註89〕 徐震堮著：《世說新語校箋》，北京：中華書局，2012年，第238頁。
〔註90〕 陳壽撰，裴松之注：《三國志》卷九，北京：中華書局，1964年，第292頁。
〔註91〕 徐震堮著：《世說新語校箋》，北京：中華書局，2012年，第106頁。
〔註92〕 徐震堮著：《世說新語校箋》，北京：中華書局，2012年，第106頁。
〔註93〕 李昉等編：《太平廣記》卷二四七，北京：中華書局，1986年，第1912頁。

稱「石發」只爲「詐作富貴體」，故此魯迅稱「這種習慣的末流，是只會吃藥，或竟假裝吃藥，而不會做文章。」〔註94〕

酒是魏晉士人生活中另一樣不可或缺的東西，飲酒這一社會風尚與士人生活方式成爲魯迅進入魏晉文學的又一入口。飲酒興盛的原因與服藥相同：社會動盪，朝不保夕的生活讓人留戀生命，渴望快樂。服藥是爲了延長生命的長度，但服藥畢竟是不可靠的，而在有生之年做快樂的事情，增加生命的密度卻是人人能做的，因此飲酒在士人生活中漸趨興盛。至竹林七賢時，酒已成爲士人生活不可缺少的部分。《世說新語‧任誕篇》記載：

> 陳留阮籍，譙國嵇康，河內山濤三人年皆相比，康年少亞之。
> 預此契者：沛國劉伶、陳留阮咸、河內向秀、琅琊王戎。七人常集
> 於竹林之下，肆意酣暢，故世謂「竹林七賢」。〔註95〕

據陳寅恪先生考證，《世說》此條並不準確，七賢雖都生性曠達，肆意酣暢，但並未集於「竹林」之下。七賢並非一地之人，阮籍、阮咸爲陳留人，嵇康爲譙國銍人，劉伶爲沛人，山濤、向秀爲河內懷人。七賢交往也非始於一時一地，故「竹林」乃後人格義比附之詞，「所謂「竹林七賢」者，先有「七賢」，即取《論語》『作者七人』之事數，實與東漢末三君八廚八及等名稱同爲標榜之義。迨西晉之末僧徒比附內典外書之『格義』風氣盛行，東晉初年乃取天竺『竹林』之名加於『七賢』之上，至東晉中葉以後江左名士孫盛、袁宏、戴逵輩遂著之於書。」〔註96〕由此可知，「竹林七賢」之名最早到東晉初年才有。

雖然「竹林七賢」並未眞聚於竹林之下，但他們都好飲酒卻非杜撰。阮籍因對政權的失望而遠離世事，終日「酣飲爲常」；武帝因阮咸「耽酒浮虛」而不用；劉伶更是一日不能無酒。《晉書》卷四十九載：「（劉伶）常乘鹿車，攜一壺酒，使人荷鍤而隨之，謂曰：『死便埋我。』……未嘗厝意文翰，惟著《酒德頌》一篇。」〔註97〕首先，飲酒本爲發洩情感的一種方式，獨飲可解憂，與友暢飲可忘愁。服藥爲的是長生，飲酒爲的是享樂，殊途同歸。其次，

〔註94〕 魯迅：《魏晉風度及文章與藥及酒之關係》，見《而已集》，《魯迅全集》第 3
卷，北京：人民文學出版社，2012 年，第 531 頁。

〔註95〕 徐震堮著：《世說新語校箋》，北京：中華書局，2012 年，第 390 頁。

〔註96〕 陳寅恪：《陶淵明之思想與清談之關係》，見《金明館叢稿初編》，北京：三聯
書店，2012 年，第 202 頁。

〔註97〕 房玄齡撰：《晉書》卷四十九，北京：中華書局，1974 年，第 1376 頁。

竹林七賢之飲酒還有一個重要原因，便是逃離現實、遠離政治，既能忘憂忘痛，更能避免禍端。波詭雲譎的政治情勢，讓士人們心中充滿了恐懼，孔融、楊脩、禰衡、嵇康等士人相繼被殺，更讓他們覺得生命無常，朝不保夕。飲酒則可以讓自身遠離這一切是非，終日酣暢，不問世事，在醉酒狀態下保全自己。阮籍是非常典型的例子，而他也的確通過醉酒得以保全。但酒醉之後，士人並非麻木，而是非常清醒地瞭解自己的悲痛處境，卻無力改變這樣的現實困境，而越發顯出悲傷與痛苦。阮籍的《詠懷詩》看似不知所云，卻時時反映了內心深處的悲痛與無奈。東晉之後，佛學的進入，使得人對死亡不再恐懼，因此通過飲酒來增加生命的密度來消除苦惱也便不再是一重要方法，同時魏晉之際恐怖的政治環境也漸漸過去，士人們也無需再通過痛飲的方式保全自己，因此東晉時期的飲酒更多的是一種享受式的愉悅，是士大夫生活中的一種點綴而已。再次，魏晉士人喜談老莊，尤其喜論莊子。莊子那將人生藝術化的追求有一點很重要的便是使人忘形、忘我，形與神相接相親，而飲酒之後恰恰可以達到這樣的境界，使人忘形忘我，與自然化爲一體。因此飲酒對於士人來說是一種通往達觀境界的必然手段，想要達到形神相親的勝地可謂士人酷愛飲酒的更深層的一個原因。

　　服藥與飲酒既爲魏晉士人之生活習俗，詩文中則多顯露此內容，如劉伶有《酒德頌》，許多士人中也有「服散」之詞，表示服散之後需要多走路以便散發。但魯迅所言建安文學於何晏處起一大變化，不僅意味著正始文學內容多藥與酒，更指正始文學充滿了哲思，正始名士與竹林七賢正是在將藥與酒化入生活之後進行的深入思考。《世說新語‧文學》篇「袁彥伯作《名士傳》成」條注云：

> 宏以夏侯太初、何平叔、王輔嗣爲正始名士，阮嗣宗、嵇叔夜、山巨源、向子期、劉伯倫、阮仲容、王濬沖爲竹林名士，裴叔則、樂彥輔、王夷輔、庾子嵩、王安期、阮千里、衛叔寶、謝幼輿爲中朝名士。〔註98〕

夏侯玄、何晏、王弼爲正始名士，阮籍、嵇康、山濤、向秀、劉伶、阮咸、王戎爲竹林名士，他們分屬不同的群體，前者服散且談玄，後者服散、飲酒，也談玄，並都被冠以「名士」之稱。「名士」一詞早在戰國時期

〔註98〕　徐震堮著：《世說新語校箋》，北京：中華書局，2012 年，第 146 頁。

就已出現，《禮記・月令》載：「天子布德行惠，命有司發倉廩，賜貧窮，振乏絕，開府庫，出幣帛，周天下，勉諸侯，聘名士，禮賢者。」〔註99〕孔穎達疏：「名士者，謂其德行貞絕，道術通明，王者不得臣，而隱居不在位者也。」〔註100〕故名士不僅品行高潔，有經世之才，且不以求名位顯耀為人生價值，志向高遠，因此「名士」不為求名，卻因高潔之品德與高遠之理想而顯赫，成為名噪一時的士。西漢時期，在大一統政權的領導下，士人大都懷抱負、負理想，渴求建功立業，故德才兼備方可稱名士。如司馬遷論韓安國為天子推舉賢能之士，「於梁舉壺遂、臧固、郅他，皆天下名士，士亦以此稱慕之，唯天子以為國器。」〔註101〕有德有才之士、能輔佐天子以圖大業之士才是西漢時期的名士。東漢之時，宦官與外戚交替專權，朝綱混亂，士階層因自覺遵守儒家禮教制度而形成清流與之抗衡，屬清流勢力的士不僅因品德高潔贏得他人尊重，更因他們與濁流勢力的抗爭勇氣以及砥礪名節的個性而備受推崇，故西漢時所重儒家禮教之德至東漢末年增加了許多私德的內容，如氣質、個性特徵、個人愛好等等。「士林關於『名士』的評價標準由注重道德品質而推衍到個性特徵，這是極為重要的一種文化現象，具有標誌性意義。」〔註102〕注重個性氣質，乃魏晉時期品鑒人物的關鍵，也是魏晉名士之風範所在。何晏乃服五石散之開創者，竹林七賢以飲酒而聞名，服藥、飲酒本純屬個人生活，與政教無關，卻成為魏晉名士風度的一種象徵，並招致天下人爭先仿傚，魯迅稱之為「居喪之際，飲酒食肉，由闊人名流倡之，萬民皆從之，因為這個緣故，社會上尊稱這樣的人叫作名士派。」〔註103〕

竹林名士中以阮籍、嵇康最為特立獨行，因其行為任誕，常將儒家禮教

〔註99〕 鄭玄注，孔穎達疏，龔抗雲整理，王文錦審定：《禮記正義》卷十五，北京：北京大學出版社，2012年，第484頁。

〔註100〕 鄭玄注，孔穎達疏，龔抗雲整理，王文錦審定：《禮記正義》卷十五，北京：北京大學出版社，2012年，第484頁。

〔註101〕 司馬遷撰，裴駰集解，司馬貞索隱，張守節正義：《史記・韓長孺列傳》，見《史記》卷一百八，北京：中華書局，1963年，第2863頁。

〔註102〕 李春青：《趣味的歷史：從西周貴族到漢魏文人》，北京：三聯書店，2014年，第317頁。

〔註103〕 魯迅：《魏晉風度及文章與藥及酒之關係》，見《而已集》，《魯迅全集》第3卷，北京：人民文學出版社，2012年，第531頁。

棄之不顧，更成爲世人模仿追隨之榜樣。但魯迅認爲魏晉名士敢於不屑名教，實乃出於服藥與飲酒之關係，而非發自心底地對名教不敬。服藥雖有使精神煥發之效用，但明顯的副作用是不能肚餓，並且只能食冷物，因此服散之時，即使居喪要守禮，也顧不了許多，只能立刻進食，否則有生命危險。《晉書》載：「（籍）性至孝，母終，正與人圍棊，對者求止，籍留與決賭。既而飲酒二斗，舉聲一號，吐血數升。及將葬，食一蒸肫，飲二斗酒，然後臨決，直言窮矣，舉聲一號，因又吐血數升。」〔註104〕又《世說新語・任誕》篇云：「阮籍遭母喪，在晉文王坐，進酒肉。司隸何曾亦在坐，曰：『明公方以孝治天下，而阮籍以重喪顯於公坐飲酒食肉，宜流之海外，以正風教。』文王曰：『嗣宗毀頓如此，君不能共憂之，何謂？且有疾而飲酒食肉，固喪禮也。』籍飲噉不輟，神色自若。」〔註105〕何曾認爲阮籍居喪期間飲酒食肉，有違禮法，與晉文王以孝治天下實相違背，當貶黜以正視聽，但晉文王則認爲阮籍之所以如此是因「有疾」，雖有違禮法，卻實屬無奈之舉。阮籍不守名教之舉既見容於王室，故仰慕他特立獨行之風的人也愈多，故而形成了「名士派」。

值得注意的是，袁彥伯所言名士還有一個共同點：談玄。何晏開談玄之風，夏侯玄、王弼爲正始名士中談玄之主將。與此同時，竹林名士也開始追求玄理之風。《世說新語・簡傲》「王戎弱冠詣阮籍」條注引《竹林七賢論》曰：「初，籍與戎父渾俱爲尚書郎，每造渾，坐未安，輒曰：『與卿語，不如與阿戎語。』就戎，必日夕而返。」〔註106〕又注引《晉陽秋》曰：「戎年十五，隨父渾在郎舍，阮籍見而說焉。每適渾俄頃，輒在戎室久之，乃謂渾：『濬沖清尚，非卿倫也。』」〔註107〕據此可知，阮籍與王戎經常暢談玄理。又《晉書》載：「（嵇康）學不師受，博覽無不該通，長好老莊……常修養性服食之事，彈琴詠詩，自足於懷。以爲神仙稟之自然，非積學所得，至於導養得理，則安期、彭祖之倫可及，乃著養生論。」〔註108〕「康善談理，又能屬文，其高情遠趣，率然玄遠。」〔註109〕嵇康既好老莊且善談玄，並有文章。《文選》卷

〔註104〕　房玄齡撰：《晉書》卷四十九，北京：中華書局，1974 年，第 1361 頁。
〔註105〕　徐震堮著：《世說新語校箋》，北京：中華書局，2012 年，第 390 頁。
〔註106〕　徐震堮著：《世說新語校箋》，北京：中華書局，2012 年，第 411 頁。
〔註107〕　徐震堮著：《世說新語校箋》，北京：中華書局，2012 年，第 411 頁。
〔註108〕　房玄齡撰：《晉書》卷四十九，北京：中華書局，1974 年，第 1369 頁。
〔註109〕　房玄齡撰：《晉書》卷四十九，北京：中華書局，1974 年，第 1374 頁。

二十一載顏延年《五君詠・嵇中散》注引孫綽《嵇中散傳》曰：「嵇康作《養生論》，入洛，京師謂之神人。向子期難之，不得屈。」〔註110〕嵇康之《養生論》、《答難養生論》與向秀之《難養生論》乃竹林名士談玄之經典，《晉書・向秀傳》載：

　　　　（秀）清悟有遠識，少爲山濤所知，雅好老莊之學。莊周著內外數十篇……秀乃爲之隱解，發明奇趣，振起玄風，讀之者超然心悟，莫不自足一時也。惠帝之世，郭象又述而廣之，儒墨之跡見鄙，道家之言遂盛焉。始，秀欲注，嵇康曰：「此書詎復須注，正是妨人作樂耳。」及成，示康曰：「殊復勝不？」又與康論養生，辭難往復，蓋欲發康高致也。〔註111〕

　　嵇康主張養生應節制欲望，將人的感情慾望降到最低，在《聲無哀樂論》中嵇康承認人生而有情，但認爲情慾害生，故而應節制。向秀則主張順欲養生，認爲人之情應物而動，若強加抑制反而不利養生。養生論與何晏提出的「聖人有情無情論」緊密相關，何晏認爲聖人無常人之喜怒哀樂，只有在禮法節制下的感情，是被道德化了的情，這一思想充分體現在其所注《論語集解》中。王弼在《易》的注釋中則表達了不同的觀點，他認爲聖人有情，但又不累於情，聖人也可應物而感，但通過守住自我本性便可節制情的氾濫，無需禮制束縛。可知正始名士與竹林名士雖分屬不同的集體，但都善談玄理，並有文章傳世，且在相互影響中發展、深化著玄學命題。因此魯迅認爲文章在何晏處起一大變化，就是因爲正始士人對人生、生命本質不斷地思索：表現在外，是服藥與飲酒，服藥渴求長生，飲酒期望快樂；表現在內，是「聖人有情無情論」、「言意之辨」、養生論、「有無之辨」等玄學命題的思考與辯難。當服藥與飲酒化身爲一種身份的標識、一種象徵符號之後，那種內化於服藥、飲酒之中的理性與感性交織的思考，對人生、對生命本質的探索便漸趨凝固與萎縮，故而魯迅稱「這種習慣的末流，是只會吃藥，或竟假裝吃藥，而不會做文章。」〔註112〕

〔註110〕　蕭統編，李善注：《文選》卷第二十一，上海：上海古籍出版社，2013 年，第 1008 頁。
〔註111〕　房玄齡撰：《晉書》卷四十九，北京：中華書局，1974 年，第 1374 頁。
〔註112〕　魯迅：《魏晉風度及文章與藥及酒之關係》，見《而已集》，《魯迅全集》第 3 卷，北京：人民文學出版社，2012 年，第 531 頁。

第四節　繼承與發展──王瑤之「語境化」研究

一、「語境化」研究的典範

　　魏晉六朝文學現象在各種文學史中的介紹可謂詳盡，例如文論自覺的開始、五言詩與玄言詩的發展、文筆之分的肇端、對自然之美的崇尚等等，這是對魏晉六朝文學現象一種大體的認識。王瑤並不就現象單純地分析，而是試圖從整體的歷史語境中透視這些現象之所以產生的深刻原因，他非常準確地選擇了「門閥士族」這一魏晉六朝特有的階層作爲整體歷史研究之關鍵。門閥士族在魏晉六朝中佔據非常特殊的歷史地位，政治上享有特權，甚至出現「王與馬，共天下」的局面；經濟上自給自足，使得他們始終處在統治階層一端；更重要的是此時期的文化，包括各種文學現象以及學術思想、社會風尚都由士族創造引導。王瑤從東漢末期之世家大族的形成談起，可謂眼光獨具，進入到了歷史發展的最深層，因爲他深刻認識到「士族的集團和地位的確定，是這段歷史的一大樞紐。」〔註113〕

　　東漢末年，政治腐化，外戚與宦官交替專權，皇室式微，久而久之，形成一種病態的社會模式。政治上的動盪腐化，極易造成經濟上的凋蔽，在惡性循環的模式下，政治與經濟狀況不斷惡化。惡化後的結果便是流民四起，各地不斷爆發農民起義，其中以黃巾起義爲最大。生民凋敝，流民最容易一呼百應，也最容易被人利用，野心家便利用這樣的客觀情勢擴充自己的勢力，中央政府無力控制，只得任由各地州牧擴充軍隊，鎮壓流民起義以自保。「於是漸漸地由盜賊的橫行，變成了軍人的割據。這就是建安時代的局面。」〔註114〕在所割據的軍閥之中，有很多可以追溯至漢代。東漢末期的名士，比如劉表、袁紹，本爲世家大族，世代爲官，是東漢末年的名士。漢代末年刺史握有軍權，且長期以來這些世家大族地位穩定，在地方上就漸漸形成穩固的勢力，同時，爲了步入仕途，適應帝王的選官制度，世家大族各自都有家學，即所謂累世經學。政治上特殊的地位、經濟上的壟斷，以及學術上的淵源，使得這樣的世家大族在社會上形成了一個特殊的階層，享有特殊的權利，佔

〔註113〕　王瑤：《政治社會情況與文士地位》，見《中古文學史論》，北京：商務印書館，
　　　　　2011年，第7頁。

〔註114〕　王瑤：《政治社會情況與文士地位》，見《中古文學史論》，北京：商務印書館，
　　　　　2011年，第7頁。

據相當重要的地位。

　　東漢時期，士人想要躋身仕途，有兩條道路：地方察舉與公府徵辟。漢代以孝治天下，因此孝廉成為察舉制的一項重要內容。士人階層，無論出身如何，如果能夠在社會上獲得良好的聲譽，便有進身仕途的機會。但是「中央政治的腐敗無能，使得由察舉徵召所養成的清節高行的士大夫風習，由忠君愛國而離心轉移為狹義的豪俠精神；恩仇必報，忠於私主，都是當時行為的特點。於是這種以門生故吏和私人部曲集合起來的勢力，就成了社會的一個強力的中心……所以遠在魏武九品中正之法實行前，士族已在政治上形成了一種勢力，許多名士即是漢末割據諸雄中的主角。」〔註115〕因此這樣的選官制度使得士人非常重視自己的聲譽，士人對聲譽的重視程度由於皇家的任用制度而日益上升，因此加入這一選拔制度的士人也就越發多起來，以至於形成一個士人集團，呈現出一種清議勢力。清議的勢力很大，甚至於可以影響皇室政治的決策，這一趨勢可從東漢末年的黨錮之禍中看出·

　　建安時期，曹操漸漸掌握政權，統一中原。但魏武帝的成功是需要條件的，王瑤從經濟與政治兩方面入手分析魏武帝成功的原因：「他（魏武帝）由一個豪右變成了一個軍閥，而且逐漸地統一了中原，鞏固了新的政權，設法恢復地方秩序的安寧，他確是有不少的貢獻。他之所以能成功，最重要的原因就是他在經濟上有了解決的辦法。」〔註116〕曹操早年推行屯田制以及田租戶調制度，恢復生產，使得中原地區經濟迅速恢復穩定，這是「魏武政治上的最大成功；確立了他能統一中原的經濟基礎。」〔註117〕

　　屯田制與田租戶調制度雖然於生產有利，尤其於政府收入有利，卻觸犯了地方上的大地主的利益，也就是政府與東漢末期的名門士族之間在經濟上起了衝突。因此這才有了魏武帝著名的「三詔令」，而「魏武唯才是舉的有名的『三詔令』，實在也有他不得已的苦衷。他為了摧抑名門士族的反對勢力，來鞏固自己的新政權，不得不擴展他用人的標準。」〔註118〕曹操「唯才是舉」

〔註115〕　王瑤：《政治社會情況與文士地位》，見《中古文學史論》，北京：商務印書館，
　　　　　　2011 年，第 9 頁。

〔註116〕　王瑤：《政治社會情況與文士地位》，見《中古文學史論》，北京：商務印書館，
　　　　　　2011 年，第 10 頁。

〔註117〕　王瑤：《政治社會情況與文士地位》，見《中古文學史論》，北京：商務印書館，
　　　　　　2011 年，第 10 頁。

〔註118〕　王瑤：《政治社會情況與文士地位》，見《中古文學史論》，北京：商務印書館，
　　　　　　2011 年，第 11 頁。

的舉措打破了世家大族對仕途的壟斷，擴大了自己用人的標準。楊脩、孔融二家都是世家大族，曹操毫不吝惜地殺掉二人的舉動正是壓抑打擊世家大族之舉措，以一種通達消極之不合作之精神來表現，以舉新進之庶族。魏文帝曹丕即位後，在承繼漢察舉制的基礎上，一變而爲九品中正制，但「九品中正之法是不能與魏武帝唯才是舉的『三詔令』同樣解釋的，那主要是對士族的摧抑，而這卻是對士族的妥協。」〔註119〕曹丕即位之時，政治局勢進入不是要打江山而是要守江山的穩定期，因此對於世家大族的態度也由打壓排擠轉爲妥協利用，這樣便誕生了九品中正制。因此可以說，九品中正制從根源上就是爲了與世家大族合作才產生的，所以，二者的關係相當緊密。這樣的政治制度、選官制度與魏晉時期門閥士族的產生有著極其密切的關係，「此後互爲因果，門閥勢力就成了中國中古歷史上最重要的問題了。」〔註120〕

　　但是九品中正制究竟於門閥士族有何樣密切的關係，王瑤在接下來的文字中做了詳細的分析。「班固著《漢書》，序往代賢智，以爲九條，陳群遂依之定九品官人之法；其制於各州郡縣皆設置大小中正，大中正以本處人在諸府公卿及臺省郎吏有德充才盛者爲之，區別所管人物，定爲九等。其有言行著名者，則陞進之；道義虧缺者，則下降之。」〔註121〕九品，爲九個等級，中正爲官職，各州郡分有大小中正，九個等級之間可由道義、德行的上升與下降而互相轉換。這樣的選官制度與漢代的察舉制息息相關，因此最初大小中正官在選賢品評之時便是根據鄉舉里選的決策決定的。小中正將選拔之人才上報於大中正，最終由大中正決定人才的任用，而大中正對於上報之人並不會到鄉里去核實，因此這一制度從最初設立之時就出現了許多不公平現象。大中正多由當地世家大族出任，而這些大族也更傾向於自家親人，難免不會任人唯親，而不會過多地去考慮所用之人是否果眞在道義與德行上都堪稱優等，導致「今品與狀既皆歸之中正，則只有由門第虛譽來考察了。」〔註122〕

〔註119〕　王瑤：《政治社會情況與文士地位》，見《中古文學史論》，北京：商務印書館，2011年，第12頁。

〔註120〕　王瑤：《政治社會情況與文士地位》，見《中古文學史論》，北京：商務印書館，2011年，第13頁。

〔註121〕　王瑤：《政治社會情況與文士地位》，見《中古文學史論》，北京：商務印書館，2011年，第14頁。

〔註122〕　王瑤：《政治社會情況與文士地位》，見《中古文學史論》，北京：商務印書館，2011年，第15頁。

「在中正操縱選舉與銓敘兩種全權之後，名門世族雖無世襲之名，而卻享有其實；所謂『高門華胄有世及之榮，庶姓寒人無寸進之路。』因此便形成了一種變相的封建世襲制度。」〔註123〕九品中正制從最初便是由世家大族所掌控，也就是說，九品並非能夠真的按照嚴格的等級區分開來，也沒有嚴格地按照道義與德行來品評人物，更多的是按照門第高低來決定的。因此這樣的狀況使得許多真正德行道義高尚的庶族被拒於仕途門外，而世族又獲得了終身的躋身仕途之法。因此九品中正制使得門閥世族不斷地發展，勢力逐漸增強並穩固。九品中正制所造成的門閥士族勢力的擴大這一狀況，遍及魏晉南北朝時期。儘管中央朝廷一再變更，但門閥士族卻能安然無恙，且在這一特殊歷史時期，中央也需依靠這些世家大族才能穩坐江山，由此可見他們勢力之巨大。

政治上、經濟上的特權使得門閥士族成為一個特殊的階層。政治上，他們能夠躋身中央領導的核心，並且世襲連任；經濟上，他們擁有大量土地，是當時最大的地主，能夠擁有實力招募流民，形成一個生產集團，自給自足；軍事上，他們與軍閥力量相互聯繫，將所招流民編成一個武裝集團，保衛自己的土地家園。因此，門閥士族是這一歷史時期的特殊產物，雖然特殊，但確有一定的歷史根源，同時，門閥士族已經大到可以形成一個階層，而且是一個可以與中央皇室相比肩的階層，不僅如此，有時皇室還需借助他們的力量才能穩固政權。擁有如此特權的階層自然從他們內心深處是希望能夠長保此地位，因此這樣的心理狀態就促成了此歷史時期另一個現象的產生——「上品無寒門，下品無世族」。世家大族與普通庶族之間的界限非常分明，有嚴格的等級劃分，更明顯的等級區別是他們相互之間不通婚。不同階層之人不通婚，這樣的事實可以醞釀一種特權心理，而這樣的心理對於門閥世族來說則更是有益無害的，因此這一歷史時期的婚姻制度是非常重要的能夠說明華素之間區別的一個史實。同時，由於高姓大族握有分量相當重的政治權力，因此在仕途道路中，上品與下品之間差別也非常大。世族與庶族之間連坐在一起議論國事的可能性都沒有，等級鴻溝非常之巨大。

通過對門閥士族形成原因的勾勒以及門閥士族特權的介紹，魏晉六朝之歷史情境得以展示。政治上的特權地位使得他們經濟、軍事上得以自給，經

〔註123〕　王瑤：《政治社會情況與文士地位》，見《中古文學史論》，北京：商務印書館，2011年，第17頁。

濟、軍事上不依賴皇權又反過來促進了士族特權政治地位的鞏固，這是門閥士族得以創造魏晉六朝燦爛文化的基礎保證，而獨特的士族文化與精神享受則是他們標榜自己地位特殊性的重要手段，也是維持特權地位的一種符號。因爲「士族的形成，文化特徵本是必要的條件之一。非玄非儒而純以武幹居官的家族，罕有被視作士族者」。〔註124〕當文化作爲一種符號象徵著士人社會地位時，世家大族便會以文化的開創、傳承作爲本族興旺發達的標誌，同時穩固的社會地位與優越的家庭環境使得六朝士族能夠有充分的閑暇時間以及豐厚的家學資源來經營文學之事，故此時期內頻繁出現以家族形式聚集的大批士人，比如三曹、二陸、兩潘以及東晉時期的謝家。此現象與門閥士族家庭內部的家學淵源相輔相成，互相促進。門閥士族的特權保證了文學之事的順利進行，文學之事的領先與超越又使得他們能夠超越物質生活，在精神生活層面進行開拓。六朝時期的文學思想能夠突破漢代經學的束縛，尤其是在理論層面、思辨層面有許多精義的論斷，都可追溯到當時的歷史語境當中，這些思想的發展最終萌芽於此。家族的介入使得六朝時期文學現象有別於其他任何歷史時期，終魏晉南北朝，政權轉換頻繁，每一朝代的政治生命都極其短暫，然而家族的延續是長壽的，因此六朝文學「時代的差異，多於作者個性的差異……因爲所有的文士在社會上既是屬於一種人，他們的生活感受和思想習慣都差不多，所以同時代的作品，內容，也就無大差別了。」〔註125〕門閥士族的掌控，使得文藝之事是以家族傳播與繼承的方式發生發展著，因此相對於其他朝代來說，此時期更多的是時代的差異、家族的差異而不是個體氣質的殊異。

二、魏晉南北朝研究樞紐之二——玄學

　　玄學乃魏晉六朝時期社會思潮與學術思想的交匯點，以玄學爲宗的清談則是此時期一大社會現象，清談促進了玄學的發展，玄學也爲清談提供了必要的話題。王瑤將六朝文論放置於玄學與清談的語境中來考察，可謂抓住了根本。而王瑤考察文論的方法的另一個特殊性，便是將「文論」二字拆開來解，文與論分說。魏晉時期，既是文的自覺，同時也是論的自覺，文與論的

〔註124〕　田餘慶：《東晉門閥政治》，北京：北京大學出版社，2006 年，第 278 頁。
〔註125〕　王瑤：《政治社會情況與文士地位》，見《中古文學史論》，北京：商務印書館，2011 年，第 35 頁。

齊頭並進與相互促進共同構成了此時期的文學繁榮。因此,將「文論」細化,深入「文」與「論」的不同文化語境之中進行分析,也是王瑤的一個治學路徑。

魏晉六朝既是中國古代文論的草創期,也是興盛期,二者既矛盾又圓融地結合著。從魏文帝曹丕的《典論・論文》到劉勰體大思精的《文心雕龍》,包括陸機的《文賦》以及鍾嶸的《詩品》,開創了古代文論的先河,也成就了後人難以逾越的範式。當然,這是文學史中的老生常談。王瑤對六朝文論的考察,並非以文論本身研究為主,而是先進入此時期文論之所以出現的宏大背景之中,通過對整體文化歷史背景的分析,深入到文論本身的內核之中。換句話說,王瑤並不是將各文論看做單篇的文章進行分析,而是從宏觀的角度把握,通過文化語境的脈絡將各篇文論串接成互相聯繫著的整體,同時,將文論思想視為六朝社會思潮、學術思想的一個分支,這樣的考察方法無疑是更加深刻與獨到的。

作為促進玄學在魏晉六朝發展的重要社會現象——清談的出現有著深刻歷史原因。王瑤認為清談源自東漢末年的清議,「由政府的選舉腐敗所引發的士大夫輿論亦即清議,便是清流黨團結的基礎。一部分盤踞於政府的外戚貴族,還有那些與其勾結的腐敗官僚擾亂了選舉,在此狀況下,鄉黨的輿論根本得不到重視。於是鄉黨士大夫樹立自己的正當價值標準,對人物進行重新評判,這即是清議的產生。」〔註126〕一群年輕有為之士相聚而談,必定非常注重自己之言談舉止以及發表高論之聲音語調,所以清談最初是用來指談論時音辭的美妙。黨錮之禍後,太學生們將視線由評論政治轉移至品評人物上來,因此「學術遂脫離具體趨於抽象,由實際政治講到內聖外王、天人之際的玄遠哲理;由人物評論講到才性四本,以及性情之分。」〔註127〕正始後清談一詞便專指玄理虛勝之言了。但由於清談本身並沒有太多的嚴肅政治與正統學術成分,相對而言較為輕鬆,因此清談雖多涉及玄理,但它與玄學並不能等同,更多地指向著談論時的音節措辭以及自然感悟。

阮籍、嵇康承繼著何晏、王弼開創的清談局面。阮、嵇二人所處政治環

〔註126〕 川勝義雄著,徐谷芃、李濟滄譯:《六朝貴族制社會研究》,上海:上海古籍出版社,2007 年,第 6 頁。

〔註127〕 王瑤:《玄學與清談》,見《中古文學史論》,北京:商務印書館,2011 年,第 43 頁。

境複雜多變，士人禍事不斷，自身難保，二人以放誕不羈、通達脫透的態度表達對現實的不滿以及自身所懷之情操，在老莊思想下行爲自然、率性、任眞，渴求無拘束之生活、無束縛之世界，注重內心的感受。因此「愼言的結果並不是閉口，只是言及玄遠；愼文的結果也不是擱筆，只是語不及政；其結果就表現爲這時期的玄學與文學。」〔註128〕

王瑤認爲，因爲遠離實際，就使得清談帶有簡約的特點，也更注重抽象的隻言片語，遠離政治，以玄理爲主，也就更加抽象化、理論化。因此，晉人的文章就內容而言大多長於析理，就形式而論則爲隻言片語、雋語似地說理，當從此風而來。更重要的是，魏晉時期爲文學自覺時期，而文學的自覺有一個很重要的特點就是「文」、「筆」分家，審美性濃厚的「文」與實用性較強的政論性的「筆」分道揚鑣，強調審美、感悟、華麗的美文學更加具有獨立性，王瑤認爲這種現象正是清談尙飄渺、高遠、雋語般地言說引起的。

東晉時期，清談之風仍然盛行，但相比西晉而言，任誕之風減少，而多了些做作忸怩之態，同時還多夾雜佛家教義。愛好清談之人也不僅限於士大夫，還多了些名僧。佛教自漢代傳入中國後並未得到士大夫過多的關注，然東晉之時，借助老莊思想，佛家教義尋找到了同源相近的東西，因此高僧們也開始參與到清談之中來。佛義與老莊互相滲透，促進了玄學的進一步發展，成爲東晉清談的一個重要特點。

在分說完玄學與清談對於文論的影響後，更方便我們探討此時期文與論的發展。清談之風由關注政治轉入對於人物的臧否，與東漢選官之察舉制以及魏文帝推行之九品中正制有深刻的聯繫，這樣的風氣也促進了魏晉初期文論以評論單個作家爲主的文章的產生。同一時期的《典論・論文》、《與吳質書》以及《與楊德祖書》大都通篇論人，既講才性之辨，又成爲魏晉文論初期的代表性文論。當然，玄學抽象思維的方式對文論也產生很重要的影響，例如《典論・論文》蜻蜓點水般地評點了建安七子，卻最終將筆端落在了「文以氣爲主」，「氣」乃人所稟賦於天地，不可更改，也「不可以移子弟」，曹丕將文人文章的不同之處落在了「氣」的不同，從而將具體的品評劃歸爲一種抽象的思辨，並將種種不同之處劃分到幾種範疇之中。隨著玄學的盛行，文論也隨之產生了變化，「陸機《文賦》正是魏晉玄學的思想表現於文學上

〔註128〕 王瑤：《文論的發展》，見《中古文學史論》，北京：商務印書館，2011 年，第 66 頁。

的理論。」〔註129〕陸機在《文賦》中闡發了自己的宇宙觀，認爲虛無寂寞乃是本體，而文學正是作者借助表達此種虛無感情的方式。

同樣，文的發展也建立在玄學與清談的文化歷史語境之上。東漢時期，解經既爲時尚，因此士人多述而不作，對文的重視程度不夠。魏武帝三詔令的宣佈，從社會思想的角度來看是宣告對經學的挑戰，以及對解經風尚的不滿，求賢若渴，而這「賢」則多以文來考察，因此從一個側面促進了作文的興盛。清談的出現，使得士人更看重個人氣質與才性，才性之中自然包括了作文的能力，因此文的興盛便一發不可收拾了。

三、重建士人生活情境〔註130〕

王瑤中古文學研究的另一個入手點是士人心態。士人心態包涵的範圍寬泛，既指士人日常生活中的習慣、習俗，也指某一時期士人所形成的精神旨趣、審美情趣。王瑤在對中古文學史的研究中繼承魯迅的治學方法，從魏晉士人的生活情境中挖掘文學現象的成因及意義。

魏晉時期的文學作品的特點可以時段不同來劃分：三曹時期的建安風骨、兩陸兩潘的綺靡華麗、正始時期嵇阮的惆悵悲傷，以及東晉陶淵明的質樸自然。從各個特點的表現上看去，是幾種完全不同的風格，並不應該糅合在一起討論。但事實上若從魏晉六朝的整體文化歷史語境俯視，並深入到這些士人的生活中去考察，（魏晉六朝應作爲一個整體的歷史時期來看待，不能簡單地以朝代的區分而強硬割裂開來，這不僅因爲許多士人可以易代多次，更重要的是此時期之文化具有高度的統一性與連貫性）就會發現這些文學作品的主題與風格，總有一些非常相似或者接近的特點，正是這些相似或接近的特點成就了魏晉六朝的文學特色，比如藥與酒，王瑤認爲「魯迅先生在《魏晉風度及文章與藥及酒之關係》一文中，指出了這個現象，但爲什麼在這時期會發生這個現象，以及它和當時的實際情況有怎樣的關係，還有待於我們進一步地追索。」〔註131〕

〔註129〕 王瑤：《文論的發展》，見《中古文學史論》，北京：商務印書館，2011 年，第 75 頁。

〔註130〕 本節部分内容來自筆者《試論現代中古文學研究方法及其當下意義》一文，見《河南社會科學》，2014 年，第 10 期。

〔註131〕 王瑤：《文人與藥》，見《中古文學史論》，北京：商務印書館，2011 年，第 146 頁。

　　陶淵明是隱逸詩人的鼻祖，後世文人對他高尚節操與恬淡氣質的持續追慕和歌頌，使得陶淵明逐漸被建構成一位在田園中過著閒適自在的生活，心境平和淡然的隱逸詩人。但陶淵明的真實生活確如後人所想嗎？魯迅就提出了不同意見：「被論客讚賞著『採菊東籬下，悠然見南山』的陶潛先生，在後人心目中，實在飄逸得太久了，但在全集裏，他卻有時很摩登，『願在絲而爲履，附素足以周旋，悲行止之有節，空委棄於床前』，竟想搖身一變，化爲『阿呀呀，我的愛人呀』的鞋子，後來雖然自說因爲止於禮義，未能進攻到底，但那些胡思亂想的自白，究竟是大膽的。就是詩，除論客所佩服的『悠然見南山』之外，也還有『精衛銜微木，將以塡滄海，刑天舞干戚，猛志固常在』之類的金剛怒目式，在說明著他並非整天整夜的飄飄然。這『猛志固常在』和『悠然見南山』的是一個人，倘有取捨，即非全人，再加抑揚，更非真實。」〔註132〕那麼真實的陶淵明究爲何樣，王瑤在魯迅的基礎上從歷史語境與個人生活的角度入手做了極爲精彩的分析。

　　以《飲酒‧結廬在人境》一詩爲例，這首詩歷來被詩家尊爲心靜淡泊平和自由的典範。但王瑤認爲陶淵明的基本思想並未超出他的時代，「『心遠』用《莊子‧則陽篇》意，陶詩在思想上並沒有超出當時一般的潮流，基本的出發點，仍是老莊哲學。」〔註133〕另外，「採菊」也並非爲了玩賞，而是爲了服藥，渴望延年益壽。對此，王瑤做了詳盡的考證，證明漢人很早就已經開始了採菊並釀製菊花酒以期長壽的事實，且陶詩還有很多表達時光飛馳、人生幾何的思想，因此陶淵明渴望長生而採菊的行爲是魏晉士人共有的生活場景。「服藥是求生命的相對延長，求神仙是求生命的絕對延長，這是魏晉詩人的普遍思想，所以服藥是當時文人生活中的一個特點。陶淵明在思想上是和當時一般文人差不多的，他『樂久生』，所以他要服食，這就是『採菊東籬下』的原因。」〔註134〕還有「悠然見南山」中的「南山」亦非實指，而是用了《詩‧小雅‧天保》的典故，取長壽的意思，這便與「採菊」構成了共同的情感基礎——都渴望延年益壽。因此，王瑤指出「結廬在人境」這首詩自然高雅的意境是被後人建構起來的，並具體論證了這一建構始自蘇東坡。東坡在《題

〔註132〕　魯迅：《「題未定」草（六）》，見《且介亭雜文二集》，《魯迅全集》第六卷，北京：人民文學出版社，2012年，第436頁。
〔註133〕　王瑤：《王瑤全集》卷二，石家莊：河北教育出版社，2000年，第347頁。
〔註134〕　王瑤：《王瑤全集》卷二，石家莊：河北教育出版社，2000年，第348頁。

淵明飲酒詩後》云:「『採菊東籬下,悠然見南山。』因採菊而見山,境與意會,此句最有妙處。近歲俗本皆作『望南山』,則此一篇神氣都索然矣。」〔註135〕東坡將此詩改成了自己心中所祈願的意境,卻隱沒了陶淵明的真實心境。「這種求長壽的想法儘管俗氣和可笑,但它卻是一種現實的願望,無寧令人覺得真率和同情;而絕不是一種超塵出俗的靜穆,如後來一般名士論客們所讚賞的。」〔註136〕

四、王瑤「語境化」研究與林庚文學研究的對比

選擇林庚與王瑤做治學路徑上的比較,不僅因為二人所處時代相同,並都曾受業於清華大學,在相同的學術氛圍中求學治學,最後又都轉入北京大學從教研究,更直接的原因是觸動於王瑤的一篇文章——《評林庚著〈中國文學史〉》。在這篇文章中,王瑤陳述了自己關於文學史研究方法的心得,以及對林庚這部《中國文學史》的研究方法上的不同意見,因此從這篇文章入手觀察二人治學方法的不同,顯得簡捷明朗。

林庚的《中國文學史》的編撰源於當年其在北京民國學院教書時缺乏可用的文學史教材,以及作為成長於「五四」時代的學人,渴望與「五四」精神接軌的念頭,因此林庚希望能編寫一部能反映新文學的文學史,用五四時期新的文學觀念來研究中國文學。朱自清在為此書作序時稱此書「反映著五四那時代」〔註137〕,可謂一語中的。

從書的全貌來看,林庚將中國文學史劃分為四個大的時代,先秦、兩漢為啟蒙時代,魏晉南北朝到盛唐為黃金時代,中唐以後至宋為白銀時代,宋以後為黑暗時代。這樣的劃分究竟合理與否暫且不論,單看「啟蒙」、「黃金」、「白銀」、「黑暗」這些詞彙,便可略窺五四時人的精神,充滿了激情與力量。但略翻全書,較為缺乏史料的搜集與論證,很多觀點雖有大氣磅礴、淋漓暢快之感,卻顯然更多是作者的心靈感悟,而並非經過大量史料證明後所得的可靠結論。這一點正是林庚與王瑤在治學方法上最顯著的區別,故此王瑤認

〔註135〕 蘇軾:《蘇軾文集》卷五,北京:中華書局,2011 年,第 2092 頁。
〔註136〕 王瑤:《陶淵明》,見《中國文學論叢》,《王瑤全集》卷二,石家莊:河北教育出版社,2000 年,第 349 頁。
〔註137〕 朱自清:《朱佩弦先生序》,見林庚《中國文學史》,廈門:廈門大學出版社,1947 年,第 2 頁。

爲「這本書的精神和觀點都是『詩的』,而不是『史的』。」〔註138〕例如,同樣是敘述魏晉時期經學的鬆動以及玄學的抬頭,林庚在簡短敘述東漢末期的腐敗政治以及佛教的傳入之後得出結論,認爲「表現在一般知識分子之間,這時就不再是禮教俘虜下的孝廉與方正,也不再重視那些五經博士所保存的先師遺訓,而是要憑自己清醒的智慧對具體的問題提出意見……這就是智者時代的復活。」〔註139〕而事實上,經學的沒落以及玄學的抬頭是很複雜的問題,王瑤在《中古文學史論》中有大量史料來論證。當然,作爲文學史的敘述本身與史論不同,不能在歷史背景上放置過多的篇幅,但對於整篇魏晉文學的歷史背景介紹中,僅僅有一兩條史料做支撐,也確實可見林庚是有意將文學史詩化,賦予文學史更多詩的氣質,而不是從史的角度來入手的。因此王瑤在對此書的許多觀點表示質疑之後,認爲「考證本非這書所著重;在文學史的著作中,這也並非必要;但這書對『史的』關聯的不重視,卻是很顯著的。這不只可由書中的完全沒有作者事蹟和生卒年月,以及時代社會背景的描述可以知道,即文人的交遊派別也是很少敘述的。」〔註140〕

當然,二人的差別還有一個主因,便是興趣愛好的不同。林庚是詩人,是新詩的代表人物,因此在文學史的撰寫中無疑會帶有更多的詩人氣息。王瑤曾一針見血地指出:「這一部《中國文學史》不僅是著作,同時也可以說是創作;這不僅因爲作者的文辭寫得華美動人,和那一些充滿了文藝氣味的各章的題目。」〔註141〕林庚自己也說「我那時是在寫新詩的基礎上,作爲一個作家去寫文學史的。」〔註142〕而王瑤立志做一個出色的中國古典文學的研究者,因此更注重研究的紮實與細緻。由此觀之,作爲同一時期的文學研究者,林庚的研究更爲感性,更詩化,而王瑤則更加注重文學史中「史」的脈絡的梳理與史識的發現,注重將文學現象置入歷史語境中做理性的、全面的分析探討。

〔註138〕王瑤:《評林庚著〈中國文學史〉》,見《中國文學:古代與現代》,北京:北京大學出版社,2008年,第297頁。

〔註139〕林庚:《中國文學史》,廈門:廈門大學出版社,1947年,第98頁。

〔註140〕王瑤:《評林庚著〈中國文學史〉》,見《中國文學:古代與現代》,北京:北京大學出版社,2008年,第299頁。

〔註141〕王瑤:《評林庚著〈中國文學史〉》,見《中國文學:古代與現代》,北京:北京大學出版社,2008年,第296頁。

〔註142〕林庚:《林庚先生談文學史研究》,《文史知識》,2000年,第2期。

第四章　作爲研究視角的「主體性」

第一節　關於「主體」與「主體性」

　　主體（subject）一詞源於拉丁語「subjectum」，意爲「處在下面的東西」，即「作爲基礎的東西」。主體是西方近代哲學的標誌性概念之一，主體性也因主體的「走紅」而成爲近現代哲學中常用的概念。由於主體與主體性缺乏邊界清晰的內涵，故二者經常被混用，事實上，兩個概念並不完全一致。主體相對客體而言，因此主體概念是建立在主客二分基礎上的，主體性是主體呈現的一種狀態，主體通過反觀自身，在自省與反思的思維下對自我確證，對自我的確證最終使主體自覺爲眞正的主體，並具有主體意識。因此，主體性是作爲主體的人通過反思展現的，主體性只能存在於人這個主體中。「所謂主體性是指在主體與客體的關係中主體對客體的優越性，客體被主體所構造和征服，主體成爲存在的根據。」〔註1〕主體性是在主客對立的基礎上確證的，主體具有認識與征服客體的能力，從而具備主體性。

　　主體概念的眞正誕生在西方近代哲學中，主體性哲學的完善也經歷了相當長的時間。近代哲學的認識論轉向，使得人類思維向外向內都得到了拓展：向外，是主體對客體的認識；向內，是主體對自我的認識。向外，人認識世界並獲得知識；向內，人確證了主體性。

〔註 1〕　楊春時：《從客體性到主體性到主體間性——西方美學體系的歷史演變》，《煙台大學學報》，2004 年，第 4 期。

一、西方古代哲學中「自我意識」的發展

通常認爲笛卡爾的第一哲學「我思故我在」使人擺脫中世紀神學束縛，並讚美人的理性光輝，從而開啓了西方近代哲學的大門。在西方古代哲學思想中，人並不是眞正的「主體」，只擁有與主體內涵非常接近的「自我意識」、「自識」等概念。

古希臘阿波羅神廟前殿的牆壁上刻著警示世人的箴言——「認識你自己」——乃最早涉及「自我意識」的哲學思想，古希臘哲學家普羅泰戈拉的名言「人是萬物的尺度（權衡者），是存在者如何存在的尺度，也是非存在者如何非存在的尺度」〔註2〕開啓了「自我意識」的大門。這位前蘇格拉底哲學家是懷疑論的支持者，他的名言意味著沒有客觀的眞理可依據，每個人都該依據自己的標準衡量是非，這也意味著他因不能確證神是否存在，因此崇拜神靈。蘇格拉底將「認識你自己」與「人是萬物的尺度」中涉及的自我意識進一步向前推進。蘇格拉底的朋友海勒豐曾去德爾斐神壇求神靈之讖語，神預言沒有人比蘇格拉底更有智慧。蘇格拉底爲此四處尋求比自己有智慧的人，無果而返，於是他最終理解了神的讖語：「神的讖語是說，人的智慧渺小，不算什麼；並不是說蘇格拉底這樣的人最有智慧，不過籍我的名字，以我爲例，提醒世人，彷彿是說：『世人啊，你們之中，惟有蘇格拉底這樣的人最有智慧，因他自知其知實在不算什麼』。」〔註3〕這意味著人應該並且能夠認識自己的心靈，尤其是心靈中包含著理性與知識的那一面，爲後期人的理性的崛起埋下了種子。

此後，柏拉圖在《查密迪斯篇》中繼續著蘇格拉底對「認識你自己」的探討。柏拉圖將「思索」看作是「認識你自己」的一種方法，是對神諭的一種遵從，「唯有思索者才會認識自身，並且也能夠說明，他確實知道什麼和不知道什麼。」〔註4〕柏拉圖的「思索」是一種帶有反思性質的認識，既可認識到自身的知，也可認識到自身的不知，他將蘇格拉底對自我心靈的認識進一步推向前。當這個問題發展至亞里士多德時，產生了笛卡爾的「我思」的萌芽——「自識」。根據亞里士多德在《形而上學》中所闡述的，「自識」是「對其自身的思想」或

〔註2〕 汪子嵩等：《希臘哲學史》卷二，北京：人民出版社，1993 年，第 254 頁。

〔註3〕 柏拉圖：《〈遊敘弗同〉〈蘇格拉底的申辯〉〈克力同〉》，北京：商務印書館，1983 年，第 57 頁。

〔註4〕 轉引自倪梁康：《前笛卡爾的「自識」概念——「主體」自識問題在古希臘、羅馬和中世紀的起源與發展》，見《南京大學學報》，1999 年，第 2 期。

「對思想的思想」。〔註5〕但亞里士多德將「自識」當作是神的「自想」，並非人的自我意識，神是具有自識能力的，並在「自識」中達到思想與存在的統一，人若想達到這樣的境界需要通過對自我思考的畢生努力。亞氏的「自識」觀點被懷疑論者塞克斯都‧恩披里珂所否定，塞克斯都認爲「自識」是一個無意義的概念，因爲簡單的東西只是被規定爲認識，而無法把握自身，複雜的東西因爲存在不同的部分而無法對整體進行把握，只能認識整體中的部分。神學家普羅提諾則並未簡單否定「自識」概念，他認爲亞氏所說的神的思想處於無限循環中，因爲神總是在思想著，從而無法眞正認識自己。同時，普羅提諾也否定了塞克斯都對「自識」的否定，認爲「自識」並不需要將自身分爲認識者與被認識者，心智本身就具有認識自身的能力，即思維與存在是同一的。從普羅提諾開始，「自我意識」獲得了新的開始，正如布洛赫所說的，「只是通過普羅提諾，某種在我們看來相當自明的東西才顯現出來，這就是自身意識。」〔註6〕

帶有主觀主義的「自我意識」在基督教神學家奧古斯丁那裡得到長足的發展，並帶有了近代哲學的色彩。奧古斯丁認爲人是萬物的中心，人爲萬物之靈，靈魂代表人的神性，人只有專注內在與靈魂，才能將自己從肉體中解放出來，靠近上帝。據此奧古斯丁駁斥了懷疑論：懷疑論者認爲人永遠無法獲得確定的知識，而奧古斯丁則認爲人通過內省而獲得的知識是可靠的知識，即使感官獲得的知識是不準確的，即使我們可以懷疑一切，但我們仍然不能懷疑我們在懷疑這一事實，即不能懷疑我們的存在。從這裡可以看到奧古斯丁對笛卡爾的直接影響，「主體有關自我的直接確定性被看作確定性知識的一個基礎，這是奧古斯丁思想的一個『現代』特徵。」〔註7〕但奧古斯丁是從神學的角度出發，認爲人的靈魂與精神生活比可感知的外在世界要高級和眞實，這與笛卡爾哲學中的人依靠理性可獲取知識有根本區別。

古代西方哲學家對世界的認識是從直觀的印象出發，認爲世界獨立於人存在，而且是一個實體存在，人只能感受實體的屬性，卻無法認識實體的本體性。古代哲學的本體論就是建立在這樣的本體觀念上，從畢達哥拉斯派將

〔註5〕 亞里士多德：《形而上學》，見《亞里士多德全集》第七卷，北京：商務印書館，1993年，第284頁。

〔註6〕 轉引自倪梁康：《前笛卡爾的「自識」概念——「主體」自識問題在古希臘、羅馬和中世紀的起源與發展》，見《南京大學學報》，1999年，第2期。

〔註7〕 G‧希爾貝克、N‧伊娜著，童世駿等譯：《西方哲學史》，上海：上海譯文出版社，2014年，第165頁。

「數」這個實體看作是萬物的本源，到柏拉圖認爲現實世界不過是理念世界的摹本而並非眞實，只有理念世界才是本體，才是眞實的，再到中世紀時期哲學被神學化，上帝作爲世界的締造者並成爲永恆的本體存在，人總是無法認識本體，並受本體支配而無法把握自身。

二、西方古近代哲學中「主體意識」與「主體性」的確立

西方哲學進入近代以來，哲學家開始思考人如何把握本體、人的認識限度問題。首先，文藝復興在繼承希臘哲學強大的理論與概念以及中世紀經院哲學的邏輯思維後徹底改變了古代哲學的思維範式，文藝復興對新知識的呼喚與控制自然的興趣奠定了實驗科學的誕生：弗朗西斯・培根將中世紀哲學的邏輯推理方法轉換爲演繹——推理方法，注重通過人的能動性尋求新知識；哥白尼的日心說完全顚覆了人們過去看待世界與自己的視角，「他的理論要求有能力從一個完全新的視角來看待世界、看待人類：人，作爲主體，必須從一個完全不同的觀點出發看待宇宙、看待自己。」〔註 8〕向外，人開始認識世界，外界事物向主體呈現知識；向內，人內省自我，確證自我，此時的人是根本性的，是眞正的主體。如此，認識論取代本體論，在高揚理性的同時確立了人的主體地位。

西方近代哲學承繼了自古代哲學思想就形成的主客二分法，所不同的是，古代哲學思想中認爲客觀世界爲神所創造，人無法認識事物的本體，近代哲學則通過考察人的認識能力，突顯人的理性的能動性，認爲人具備認識客體的能力。笛卡爾在他的第一哲學「我思故我在」的命題中確立了「我」——主體的存在。在《第一哲學沉思集》中，笛卡爾對感性世界進行了徹底的懷疑，他認爲感官認識的事物是不可靠的，是可以被懷疑的，只有懷疑本身是確定的，是可以不被懷疑的。「他不能懷疑他自己是有意識的、他存在著。即使他懷疑一切，他也無法懷疑他在懷疑，也就是說，他存在著並且是有意識的。」〔註 9〕因爲一切都可懷疑，因此傳統哲學中的先驗存在或上帝的地位和權力就被動搖了，被「我思」取代。相比中世紀的神學時代，笛卡爾哲學以人的理性、精神性自我及思維活動作爲探索世界與眞理的出發點，神學所給予人的外在判斷的束縛

〔註 8〕 G・希爾貝克、N・伊娜 著，童世駿等譯：《西方哲學史》，上海：上海譯文出
　　　　 版社，2014 年，第 223 頁。
〔註 9〕 G・希爾貝克、N・伊娜 著，童世駿等譯：《西方哲學史》，上海：上海譯文出
　　　　 版社，2014 年，第 282 頁。

統統被拋棄，人只堅持自己的理性和思維本身。中世紀哲學以上帝爲最高出發點，人們要想獲取對世界的認識和知識只能依靠上帝，而笛卡爾則將人的理性作爲最高出發點，人通過理性思維獲得知識，在確定「我思」的首要地位中凸顯了人的主體性。「眞正說來，我們只是通過在我們心裏的理智功能，而不是通過想像，也不是通過感官來領會物體，而且我們不是由於看見它，或者我們摸到它才認識它，而只是由於我們用思維領會它，那麼顯然我認識了沒有什麼對我來說比我的精神更容易認識的東西了。」〔註10〕在笛卡爾哲學中，有一個思想的存在，即靈魂，它與物質是兩個根本不同的現象，靈魂只有意識而沒有物質，物質只有物質性而缺少意識。靈魂是一個可以思維的實體，思維是靈魂的唯一屬性，也是具有主體性的自我。在「我思故我在」這個第一哲學的命題中，「我」並非一個實體，而是一個靈魂，「嚴格地說來我只是一個在思維的東西，也就是說，一個精神、一個理智或者一個理性。」〔註11〕「我」可以通過自身的思維懷疑一切並獲取一切，通過這個理論的建立，笛卡爾建立了新的知識觀，破除了曾經給人類以及世界秩序提供眞理的理念，認爲人可經由自身主體的精神思維進行自我認識，並進而認識世界，建構了一個新的形而上學體系。

　　雖然笛卡爾首次將主體問題提出，但主體性理論的初步建立要到康德才完成。康德分別於《純粹理性批判》、《實踐理性批判》、《判斷力批判》中系統闡述了人的主體性理論——認識的主體、道德的主體、審美的主體，人最終於審美主體中獲得眞正的獨立和自由。在康德建立的主體性理論中，人是具有認知、道德、審美的能動主體。隨著主體性的建立，西方近代哲學研究將重心轉移至人的主體性中。康德之前的形而上學哲學認爲人與自然的關係是被動的、附屬的，人只能以自然爲中心，人對事物的認識與實踐也只能以自然爲轉移，而康德的主體性理論則完全推翻了這一觀點，將人視作具有能動性的主體，肯定了人的作用、人的地位，將以自然爲中心的哲學思維轉移到以人爲中心上來。同時主體性也是康德哲學思想中的核心所在，是康德哲學的中心概念，正如康德所稱：「如果沒有人類，整個世界就成爲一個單純的荒野，徒然的，沒有最後目的了。」〔註12〕

〔註10〕　笛卡爾著，龐景仁譯：《第一哲學沉思集》，北京：商務印書館，1998 年，第33 頁。

〔註11〕　笛卡爾著，龐景仁譯：《第一哲學沉思錄》，北京：商務印書館，1986 年，第25 頁。

〔註12〕　康德著，鄧曉芒譯：《判斷力批判》，北京：人民出版社，2002 年，第 109 頁。

　　人的自我意識、自由意志、道德自律構成了康德的主體性理論，其中自我意識作爲康德主體性理論的基石尤爲重要，因爲人只有在具備了自我意識的前提下才能感知外物，並獲取知識，知識只有在主體與客體的相互作用下才能產生，若只有客體或只有意識，都無法產生知識。自我意識就是將認知的感性與理性結合起來，並做綜合的分析判斷，最終形成科學知識。同時，康德認爲人的主體性的最高峰是道德主體，人要想獲得眞正的自由和尊嚴，就必須成爲道德主體，具備道德自律的能動性，按照自己的自由意志思想和行爲，不受外界和自身欲望的支配。道德自律是獲得自由的途徑，而自由又是人之所以爲人的核心。當每一個人都能夠做到道德自律，那麼他既不把自己當工具，也不將別人當工具，而以自身爲目的。而當人以自身爲目的時，便獲得了眞正的自由與人格尊嚴。

　　康德的主體性理論無論是自我意識還是道德自律，都是以人爲目的，而非手段。自我意識推翻了以自然爲中心的思維方式，樹立了以主體爲中心的觀念，並通過道德自律爲人找到了獲得眞正自由與尊嚴的途徑，使人眞正成爲獨立的人，而非工具。康德在高揚主體性的旗幟下建立了一套完整的理論，爲西方近代主體性理論打下了堅實的基礎。但康德所謂的主體並非一個經驗的、存在於世間的、可感知的主體，而是抽象的、無法存在於世間、不可感知的先驗主體，此主體是抽象的、主觀的，每一個主體需通過善良意志——實踐理性——道德自律——意志自由，才能成爲眞正的主體。但這樣的主體缺乏現實性與存在感，人生活在經驗世界中，如何能變成一個先驗世界的主體。黑格爾在康德理論的基礎上發展了主體性理論，並試圖彌合這一缺陷。

　　黑格爾首先回答了人的自我意識是如何形成，並如何使人作爲主體存在的。他認爲自我意識的產生源於人的欲望，自我意識通過欲望的滿足在另一個自我意識中得到承認，並達到自己對自己的確認。「自我意識有另一個自我意識和它對立：它走到它自身之外。這有雙重的意義：第一，它喪失了自身，因爲它發現它自身是另外一個東西；第二，它因而揚棄了那另外的東西，因爲它也看見對方沒有眞實的存在，反而在對方中看見它自己本身。」〔註13〕自我意識首先意識到自身是個對立物，它在對方中看到自己，同時又揚棄它的對方以確證自己的存在，最後自我意識將自己本身也揚棄掉，最終回到它

〔註13〕　黑格爾著，賀麟、王玖興譯：《精神現象學》，上海：上海人民出版社，2013年，第181頁。

本身。黑格爾通過引入「對方」即「他人」這個觀點，使人得以在對方中確證自我意識，並最終意識到自身主體性。因此，黑格爾的主體性其實是一種互主體性，即在相互確證的基礎上建立起來的自我意識，是主體與主體之間的相互確證，如此黑格爾將康德的先驗主體拉入到倫理實體中。

三、群體主體性

「群體主體」由法國社會學家呂西安・戈德曼提出。個體與群體相對，人與人之間的關係除了「我」和「你」之外，尚有「我們」這層關係存在，「我們」既是個體群，也即群體主體。戈德曼認為人類歷史由群體主體創造，「一切歷史的行動，從打獵、捕魚到審美的和文化的創造，唯有當它們與集體主體相聯繫之時，它們才能被科學地研究，才能為人們所理解，才能訴諸於理性。」〔註14〕因此對人類社會、歷史、文化的研究也應當從「個體群」，即「群體主體」的視角出發，因為「如果不將歷史事實和主要的文化創造與某個集體主體相聯繫，那就不可能理解或研究它們的內涵。」〔註15〕戈德曼認為群體行為相對個體行為，更具備思想與行為之間的一致性，換句話說，就是群體行為有較為明確的方向性和目的性，在具體歷史語境中，對於群體行為的準確分析更易於把握個人在具體的歷史進程中的位置與作用，因為「當一個群體的成員都為同一處境所激發，並且都具有相同的傾向性，他們就在其歷史環境之內，作為一個群體，為他們自己精心地締造其功能性的精神結構。這些精神結構，不僅在其歷史演進過程之中扮演著積極的角色，並且還不斷地表述在其主要的哲學、藝術和文學的創作之中。」〔註16〕

基於上述理論，我們無疑可以將魏晉時期的門閥士族視為這一時期的群體主體。他們有著共同的政治地位、經濟實力、文化情趣、生活方式、情感經驗，並在相當程度上創造了此時期的歷史與文化。正如王瑤在分析陶淵明詩歌時所指出的，陶淵明不會也不能脫離他所屬之群體，即士族階層。倘若只將陶淵明做個案分析，必然會對他的某些言行發生誤讀，但若將他置入魏

〔註14〕　呂西安・戈德曼著，段毅、牛宏寶譯：《文學社會學方法論》，北京：工人出版社，1989 年，第 45 頁。

〔註15〕　呂西安・戈德曼著，段毅、牛宏寶譯：《文學社會學方法論》，北京：工人出版社，1989 年，第 47 頁。

〔註16〕　呂西安・戈德曼著，段毅、牛宏寶譯：《文學社會學方法論》，北京：工人出版社，1989 年，第 46 頁。

晉士族群體之中，我們就會對他本人獲得更加合理化的解釋。

劉師培、魯迅、王瑤的中古文學研究並非單純地將研究對象看作已經「作古」了的、沒有生命氣息的古物，也不是僅僅從史的角度做客觀描述、歸納和總結。文學是由活生生的人創造的，不同時期的不同文風也要靠人來變革，因此文學作品的特點必然呈現出創造者的主體精神與主觀動機，這一點在中國古代詩學話語中有鮮明的體現。詩學話語的言說主體是士階層，士階層在中國古代是掌握知識、傳承學術文化的群體，當士階層以群體的身份出現時，就會呈現出如儒家「美刺」、「教化」、「溫柔敦厚」等詩學觀念，或如道家「自然」、「淡遠」、「恬靜」等詩學話語，或如釋家所推崇的「羚羊掛角，無跡可尋」的詩學境界。當士階層以個體身份呈現時，情況就更加複雜化，一個人一生中會受多種思想影響，生命中各個階段都會有不同的主流思想凸顯出來，同時士人心態也會隨境遇的變化而做相應的調整，因此很難用一種思想、一種態度將一個人的一生簡單概括。當我們分析古代的詩詞文時，總會將它們歸入某一家或某一類，進而再根據所分析的詩詞文將作者歸入同一家或同一類，但事實上，我們所分析的研究對象之所以呈現出這樣或那樣的特點，正是因爲它融進了士階層的主體精神。更重要的是，只有將士人確立爲主體之後，很多文學現象才能得到更好的詮釋。劉師培、魯迅、王瑤在中古文學的研究中開闢了這樣的主體性研究路徑，他們不僅做文學史的陳述，同時闡述中古文學在中國文學史上獨特的原因，最重要的是，他們極其重視創造中古文學的士人這一主體，從士人心態、興趣愛好等角度出發，將文學文本視爲浸淫了士人主體精神的、活生生的、帶有生命氣息與生活色彩的文學實景。

第二節　個體主體性研究視角

一、魯迅的個體主體思想

關於魯迅對個體主體性視角的研究，學界存在三種研究傾向，一種認爲魯迅的個體主體思想受西方個人主義影響，如伊藤虎丸認爲「現在我所看到的魯迅形象，一言以蔽之，就是可稱爲『眞正的個人主義』的魯迅，我要向魯迅探尋的問題，如果會因『眞正的個人主義』這一提法而被誤解，那麼便是構成西方近代衛華根底的『個』的思想方式……魯迅根據『個』的思想這一西歐近代

的精神原理，對傳統實施了激烈徹底地否定。」〔註17〕另一種認爲魯迅的個體主體思想來自中國傳統內部的「天人合一」觀，如林毓生稱魯迅不可能脫離自己曾經受過的傳統文化影響，「作爲一個中國的思想家，他仍在一種不可能產生真正歐洲式存在同一性危機的文化軌道中運轉……他繼承了中國文明的一個基本原則（儘管打破了這種文明的構架）：那就是來自提倡『天人合一』由自身內在地達到超驗境界，神與人同在的有機宇宙觀的一種態度。」〔註18〕第三種觀點認爲魯迅的個體精神是多元化的，既不完全來自西方，也突破了中國傳統文化，這種多元化來自四個方面：西方個人主義、儒家入世精神、道家個體虛無精神以及小乘佛教的精神。本文較爲贊同第三種觀點，即魯迅的個體主體觀念並非出自一種學說的影響，實有多方面資源的影響。

1. 章太炎思想的影響

首先，魯迅的個體主體觀念深受章太炎影響。魯迅的個體主體觀念基本成型於 1908 年留日時期，這在《文化偏至論》、《摩羅詩力說》與《破惡聲論》均有體現。從時間上看，此時乃師章太炎恰在東京主編《民報》，而魯迅則爲《民報》的忠實讀者，「我愛看這《民報》，但並非爲了先生的文筆古奧，索解爲難，或說佛法，談『俱分進化』，是爲了他和主張保皇的梁啓超鬥爭，和『××』的×××鬥爭，和『以《紅樓夢》爲成佛之要道』的×××鬥爭，眞是所向披靡，令人神旺。」〔註19〕然而此時期之章太炎正醉心於佛學，發表於《民報》的文章也更多表露了太炎所宗之佛教思想。除了太炎在《民報》上的文章的影響外，魯迅更於 1908 年赴章太炎先生處聽講小學，可以說魯迅此時深受太炎先生思想影響，而此時太炎的思想也經歷了重大變化，較爲複雜。

1904 年之前章太炎本醉心於進化論，並與曾廣銓合譯《斯賓塞文集》，然因蘇報一案身陷囹圄，「遭禍繫獄，始專讀《瑜伽師地論》及《因明論》、《唯識論》」。〔註20〕在對佛經精讀之後，太炎認爲唯識宗與他所研之樸學最爲相

〔註17〕　伊藤虎丸著，李冬木譯：《魯迅與日本人——亞洲的近代與「個」的思想》，石家莊：河北教育出版社，2000 年，第 12 頁。

〔註18〕　樂黛雲：《當代英語世界魯迅研究》，南昌：江西人民出版社，1993 年，第 222 頁。

〔註19〕　魯迅：《關於太炎先生二三事》，見《且介亭雜文集》，《魯迅全集》第 6 卷，北京：人民文學出版社，2012 年，第 565 頁。

〔註20〕　傅傑編校：《章太炎學術史論集》，北京：中國社會科學出版社，1997 年，第 391 頁。

近，「此一術也，以分析名相始，以排遣名相終，從入之途，與平生樸學相似。」〔註21〕故而開始接受唯識學說，將佛學納入其哲學體系。太炎出獄後大力宣傳其佛學理論，於《民報》發表《建立宗教論》，希望通過建立一種「新宗教」以排滿並爲革命服務。此後相繼發表《人無我論》、《無神論》以及《大乘佛教緣起說》、《辨大乘起信論之眞僞》、《龍樹菩薩生滅年月考》等論述佛學思想的文章，進一步宣傳唯識學之平等觀，並最終於 1910 年將多年佛學研究心得與莊子「齊物論」思想結合而作《齊物論釋》。雖然魯迅表明自己是被章太炎與保皇黨革命之勇氣以及其文章中所包孕之鬥爭精神所吸引，但很難說魯迅未曾被太炎文章之思想所折服，而這樣潛移默化的變化本就如春雨般「潤物細無聲」，因此魯迅並未公開談及也在情理之中。

章太炎雖醉心佛學，但並不是一心要做虔誠的佛教徒，而是希冀依靠佛學思想應對西方挑戰，救國救民。根據日本學者丸山眞男的觀點，現代國家與古代國家最大之不同在於全國大小不等、性質不同的社群高度凝聚與滲透的效果與速度，以及通過這些社群將政治主張、改革力量迅速散播至全體國民。晚清民初的中國實屬傳統至現代的過渡階段，晚清愛國志士在國破家亡之際，紛紛提倡「群」學，期望可以通過凝聚與滲透使全體國民能夠如機器般運轉以抵禦外敵。但這樣的理想施行起來處處遇阻，中國社會結構並不是由單個的人組成的，而是以家庭爲單位，以血緣關係爲紐帶的各個家族所構成，每個人都屬於一個宗族社群，誠如馬克思・韋伯所言：「氏族，在西方的中世紀時實際上已銷聲匿跡了，在中國則完整地被保存於地方行政的最小單位，以及經濟團體的運作中。」〔註22〕每個氏族都擁有用於祭祀的祠堂、共同的財產與土地以及每個氏族成員都必須嚴格遵守的家法、家規，氏族族長擁有絕對的權力。一個或幾個氏族組成中國社會的基本單位——村，在氏族長老的管理下，各村相安無事地發展著。城市則缺乏鄉村的「組織化自治」，「皇權的官方行政只施行於都市地區和次都市地區……出了城牆之外，行政權威的有效性便大大地受到限制。因爲除了強大的氏族本身之外，行政還遭遇到村落有組織的自治體之對抗。」〔註23〕晚清知識分子欲建立以「群」爲

〔註21〕 陳引馳：《學問之道：中國著名學者自述》，杭州：浙江大學出版社，2008 年，第 1 頁。

〔註22〕 馬克思・韋伯著，康樂、簡惠美譯：《中國的宗教：儒教與道教》，桂林：廣西師範大學出版社，2013 年，第 134 頁。

〔註23〕 馬克思・韋伯著，康樂、簡惠美譯：《中國的宗教：儒教與道教》，桂林：廣

聚合單位的現代國家，就必須打破中國傳統社會的倫理結構，章太炎之佛學思想可以算作這種思潮中的一種。

　　章氏醉心之唯識學乃印度大乘佛學的主要學派，其根本精神要求人無「差別妄念」，並認爲人類社會中的「計度分別」皆因人之「差別妄念」所致，故爲不眞實相。唯識學與儒家倫理思想相乖離，儒家講求以「禮」來維持有差別、有等級的社會結構，而唯識學則從根本上予以否定。章氏在唯識論的啓發下，綜合莊子「齊物論」思想，肯定每一個體的價值，尊重每一個體的思想與標準，不必將任何「群」的標準生硬地施予每一個體。在章氏看來，只有「大獨」才能「大群」。在《明獨》一文中，章氏說：「夫大獨必群，不群非獨也……群必以獨成……小群，大群之賊也；大獨，大群之母也」〔註24〕，個人只有從宗族的小群中獨立出來，才能夠被凝聚成全國性的大群，宗法社會之祠堂之制「褊陋之間，有害於齊一明矣」〔註25〕，在國破家亡的危急關頭，應「以四百兆人爲一族而無問其氏姓世系。爲察其操術，則曰人人自競，盡爾股肱之力，以與同族相繫維。其支配者，其救援者，皆姬、漢舊邦之巨人，而不必以同廟之親，相呴相濟。」〔註26〕因此太炎在主辦《民報》期間要求將個人從家庭、社會等組織中解放出來，以自由的個體重新組成大群以達到救國救民的目的。

　　魯迅乃《民報》的忠實讀者，留日期間與太炎接觸頻繁，於1908年魯迅所作文章中可以明顯看到太炎思想的影子，足見太炎對他影響之深。魯迅在《文化偏至論》中主張「掊物質而張靈明，任個人而排眾數」，當下國人應當發揮個人之自性，「人必發揮自性，而脫觀念世界之執持，惟此自性，即造物主，惟有此我，本屬自由，既本有矣，而更外求也，是曰矛盾。自由之得以力，而力即在乎個人，亦即資財，亦即權利，故苟有外力來被，則無問出於寡人或出於眾庶，皆專制也。」〔註27〕人應當秉持自性，於自性之內求得自

　　西師範大學出版社，2013年，第140頁。
〔註24〕　章太炎：《明獨》，見《訄書》，《章太炎全集》（三），上海：上海人民出版社，1984年，第53～54頁。
〔註25〕　章太炎：《〈社會通詮〉商兌》，見《太炎文錄初編》，《章太炎全集》（四），上海：上海人民出版社，1984年，第331頁。
〔註26〕　章太炎：《〈社會通詮〉商兌》，見《太炎文錄初編》，《章太炎全集》（四），上海：上海人民出版社，1984年，第333頁。
〔註27〕　魯迅：《文化偏至論》，見《墳》，《魯迅全集》第一卷，北京：人民文學出版社，2012年，第52頁。

由，而自由正是每個個體所追求的最高目標，即「意蓋凡一個人，其思想行爲，必以己爲之中樞，其終極，即立我爲絕對之自由者也。」〔註28〕魯迅這種思想與章太炎在《四惑論》中的思想極爲接近：「蓋人者，委蛻遺形，倏然裸胸而出，要爲生氣所流，機械所制；非爲世界而生，非爲社會而生，非爲國家而生，非互爲他人而生。故人之對於世界、社會、國家，與其對於他人，本無責任。責任者，後起之事。必有所負於彼者，而後有所償於彼者。若其可以無負，即不必有償矣。然則人倫相處，以無害爲其限界。」〔註29〕太炎認爲人本無責任，責任乃後天所加之於人，而非先天所有，人實該是自由的。其次，魯迅反對國家、社會以法律、義務束縛個體的思想與太炎如出一轍，「國家謂吾當與國民合其意志，亦一專制，眾意表現爲法律，吾即受其束縛，雖曰爲我之輿臺，顧同是輿臺耳。去之奈何？曰：在絕義務。義務廢絕，而法律與偕亡矣。」〔註30〕這段話很明顯承接太炎《國家論》的思想而來。再次，魯迅主張人不因以物質追求爲第一位，物質的富有並不能救國救民於水火，這與太炎在《俱分進化論》中提倡反物質文明的觀點相類。

最後，魯迅提倡「主觀主義」，「主觀主義者，其趣凡二：一謂惟以主觀爲準則，用律諸物；一謂視主觀之心靈界，當較客觀之物質界爲尤尊……以是之故，則思慮動作，咸離外物，獨往來於自心之天地，確信在是，滿足亦在是，謂之漸自省其內曜之成果可也。」〔註31〕魯迅因反對對物質做過分的追求，注重個人精神的自由，因而提倡「主觀主義」，人只有在自省中找回自性，不受外界物質之束縛，才獲得了真正的自由。魯迅認爲西方列強之強大，「其首在立人，人立而後凡事舉；若其道術，乃必尊個性而張精神。」〔註32〕中國之羸弱則是因爲以多數之思想重殺個人之精神，「個人之性，剝奪無餘」，中國人自性多乾枯朽爛，無任何生機與精神，此乃中國沉淪之速的原因。魯迅倡「主觀」、

〔註28〕 魯迅：《文化偏至論》，見《墳》，《魯迅全集》第一卷，北京：人民文學出版社，2012 年，第 52 頁。

〔註29〕 章太炎：《四惑論》，見姜玢編選《章太炎文選》，上海：上海遠東出版社，1996年，第 302 頁。

〔註30〕 魯迅：《文化偏至論》，見《墳》，《魯迅全集》第一卷，北京：人民文學出版社，2012 年，第 52 頁。

〔註31〕 魯迅：《文化偏至論》，見《墳》，《魯迅全集》第一卷，北京：人民文學出版社，2012 年，第 54～55 頁。

〔註32〕 魯迅：《文化偏至論》，見《墳》，《魯迅全集》第一卷，北京：人民文學出版社，2012 年，第 58 頁。

重「立人」的思想與太炎所建之「眞如」哲學有密切的淵源。「眞如」哲學是太炎將儒釋道精神與西方思想結合的產物，所謂「眞如」，「即是唯識實性。識之實性不可言狀，故強名之曰如。」〔註33〕「眞如」是一種先驗的，是萬事萬物的本體，獨立於現象世界的，但又依於萬事萬物，類似於道家所言之「道」。但太炎的「眞如」更多來自佛教，佛法中「眞如」又名「如來藏」，「其如來藏自性不變即是佛性，即是眞我，是實，是遍，是常。」〔註34〕「眞如」具有本體意義上的實在性、普遍性和永恆性，現象世界的人若想具有佛性，認識「眞如」，必須依靠自己的本心，即「依自不依他」的個體主體原則。「依自不依他」是太炎佛教精神的主旨，依靠個人精神之強大而不假於外物，足見魯迅「立人」思想與之一脈相承。

魯迅的個體主體思想雖承接太炎而來，但二者又有不同。太炎哲學思想受佛學洗禮，並融合莊子「齊物」思想，因而他提倡的個人對自由的追求、對自性的獲得也是建立在「齊物」思想上的，即人無賢愚差別，每個人都有其在世相應的自由和權利。太炎所謂「齊物」，即「齊不齊以爲齊」，「《齊物》者，一往平等之談，詳其實義，非獨等視有情，無所優劣，蓋離言說相，離名字相，離心緣相，畢竟平等，乃合《齊物》之義。」〔註35〕眾民皆平等，「井上食李之夫，犬儒裸形之學，曠絕人間，老死自得，無宜強相陵逼，引入區中，庶幾吹萬不同，使其自己。」〔註36〕可以說，太炎所持乃「平民主義」，眾生平等，任何人不得歧視他人，萬物各有其存在之道理與價值。而魯迅雖也認同個體之重要，但更呼喚「立意在反抗，指歸在動作」的精神界戰士的出現，在《摩羅詩力說》中所舉拜倫、裴多菲等詩人「無不剛健不撓，抱誠守眞；不取媚於群，以隨順舊俗；發爲雄聲，以起其國人之新生，而大其國於天下。」〔註37〕魯迅所持乃「精英主義」，期待精神界戰士能發「攖人心」

〔註33〕　章太炎：《辨性》下，見姜玢編選《章太炎文選》，上海：上海遠東出版社，1996年，第393頁。

〔註34〕　章太炎：《菿漢微言》，見姜玢編選《章太炎文選》，上海：上海遠東出版社，1996年，第24頁。

〔註35〕　章太炎：《齊物論釋》，見《章太炎全集》（六），上海：上海人民出版社，1984年，第4頁。

〔註36〕　章太炎：《〈無政府主義〉序》，見《太炎文錄初編》，《章太炎全集》（四），上海：上海人民出版社，1984年，第385頁。

〔註37〕　魯迅：《摩羅詩力說》，見《墳》，《魯迅全集》第一卷，北京：人民文學出版社，2012年，第101頁。

之新聲，不懼權威，甘灑熱血，舉全力以抗落後之社會精神。

2. 尼采思想的影響

魯迅與章太炎思想不同的地方在於，魯迅持「精英主義」，太炎倡「平民主義」。太炎受印度佛教思想之影響，倡導人人皆平等，而從《文化偏至論》與《摩羅詩力說》，再到《破惡聲論》，可發現魯迅之「精英主義」受尼采思想影響較深，故此二者有所區別。

魯迅對尼采的關注也始自留日期間。張竹風、桑木嚴翼於 1902 年開始在日本介紹尼采思想，此後日本思想界大力宣傳尼采思想。魯迅於此時開始閱讀尼采之《查拉圖斯特拉如是說》，並接受尼采思想影響。周作人回憶說：「魯迅學了德文書，可是對德文沒有什麼興趣……尼采可以算是一個例外，《查拉圖斯特拉如是說》一冊多年保存在書櫥裏，到了 1920 年左右，他還把那一篇譯出，發表在《新潮》雜誌上面。他常稱尼采的一句話道：『你看見車子要倒了，不要去扶它，還是推它一把吧。』」〔註 38〕增田涉回憶魯迅時也稱：「到了晚年，尼采主義好像還多少殘留著，所寫的文章還多少有這痕跡，跟他對談我更感到這點，往往固守著孤高的態度，很難以擺脫似的……到了晚年，由於環境，經驗的關係，在他那兒出現了色彩更濃的杜甫，海涅的東西；但是，還沒有完全擺脫掉李賀和尼采。這是那樣地紮根於他本來的性情和氣質上的。」〔註 39〕尼采的出現，恰逢魯迅思想形成的關鍵時期，故此尼采思想對魯迅的影響乃是關鍵的，也是終生的。

尼采在顛覆了西方世界中傳統的形而上學預設後，發出「上帝死了」的呼聲。在尼采的理解中，形而上學貶低了我們所處的眞實世界，而將我們意識中建構出的一個想像的世界看做是實在的，是本體，「上帝死了」意味著對世界的一種新理解，人們發現所有的價值都是人的創造，而並非上帝所預設的。因而尼采反對基督教，反對基督教給人限制的道德標準，因爲「基督徒讚美虛弱、謙卑和逆來順受的品性，不是因爲基督徒愛這些品性，而是出於一種對於力量、生命的驕傲和自我肯定的隱秘的憎恨。」〔註 40〕他只讚美在少數貴族身上才有

〔註 38〕　周作人：《關於魯迅》，烏魯木齊：新疆人民出版社，1997 年，第 169 頁。

〔註 39〕　增田涉：《魯迅的印象》，北京：北京師範大學中文系印，1976 年，第 73頁。

〔註 40〕　G‧希爾貝克、N‧伊耶著，童世駿等譯：《西方哲學史──從古希臘到二十世紀》（下），上海：上海譯文出版社，2012 年，第 572 頁。

的某種品質，渴望權力、統治，力求發揮生命中的強力去擴張、創造，這種品質是權力意志的體現，是強者對弱者壓迫、掠奪、剝削的體現。尼采讚美「高貴」人，而「他的『高貴』人——即白日夢裏的他自己——是一個完全缺乏同情心的人，無情、狡猾、殘忍，只關心自己的權力。」〔註41〕

尼采的思想致力於「破」，打破傳統形而上學的預設，打破上帝所建構的世界，毀滅基督教的道德觀，尼采敢於「破」的思想，魯迅極其讚賞，「五十年來，人智彌進，漸乃返觀前此，得其通弊，察其黯暗，於是淒焉興作，會爲大潮，以反動破壞充其精神，以獲新生爲其希望，專向舊有之文明，而加之掊擊掃蕩焉。」〔註42〕魯迅肯定尼采充滿破壞力量的精神，那正是傳統中國急需的，只有敢於掃蕩黑暗的、腐朽的，才能有明亮的、新鮮的生命出現。尼采將破壞的力量與精神賦予「高貴人」，魯迅也接受尼采這種激烈的個人主義精神，「若夫尼佉，斯個人主義之至雄桀者矣，希望所寄，惟在大士天才；而以愚民爲本位，則惡之不殊蛇蠍。」〔註43〕優秀人是少數，愚昧者爲多數，若不重視優秀人的能力，則必將優秀人埋沒犧牲於眾多愚昧人之中，「多數之說，繆不中經，個性之尊，所以張大，蓋揆之是非利害，已不待繁言深慮而可知矣。雖然，此亦賴夫勇猛無畏之人，獨立自強，去離塵垢，排興言而弗淪於俗圍者也。」〔註44〕且「社會上多數古人模模糊糊傳下來的道理，實在無理可講；能用歷史和數目的力量，擠死不合意的人。」〔註45〕因而魯迅反對「眾治」，反對多數人以數量的優勢壓制少數人的眞理性意見，認爲這種政治形勢只會排斥卓越的人，並不能達到最優效果。

但魯迅並沒有接受尼采思想中個人的強權主義欲望，而更多地接受了尼采對不屈服於黑暗的堅強、反抗、執著的主觀意志，以及處於卑弱絕望的境地也要有百折不撓的精神和不低頭不認輸的勇氣，只有「內部之生活強，則

〔註41〕　羅素著，馬元德譯：《西方哲學史》（下），北京：商務印書館，2013 年，第350 頁。
〔註42〕　魯迅：《文化偏至論》，見《墳》，《魯迅全集》第一卷，北京：人民文學出版社，2012 年，第 50 頁。
〔註43〕　魯迅：《文化偏至論》，見《墳》，《魯迅全集》第一卷，北京：人民文學出版社，2012 年，第 53 頁。
〔註44〕　魯迅：《文化偏至論》，見《墳》，《魯迅全集》第一卷，北京：人民文學出版社，2012 年，第 54 頁。
〔註45〕　魯迅：《我之節烈觀》，見《墳》，《魯迅全集》第一卷，北京：人民文學出版社，2012 年，第 129 頁。

人生之意義亦愈邃，個人尊嚴之旨趣亦愈明，二十世紀之新精神，殆將立狂風怒浪之間，恃意力以闢生路者也。」〔註46〕魯迅期望通過思想啓蒙使國民認識到自身的個體性精神，由改造國民性促進民族解放、國家強盛，只有「國人之自覺至，個性張，沙聚之邦，由是轉爲人國。」〔註47〕尼采並非學院哲學家，他的思想沒有康德或黑格爾那般嚴密的體系和令人折服的思辨性，在本體論和認識論方面也沒有創造新的理論，他像陀思妥耶夫斯基一樣屬於文藝性的哲學家，因而尼采更關注人的生命存在，尼采理論的精華也並不在於表達了關於世界的眞理，而在於爲生命服務。可以說，尼采是從社會效果來檢驗眞理的，魯迅能夠接受尼采思想的原因正在於此。魯迅並非要建構一套龐大的理論體系，而是希望能夠從某些思想中獲得實際的社會效果，尼采充滿破壞性力量的個體主義精神顯然吸引了他，這也是魯迅與章太炎雖都認可個體主體精神，卻有明顯區別的原因所在。

由於受章太炎與尼采思想的影響以及他本人的氣質性情的偏好，魯迅重視個體主體精神與對自由的追求，這在魯迅的小說《狂人日記》、散文詩《野草》等作品中都有明顯的痕跡，對於學者魯迅來說，也同樣留有這樣的印記。魯迅對魏晉文學的熱愛，對阮籍、嵇康的鍾情，以及在《魏晉風度及文章與藥及酒之關係》一文中關於阮嵇二人的考察，也多以個體主體性角度來考察。而他本人的氣質性情則成爲這種個體主體精神與他思想融爲一體的催化劑，恰如許壽裳所說：「自民二以後，我常常見魯迅伏案校書，單是一部《嵇康集》，不知道校過多少遍，參照讀本不厭精詳，所以稱爲校勘最美之書。魯迅對於漢魏文章，素所愛誦，尤其稱許孔融和嵇康的文章，我們讀《魏晉風度及文章與藥及酒之關係》便可得其梗概。魯迅的性質，嚴氣正性，寧願覆折，憎惡權勢，視若蔑如，皓皓焉堅貞如白玉，懍懍焉勁烈如秋霜，很有一部分和孔嵇二人相類似的緣故。」〔註48〕

二、魯迅個體主體性研究視角的開創

魯迅對個體主體性的重視，使得他在研究魏晉文學中也同樣看重士人的心態、精神、趣味等主體性特徵。傳統文學研究方法或重詩之意境、文之謀篇布局，

〔註46〕 魯迅：《文化偏至論》，見《墳》，《魯迅全集》第一卷，北京：人民文學出版社，2012年，第57頁。

〔註47〕 魯迅：《文化偏至論》，見《墳》，《魯迅全集》第一卷，北京：人民文學出版社，2012年，第57頁。

〔註48〕 魯迅博物館：《魯迅回憶錄》（上冊），北京：北京出版社，1999年，第243頁。

或重詩文中之某語詞之考辨，就詩文論詩文，甚少聯繫政治背景、社會風俗等歷史語境，也甚少與詩文之作者的主體精神、個性特徵、興趣愛好等相結合，偶有語之，也是片語隻言，少有分析詳徹者。劉師培在《中國中古文學史講義》中將文學與政治、地理、學術的變遷聯繫起來，對於作者之主體性精神所論不多。個體主體性的方法就是從個性特徵、個體人格建構角度考察其文學實踐，把文學話語視爲個體主體性之顯現。魯迅特重作者之個體主體性，將文學視爲作者主體性精神高度凝練之產物，是作者心路歷程、個性特徵的高度再現。

1.「尚通侻」——個性獨特性的追求

「通侻」一詞就筆者目前閱讀資料所及，最早見於魏晉時期，據《三國志‧魏書‧王粲傳》載：

> （劉）表以粲貌寢而體弱通侻，不甚重也。〔註49〕

裴松之注：「通侻者，簡易也。」〔註50〕《說文解字》稱：「通，達也。」〔註51〕《易‧繫辭》曰：「往來不窮謂之通，推而行之謂之通。」〔註52〕《康熙字典》釋「侻，簡易也。又輕也。」《廣韻‧末韻》釋：「侻，輕。」「通侻」相連使用，意爲行爲通達且輕率，侻既包含簡易之意，則通侻中也有一切從簡之意味，即不拘禮節，任性而爲。公元 109 年，劉表爲荊州刺史，後荊州境內大亂，劉表依靠當地大族剷除各部勢力穩固了對當地的統治。劉表本爲儒生，且爲東漢末年「八顧」之一，故而重視學術文化建設，建學校，招攬大批儒士講學。《三國志‧劉表傳》注引《英雄記》：「表乃開立學官，博求儒士，使綦毋闓、宋忠等撰《五經章句》，謂之《後定》。」〔註53〕又《後漢書補注‧劉表傳》引《劉鎮南碑》云：「君深愍末學遠本離直，乃令諸儒改定五經章句，刪剗浮辭，芟除煩重。」〔註54〕儘管劉表所倡荊州學派「刪剗浮辭，芟除煩重」，尚簡要，重義理，實開魏晉玄學之風氣，但劉表對儒學的重視是

〔註49〕　陳壽撰，裴松之注：《三國志》卷二十一，北京：中華書局，1964 年，第 598頁。

〔註50〕　陳壽撰，裴松之注：《三國志》卷二十一，北京：中華書局，1964 年，第 598頁。

〔註51〕　許慎撰，段玉裁注：《說文解字注》，上海：上海古籍出版社，1981 年。

〔註52〕　南懷瑾、徐芹庭注譯：《周易今注今譯》，臺北：臺灣商務印書館，1983 年，第 360 頁。

〔註53〕　陳壽撰，裴松之注：《三國志》卷六，北京：中華書局，1964 年，第 212 頁。

〔註54〕　惠棟撰：《後漢書補注》卷十七，北京：中華書局，1985 年。

有目共睹的。王粲作《荊州文學記·官志》載：

> 有漢荊州牧曰劉君，稽古若時，將紹厥績，乃稱曰：於先王之
> 爲世也，則象天地，軌儀憲極，設教導化，敘經志業，用建雍泮焉，
> 立師保焉。作爲禮樂，以作其性；表陳載籍，以持其志。上知所以
> 臨下，下知所以事上，官不失守，民聽無悖，然後太階平焉。夫文
> 學也者，人倫之受，大教之本也。乃命五業從事宋忠所作文學，延
> 朋徒焉，宣德音以贊之，降嘉禮以勸之，五載之間，道化大行，耆
> 德故老綦毋闓等負書荷器，自遠而至者三百有餘人。〔註55〕

正因劉表對儒學的大力提倡與高度重視，荊州學才會繁盛。劉表既爲儒
生倡儒學，則必重禮教之傳統，故而對王粲隨意簡慢之行爲頗有微詞。加之
漢代察人之術又多由外形以推內心，《論衡·骨相》篇曰：「人命稟於天，則
有表候於體。察表候以知命，猶察斗斛以知容矣！」〔註56〕粲體貌弱小，也
無引人入勝之神韻，故而劉表未給予重用。

王粲行爲之「通侻」也可由以下例證說明，並進一步證明「通侻」在魏
晉時期確指言談舉止越出禮教，較爲散漫隨意，自主性強。《三國志·杜襲傳》
載：

> 魏國既建，（杜襲）爲侍中，與王粲、和洽並用。粲強識博聞，
> 故太祖遊觀出入，多得驂乘，至其見敬不及洽、襲。襲嘗獨見，至
> 於夜半。粲性躁競，起坐曰：「不知公對杜襲道何等也？」洽笑答曰：
> 「天下事豈有盡邪？卿晝待可矣，悒悒於此，欲兼之乎！」〔註57〕

王粲見愛於魏太祖，卻容不得太祖獨見杜襲於夜半，竟至難以入睡而將
心裏的糾結和盤托出，可見王粲不僅「性躁競」，更不約束自己的言談舉止，
行爲輕率任性，且自我意識較強，這樣的表現正是「通侻」的最好注釋。又
《世說新語·傷逝》載：

> 王仲宣好驢鳴，既葬，文帝臨其喪，顧與同遊曰：「王好驢鳴，
> 可各作一聲以送之。」赴客皆一作驢鳴。〔註58〕

〔註55〕 嚴可均輯，許振生審定：《全後漢文》（下）卷九十一，北京：商務印書館，
　　　　1999年，第921頁。
〔註56〕 王充：《論衡》，上海：世界書局，1935年，第23頁。
〔註57〕 陳壽撰，裴松之注：《三國志》卷二十三，北京：中華書局，1964年，第666
　　　　頁。
〔註58〕 徐震堮著：《世說新語校箋》，北京：中華書局，2012年，第347頁。

　　「好驢鳴」本爲個人喜好，且不是雅致之舉。文帝既知王粲好驢鳴，可知王粲平日是將「好驢鳴」作爲展現個人獨特性的行爲表露於旁人，既顯示自己與他人之差異性，又表現出其不受世俗禮法所拘的「通侻」之性。而文帝不僅認可他「好驢鳴」的行爲，更命同赴奔喪之人「各作一聲以送之」。同屬「通侻」之行爲，文帝與劉表的態度截然不同，由此可觀漢末與魏初，士人對「通侻」之行爲接受程度乃一漸進過程。

　　但「通侻」在王粲純屬個人獨特性的顯露，並無故意不尊傳統禮教之意，那是一種個人主體性的萌芽，是「我」與他人有別的獨特性所在。《魏志・王粲傳》注引摯虞《決疑要注》載：「漢末喪亂，絕無玉珮。魏侍中王粲識舊珮，始復作之。今之玉珮，受法於粲也。」〔註59〕可見王粲對儒家禮教傳統非常熟悉，是一個典型的儒生，而他較爲輕率、不拘小節的行爲正是個體主體性開始萌芽的顯現。東晉時期，「通侻」在行爲上則更加強烈，《晉書・袁耽傳》載桓溫少時賭博負債，求助於袁耽，「耽略無難色，遂變服懷布帽，隨溫與債主戲。」債主雖聞袁耽大名，卻不識得他本人，「遂就局，十萬一擲，直上百萬。耽投馬絕叫，深布帽擲地，曰：『竟識袁彥道不？』其通侻若此。」〔註60〕袁耽任性而爲、灑脫放達的性格躍然紙上，個性更加鮮明，其主體性意識也更加強烈，不僅行爲上有表現，「變服懷布帽」去與人賭，賭贏之後還要「深布帽擲地」，且言語中一併體現出強烈的個體主體意識：「竟識袁彥道不？」由此可觀個體主體性從東漢末葉至東晉逐漸發展的過程。

　　又清代陳其元《庸閒齋筆記・高僧轉世》載：「一彬持戒律甚嚴，獨言論通侻，口如懸河，或拊掌大笑，不類他衲子之貌爲篤謹者。」〔註61〕此處「通侻」與戒律嚴格之意相反，而與口若懸河相近，故應取自然無礙、如行雲流水之意。由以上例證可知，「通侻」在古代指行爲不拘小節、任性自然之性格，無牽絆、無障礙之狀態，魏晉士人尚老莊，愛自然，故言談行止任誕通侻。

　　劉師培在《中國中古文學史講義》中指出，建安文學的特點乃：清峻、通侻、騈詞、華靡。對於通侻，劉氏給出的解釋爲：「侻則侈陳哀樂，通則漸藻玄思」。《呂氏春秋・侈樂》篇反對侈樂，認爲過於隆重或悲傷的音樂都無

〔註59〕　陳壽撰，裴松之注：《三國志》卷二十一，北京：中華書局，1964 年，第 599
　　　　　頁。
〔註60〕　房玄齡撰：《晉書》卷八十三，北京：中華書局，1974 年，第 2170 頁。
〔註61〕　陳其元撰，楊璐點校：《庸閒齋筆記》，北京：中華書局，1997 年，第 62 頁。

益於教化，會對人的情感造成大的影響，強調只有符合儒家中庸之道的音樂才是雅樂，才具有教化民眾的作用。倪既侈陳哀樂，意味著建安文學不再嚴守儒家禮樂，而偏於表達個人之喜怒哀樂，注重個人情感的變化，這是建安文學與漢代文學最大之不同。漸藻玄思則意味著士人對老莊思想的接受，從思想上不再遵從儒家傳統，而崇老莊自然之思，故而士人思想較漢代通達。劉師培對通倪的解釋是從文學發展和思想史的角度建構的，將通倪由具體的、具象的個體意識抽象化、理論化，由個體意識自覺上升爲群體意識自覺。文學本就是人的思想與情感交織的結晶，劉師培著眼於群體思想的變遷，因而在他對通倪的解釋中充盈著群體的味道，而淡化了本屬個人情感表達的意義，此乃劉師培與魯迅研究中古文學時一大不同。

魯迅對通倪的解釋更偏重個體意識的覺醒，從某種意義上說，魯迅的視角更多地落在單獨的個體，而非整個士人階層：

> 通倪即隨便之意。此種提倡影響到文壇，便產生多量想說甚麼就說甚麼的文章。〔註62〕

又論曹操對建安文學文風的改革時，將通倪與個體性情、氣質、思想相聯繫：

> 他膽子很大，文章從通倪得力不少，做文章時又沒有顧忌，想寫的便寫出來。〔註63〕

魯迅將通倪釋爲隨便，即想說什麼就說什麼，意味著對人的個體性充分的尊重與肯定。人只有對自我有了充分的自覺意識之後，才會充分展現主體意識，顯露自己的獨特性以區別於他人和群體。魯迅對個體主體的重視與他對建安文學的評價──「文學的自覺時代」──相呼應。文學本就注重個體性、獨特性，人因個體意識的覺醒而關注自身內心世界，故而魏晉士人能夠開創多姿多彩的、與兩漢或歌頌盛世或勸諫君主的不一樣的文學局面，這也是魯迅所論「文學的自覺時代」的深層原因。曹操正是個體主體意識覺醒的代表，治國策略上的求才三令、詩歌創作中對樂府的突破都是他無所顧忌、想寫什麼就寫什麼的具體顯現。曹操破而後立，在政治與思想以及文學層面

〔註62〕 魯迅：《魏晉風度及文章與藥及酒之關係》，見《而已集》，《魯迅全集》第三卷，北京：人民文學出版社，2012 年，第 525 頁。

〔註63〕 魯迅：《魏晉風度及文章與藥及酒之關係》，見《而已集》，《魯迅全集》第三卷，北京：人民文學出版社，2012 年，第 525 頁。

都敢言他人不敢言，做他人不敢做，敢於打破舊的條框，這一點深受魯迅讚賞，故而魯迅稱「曹操是一個很有本事的人，至少是一個英雄，我雖不是曹操一黨，但無論如何，總是非常佩服他。」〔註64〕

　　但魯迅對個體的重視並不意味著不關注思想史的變遷，在論及建安時期爲何尚通侻時，魯迅云：

　　　　他爲什麼要尚通侻呢？自然也與當時的風氣有莫大的關係。因爲在黨錮之禍以前，凡黨中人都自命清流，不過講「清」講得太過，便成固執，所以在漢末，清流的舉動有時便非常可笑了。〔註65〕

　　東漢末年，士人與外戚宦官抗衡而結成清流集團，並以德行高潔著稱，越是德行高尚之人越受到世人的尊重與愛戴，享有崇高的社會地位。清流集團中的末流之士故作高潔之姿以博取聲名，實無高尚之德，偶有講「清」太過以至固執而不近人情的現象，故曹操尚通侻實爲「破」假清流中的假高潔。值得注意的是，魯迅對思想史的關注依然取個體主體性之視角，清流本爲一群體，在此群體中有講「清」太過之人或假清流以博取名聲之流，魯迅將個人之行爲表現從群體性行爲中摘出，對個體的關注超出對群體的關注，可知魯迅極重視個人在群體中之力量。

　　此外，尊重個體獨特性，即尊重個體自由，因而魯迅心中的通侻還有尚自由一義。魯迅在《論俗人應避雅人》中說：「曹孟德是『尚通侻』的，但禰正平天天上門來罵他，他也只好生起氣來，送給黃祖去『借刀殺人』了。」〔註66〕曹操既尚通侻，自應尊重他人之自由。只可惜尚通侻只是個人之通侻，只能尊重自己之主體性、獨特性、自由，而難容他人主體性與自由，從另一個側面可證魯迅所論通侻確爲個體所有。

2. 士人心態——以情抗禮

　　中國古代的士階層自先秦誕生，隨著歷史各階段的發展而以不同的面貌問世。他們是精神文化的建構者與傳承者，影響著一個時期的精神文化風貌，因此士人心態對於文學分析是一個重要的研究視角。在中古文學研究中，魯

〔註64〕　魯迅：《魏晉風度及文章與藥及酒之關係》，見《而已集》，《魯迅全集》第三卷，北京：人民文學出版社，2012年，第524頁。

〔註65〕　魯迅：《魏晉風度及文章與藥及酒之關係》，見《而已集》，《魯迅全集》第三卷，北京：人民文學出版社，2012年，第524頁。

〔註66〕　魯迅：《論俗人應避雅人》，見《且介亭雜文集》，《魯迅全集》第六卷，北京：人民文學出版社，2012年，第211頁。

迅首先採取了這一視角，從士人心態的角度分析文學作品，並通過文學作品的分析進一步建構並完善士人人格與情感體驗。

阮籍、嵇康爲魏晉時期將個體主體性發揮到極致的代表，尤以嵇康爲甚。魯迅對二人的解讀也極看重二人內心世界之變化，視其詩文爲內心主體世界之顯露。阮籍、嵇康因「越名教而任自然」的任誕不羈成爲後世津津樂道之美談，嵇康甚至因「非湯武而薄周孔」丟了性命，種種任性而爲使得二人成爲追求自由、無拘無束的魏晉風度之表率，然而魯迅在阮籍、嵇康內心深處卻發現另一片天地：

> 例如嵇阮的罪名，一向説他們毀壞禮教。但據我個人的意見，
> 這判斷是錯的。魏晉時代，崇奉禮教的看來似乎很不錯，而實在是
> 毀壞禮教，不信禮教的。表面上毀壞禮教者，實則倒是承認禮教，
> 太相信禮教。因爲魏晉時所謂崇奉禮教，是用以自利，那崇奉也不
> 過偶然崇奉。〔註67〕

自然與名教從一個角度可以簡化爲情與禮，「越名教而任自然」，即情對禮束縛的沖決。情與禮是中國傳統文學的兩大主流，時而分道揚鑣，時而融合爲一，二者之間既緊密聯繫又充滿張力。情是個體性的體現，也是個體作爲主體的直接呈現，《禮記·禮運》謂：「何謂人情？喜、怒、哀、懼、愛、惡、欲，七者弗學而能。」〔註68〕情發自性，性與生俱來，與後天學習無關。而禮是個體在社會中生活需遵守的禮制、規則，是群體對個體性的一種制約。《禮記·曲禮上》謂：「夫禮者，所以定親疏，決嫌疑，別同異，明是非也。」〔註69〕儒家肯定性與情，但認爲情應受禮的制約，人不能過度釋放自己的感情，也不能過分滿足自己欲望，《中庸》曰：「喜怒哀樂之未發，謂之中；發而皆中節，謂之和。中也者，天下之大本也；和也者，天下之達道也。致中和，天地位焉，萬物育焉。」〔註70〕《中庸》將情分爲「已發」與「未發」，「未發」之情不會被過分表達，因而爲「中」；「已發」之情，雖被表現在外，

〔註67〕 魯迅：《魏晉風度及文章與藥及酒之關係》，見《而已集》，《魯迅全集》第 3 卷，北京：人民文學出版社，2012 年，第 535 頁。

〔註68〕 孫希旦撰，沈嘯寰、王星賢點校：《禮記集解》，北京：中華書局，1989 年，第 6 頁。

〔註69〕 孫希旦撰，沈嘯寰、王星賢點校：《禮記集解》，北京：中華書局，1989 年，第 606 頁。

〔註70〕 朱熹撰：《四書章句集注》，北京：中華書局，2010 年，第 18 頁。

但是有節制地表現與抒發，就稱爲「和」，人之情若能「致中和」，則可盡人性，進而參贊化育，因而儒家認爲個體所懷之情應溫柔敦厚，能夠「發乎情，止乎禮」，而文學文本所抒發之情當「思無邪」。

老子則認爲「夫禮者，忠信之薄而亂之首。」〔註71〕老子雖同與孔子處於禮崩樂壞之時代，並同懷有使天下太平、人民安樂之志向，然二人因著眼點不同，因而開出的醫救亂世之藥方也不同。孔子著眼點在官方，渴望恢復周禮，建立等差有序、穩定有禮的社會；老子著眼點在民間，因而反對禮制，認爲繁瑣的禮制流於失眞，人與人之間多了僞而少了眞，因而老子認爲應回歸人類最初的本眞狀態，彼此都去僞存眞，只保留最質樸純眞的情感，少些修飾。莊子進一步提出人之情感應眞誠自然，「眞者，精誠之至也。不精不誠，不能動人。故強哭者雖悲不哀，強怒者雖嚴不威，強親者雖笑不和。眞悲無聲而哀，眞怒未發而威，眞親未笑而和。眞在內者，神動於外，是所以貴眞也。」〔註72〕莊子所言「眞」是喜怒哀樂皆出自眞性情，不掩飾不僞裝，是人性自然的流露，「功成之美，無一其跡矣。事親以適，不論所以矣；飲酒以樂，不選其具矣；處喪以哀，無問其禮矣。禮者，世俗之所爲也；眞者，所以受於天也，自然不可易也。故聖人法天貴眞，不拘於俗。」〔註73〕禮是世俗之禮，與聖人無干，聖人乃不受拘束、自然而然之人，禮法難以束縛之人。

情作爲個體主體性的表現，爲西方浪漫主義思潮所特重。浪漫主義對古典主義所崇理性的反叛、對個人主體性的張揚以及對現實的反抗，更爲五四新文學所看重。浪漫主義思潮在十九世紀末佔據日本文學市場，中國學生又大都於二十世紀初赴日留學，故而留日學生受日本浪漫主義思潮影響較大。魯迅作爲其中的一員，也帶有濃烈的浪漫主義氣息。郭沫若在《魯迅與王國維》一文中說：「兩位（魯迅與王國維）都曾經歷過一段浪漫主義的時期。王國維喜歡德國浪漫派的哲學和文藝，魯迅也喜歡尼采，尼采根本就是一位浪漫派。魯迅的早年譯著都濃厚第帶著浪漫派的風味。這層我們不要忽略。」〔註74〕作於 1907

〔註71〕　王弼著，樓宇烈校釋：《老子道德經注》下篇，見《王弼集校釋》，北京：中華書局，2012年，第93頁。

〔註72〕　郭慶藩撰，王孝魚點校：《莊子·漁父》，北京：中華書局，2012年，第1026頁。

〔註73〕　郭慶藩撰，王孝魚點校：《莊子·漁父》，北京：中華書局，2012年，第1027頁。

〔註74〕　郭沫若：《沫若文集》第十二卷，北京：人民文學出版社，1959年，第542頁。

年的《摩羅詩力說》則被認爲是「中國第一部倡導現代浪漫主義的綱領性文獻。」〔註75〕

　　浪漫主義作爲對古典主義理性的反叛，強調文學應表現創作主體的眞摯熱烈的感情，充分關注人的精神世界，文學創作應自然地表現人情、展現人性。就此而言，浪漫主義思潮與以老莊思想爲核心之崇自然、尙眞情的魏晉玄學殊途同歸。兩漢經學興盛，上至君王、豪族，下至經生儒士都崇禮法，重禮制，然東漢末葉經學繁縟，且黨錮之禍「給知識階層的理性主義帶來了陰影，並使知識與權力抗衡的想像徹底幻滅，從而引出個體生存爲中心的思路，一方面它使得一批士大夫厭惡了群體認同互相標榜的方式，轉而尋求一種更個人性的獨立與自由的精神境界。」〔註76〕出身寒門的魏武帝一改天下風氣，將突出個人主體性的才、性列於屬群體性範疇的德之上，促進了魏晉時期個體主體性意識的自覺。儒學式微、老莊抬頭的魏晉士人重自然之眞性情，認爲「情即自然」，向秀在《難嵇叔夜養生論》中道：「有生則有情，稱情則自然。若絕而外之，則與無生同，何貴於有生哉！且夫嗜欲、好榮惡辱、好逸惡勞，皆生於自然。」〔註77〕王弼《論語・釋疑》中論：「夫喜、懼、哀、樂，民之自然，應感而動，則發乎聲歌。」〔註78〕王弼、向秀都視情爲人之自然本性之流露，受外界事物觸動而生發。《世說新語》載：「王戎喪兒萬子，山簡往省之，王悲不自勝。簡曰：『孩抱中物，何至於此！』王曰：『聖人忘情，最下不及情。情之所鍾，正在我輩。』簡服其言，更爲之慟。」〔註79〕又「王長史登茅山，大慟哭曰：「琅琊王伯輿，終當爲情死！」〔註80〕魏晉士人特重情，是個體主體性覺醒的表現，魯迅心中懷有的浪漫情愫與魏晉玄學重情思想相碰撞，使得他善於關注魏晉士人的內心世界與眞情的流露。

　　魯迅認爲阮籍、嵇康非特不反名教，簡直是發自內心地遵從禮教，如嵇康在《家誡》中教誨子孫：

〔註75〕　趙瑞蕻：《魯迅摩羅詩力說注釋》，天津：天津人民出版社，1982年，第3頁。
〔註76〕　葛兆光：《中國思想史》第一卷，上海：復旦大學出版社，2013年，第289頁。
〔註77〕　嚴可均輯，王玉、張雁、吳福詳審訂：《全晉文》卷七十二，北京：商務印書館，1999年，第764頁。
〔註78〕　王弼著，樓宇烈校釋：《論語釋疑・泰伯》，見《王弼集校釋》，北京：中華書局，2012年，第625頁。
〔註79〕　徐震堮撰：《世說新語校箋》，北京：中華書局，2012年，第349頁。
〔註80〕　徐震堮撰：《世說新語校箋》，北京：中華書局，2012年，第410頁。

所居長吏，但宜敬之而已矣。不當極親密，不宜數往，往當有時。其有眾人，又不當獨在後，又不當前。所以然者，長吏喜問外事，或時發舉，則恐人所說，無以自免也。宏行寡言，慎備自守，則怨責之路解矣。〔註81〕

夫言語，君子之機，機動物應，則是非之形著矣，故不可不慎。〔註82〕

若會酒坐，見人爭語，其形勢似欲轉盛，便當捨去之，此將鬥之兆也。坐視必見曲直，當不能不有言，有言必是在一人，其不是者方自謂爲直，則謂曲我者有私於彼，便怨惡之情生矣。〔註83〕

阮籍則不許兒子傚仿自己：

（籍）子渾，字長成，有父風。少慕通達，不飾小節。籍謂曰：「仲容已豫吾此流，汝不得復爾！」〔註84〕

從政治的角度看，阮籍、嵇康處司馬氏篡奪曹氏政權之際，稍不留意就會陷入政治鬥爭的漩渦中，阮、嵇爲求自保只能以不變應萬變，消極處世，不染渾水，陳寅恪先生云：「故名教者，依魏晉人解釋，以名爲教，即以官長君臣之義爲教，亦即入世求仕者所宜奉行者也。其主張與崇尚自然，即避世不仕者，適相違反，此兩者之不同，明白已甚。」〔註85〕從思想的層面解讀，阮籍、嵇康皆好老莊，然老子所反對之禮乃禮崩樂壞之時，人們虛偽遵從之禮，因而老莊思想從根本上說是崇尚眞情、自然，反虛偽、狡詐。

司馬氏本爲東漢地方豪族，故而服膺名教，《晉書·禮志中》云：

文帝之崩，國內服三日。武帝亦遵漢、魏之典，既葬除喪，然猶深衣素冠，降席撤膳。太宰司馬孚等奏（請）敕御府易服，內者改坐，太官復膳，諸所施行，皆如舊制。〔註86〕

〔註81〕 嵇康著，戴明揚校注：《家誡》，見《嵇康集校注》（下），北京：中華書局，2014年，第544頁。

〔註82〕 嵇康著，戴明揚校注：《家誡》，見《嵇康集校注》（下），北京：中華書局，2014年，第545頁。

〔註83〕 嵇康著，戴明揚校注：《家誡》，見《嵇康集校注》（下），北京：中華書局，2014年，第545頁。

〔註84〕 房玄齡撰：《晉書》卷四十九，北京：中華書局，1974年，第1362頁。

〔註85〕 陳寅恪：《陶淵明之思想與清談之關係》，見《金明館叢稿初編》，北京：三聯書店，2012年。

〔註86〕 房玄齡撰：《晉書》卷二十，北京：中華書局，1974年，第613頁。

　　然司馬氏卻並非眞正施儒家之仁政於天下，名教實已成爲司馬氏誅除異己之工具，《晉書・宣帝紀》載：

　　　　帝內忌而外寬，猜忌多權變。魏武察帝有雄豪志，聞有狼顧相，
　　欲驗之。乃召使前行，令反顧，面正向後而身不動。又嘗夢三馬同
　　食一槽，甚惡焉。因謂太子丕曰：「司馬懿非人臣也，必預汝家事。」
　　太子素與帝善，每相全祐，故免。帝於是勤於吏職，夜以忘寢，至
　　於芻牧之間，悉皆臨履，由是魏武意遂安。及平公孫文懿，大行殺
　　戮。誅曹爽之際，支黨皆夷及三族，男女無少長，姑姊妹之適人者
　　皆殺之，既而竟遷魏鼎云。〔註87〕

　　阮籍、嵇康是以眞情抵抗虛僞的名教，並非眞要「非湯武而薄周孔」，而是反對舉著名教旗幟而行虛僞奸詐之事，從二人的行爲中處處可見眞情的流露，如《晉書》卷四十九《阮籍傳》載：「籍嫂嘗歸寧，籍相見與別。或譏之，籍曰：『禮豈爲我輩設邪！』鄰家少婦有美色，當壚沽酒。籍嘗詣飲，醉，便臥其側。」〔註88〕阮籍所行皆出自眞情，毫無半分矯揉造作，雖不守當時之禮法，卻遵從自己之眞性情，以實際行爲抵抗虛僞之名教。

　　《晉書》載：「籍容貌瓌（瑰）傑，志氣宏放，傲然獨得，任性不羈，而喜怒不形於色……嗜酒能嘯，善彈琴。」〔註89〕《世說新語・雅量》載：「嵇中散臨刑東市，神氣不變，索琴彈之，奏《廣陵散》。曲終，曰：「袁孝尼嘗請學此散，吾靳固不與，《廣陵散》於今絕矣！」〔註90〕阮籍、嵇康都好文學，喜音樂，善彈琴，文學與音樂都爲個人情感之表達與寄託，個性化色彩極強。曹丕於《典論・論文》曾論及個人所稟賦之氣的清濁不同，形成的文學風格就千差萬別，這是魏晉士人對文學顯露個體主體性的認識，同時「音樂既爲士大夫日常生活之一節目，而其事又無關乎利祿，則必因與士之內心情感起感應，亦如純文學之例可知。」〔註91〕

　　另外，琴作爲君子高潔品格的化身與士人趣味的體現，在魏晉士人心中所佔分量極重，琴所凝聚的情感力量是不容忽視的。《世說新語・傷逝》

〔註87〕　房玄齡撰：《晉書》卷一，北京：中華書局，1974年，第20頁。
〔註88〕　房玄齡撰：《晉書》卷四十九，北京：中華書局，1974年，第1361頁。
〔註89〕　房玄齡撰：《晉書》卷四十九，北京：中華書局，1974年，第1359頁。
〔註90〕　徐震堮撰：《世說新語校箋》，北京：中華書局，2012年，第194頁。
〔註91〕　余英時：《漢晉之際士之新自覺與新思潮》，見《士與中國文化》，上海：上海
　　　　人民出版社，2011年，第297頁。

載：

> 王子猷、子敬俱病篤，而子敬先亡。子猷問左右：「何以都不聞消息？此已喪矣。」語時了不悲。便索輿來奔喪，都不哭。子敬素好琴，便徑入坐靈床上，取子敬琴彈，弦既不調，擲地云：「子敬，子敬，人琴俱亡！」因慟絕良久。月餘亦卒。〔註92〕

　　西周時期，琴已經成爲廣泛使用的樂器，在周代重視禮樂制度的文化語境下，琴作爲禮樂的表現者承擔著重要的政治功能，逐漸成爲貴族身份的標誌之一，撫琴成爲貴族必備的文化教養。進入漢代，漢儒賦予琴以道德意義，將琴作爲修身、成就高尚品格的承擔者，如《白虎通疏證・禮樂》載：「琴者，禁也。所以禁止淫邪，正人心也。」〔註93〕又「琴者，先王所以修身、理性、禁邪、防淫者也，是故君子無故不去其身。」〔註94〕魏晉時期，隨著個體主體意識的自覺，被儒家禮教制度塵封已久的個人情感得到宣洩，因而用於抒發個人情感的樂器——琴——也帶有了士人的個體主體性。嵇康在《琴賦》中極讚作爲琴材的桐木，乃士人個體主體性的強烈象徵，而嵇康臨刑前撫琴，更凸顯了他寧死不屈的高潔品格與用帶有強烈個體主體性的音樂對抗司馬氏虛僞禮教的高尚節操。

　　魯迅選擇以個體主體視角進入魏晉文學研究，正因爲魯迅本身就有極強的個體主體性，他像阮籍、嵇康一樣厭惡虛僞的禮法，讚揚人的真情，「歷來都竭力表彰『五世同堂』，便足見實際上同居的爲難；拼命的勸孝，也足見事實上孝子的缺少。而其原因，便全在一意提倡虛僞道德，蔑視了真的人情。」〔註95〕他也如同阮籍、嵇康一樣，在自己選擇的道路上從不後悔地前行著：「我自己，是什麼也不怕的，生命是我自己的東西，所以我不妨大步走去，向著我自以爲可以走去的路；即使前面是深淵，荊棘，狹谷，火坑，都由我自己負責。」〔註96〕

〔註92〕　徐震堮撰：《世說新語校箋》，北京：中華書局，2012 年，第 353 頁。

〔註93〕　陳立撰，吳則虞點校：《白虎通疏證》卷三，北京：中華書局，1994 年，第 125 頁。

〔註94〕　郭茂倩編：《樂府詩集・琴曲歌辭序》，見《樂府詩集》卷第五十七，北京：中華書局，1998 年，第 821 頁。

〔註95〕　魯迅：《我們現在怎樣做父親》，見《墳》，《魯迅全集》第一卷，北京：人民文學出版社，2012 年，第 143 頁。

〔註96〕　魯迅：《北京通信》，見《華蓋集》，《魯迅全集》第 3 卷，北京：人民文學出版社，2012 年，第 54 頁。

第三節　「群體主體性」研究視角

古代文人士大夫是一個相對獨立的社會階層，共同的文化和趣味是他們的「共同性」之所在。魏晉時期這一階層在士族文人的引領下強化了自我意識、個體意識，從而更加凸顯了這一「群體主體性」，現代學者從這一角度切入，探討文學的奧秘，可謂極有見地。

一、劉師培之研究 [註97]

劉師培爲中古文學研究的開創者，注重從宏觀的、史的角度考察，同時，劉師培在研究中注重以政治、地理、學術變遷的視角切入，使得他更多地將士人視爲一個群體做考察。政治的風雲變幻、統治者政策的改革與施行，是針對整個社會、全體士人，不會以某個人的意志爲轉移；地理區域的不同則將士人劃分爲南人與北人；中國傳統學術本就以家學爲傳承單位，對掌握學術知識的士人來說，更是以宗經、注經爲使命，個人化的見解總是在「經」的籠罩之下，因此士人學術交流也多爲求同存異。綜上所述，劉師培開創了群體主體性研究這一視角。

> 自江左以來，其文學之士，大抵出於世族，而世族之中，父子兄弟各以能文擅名。惟當時之人，既出自世族，故其文學之成，必於早歲，且均文思敏速，或援筆立成，或文無加點，此亦秦漢以來之特色。[註98]

世族 [註99] 並不是魏晉時期驟然出現的一個群體，實則可上溯至東漢世家大族。而魏晉世族也由此分爲舊族門戶與新出門戶，舊族門戶由東漢世家大族過渡而來，在魏與西晉時居於高位；新出門戶則是由際遇而升遷，在東晉時期尤爲顯著。而在社會上嶄露頭角、有一定影響力的世族，在學術文化方面也都具相當實力與顯著特徵。陳寅恪先生提出，東漢末年之亂，使得全國文化學術散落於各地名都大邑，被地方的豪門大族所承繼，「是以地方之大族盛門乃爲學術文化之所寄託。中原經五胡之亂，而學術文化尚能保持不墜者，固由地方

〔註97〕　本節部分内容來自筆者《試論現代中古文學研究方法及其當下意義》一文，見《河南社會科學》，2014年，第10期。
〔註98〕　劉師培：《中國中古文學史講義》，上海：上海古籍出版社，2006年，第83頁。
〔註99〕　這裡使用「世族」而非「士族」，即沿用劉師培的用法。且「世族」更強調家族内的傳承與承繼。

大族之力，而漢族之學術文化變爲地方化及家門化矣。故論學術，只有家學之可言，而學術文化與大族盛門常不可分離也。」〔註100〕可以說魏晉是一個學術文化家族化的時期，居處要職的政治身份與一定的經濟實力，保障著世家大族的學術文化首領地位。出身低微的寒門讀書人，可以通過入仕而逐漸壯大本家族，反過來，有些豪強雖在政治經濟上稱霸一方，但若缺乏學術文化修養，貴族地位則難以持久。學術家族化，使得世家大族子弟在年少之時就可享受到各種學術資源，並接受良好的教育，而「上品無寒門，下品無世族」的等級制度，進一步促使學術文化在「上品」貴族之間無障礙地流通，使得世家大族不僅是政治經濟上的貴族，更是精神文化上的貴族。〔註101〕

以陳郡謝氏爲例：

（謝）晦美風姿，善言笑，眉目分明，鬢髮如墨。涉獵文義，博贍多通，時人以方楊德祖，微將不及。晦聞猶以爲恨。帝深加愛賞，從征關、洛，內外要任悉委之……時謝混風華爲江左第一，嘗與晦俱在武帝前，帝目之曰：「一時頓有兩玉人耳。」〔註102〕

謝晦因「涉獵文義、博贍多通」而被劉裕所賞識，甚至於「內外要任悉委之」，足見學術文化的修養對於士人地位的重要性。同樣，謝混也因文采出眾而伴隨帝王左右。謝晦、謝混的被賞識與重用，足可使得謝家成爲名門望族，而這便是世家大族崛起的一個重要因素。同時，這學術文化的修養是可以傳承的，用以維持整個家族的聲望與地位，陳郡謝氏中不乏這樣出眾的人才，據《南史》記載：

（謝）瞻字宣遠……六歲能屬文，爲紫石英贊、果然詩，爲當時才士歎異。與從叔混、族弟靈運俱有盛名。嘗作喜霽詩，靈運寫之，混詠之。王弘在坐，以爲三絕。〔註103〕

（謝）微字玄度，美風采，好學善屬文，位兼中書舍人……時魏中山王元略還北，梁武帝餞於武德殿，賦詩三十韻，限三刻成。微二刻便就，文甚美，帝再覽焉。〔註104〕

〔註100〕 陳寅恪：《崔浩與寇謙之》，見《金明館叢稿初編》，北京：三聯書店，2012年，第147頁。
〔註101〕 本段觀點來自田餘慶：《東晉門閥政治》，北京：北京大學出版社，2006年。
〔註102〕 李延壽撰：《南史》卷十九，北京：中華書局，1975年，第522頁。
〔註103〕 李延壽撰：《南史》卷十九，北京：中華書局，1975年，第525頁。
〔註104〕 李延壽撰：《南史》卷十九，北京：中華書局，1975年，第530頁。

　　（謝）朓字玄暉，少好學，有美名，文章清麗。爲齊隨王子隆
鎮西功曹，轉文學……朓善草隸，長五言詩，沈約常云：「二百年來
無此詩也。」〔註105〕

　　靈運少好學，博覽群書，文章之美，與顏延之爲江左第一。
〔註106〕

　　（謝方明）子惠連，年十歲能屬文，族兄靈運嘉賞之，云「每
有篇章，對惠連輒得佳語」……靈運見其新文，每曰「張華重生，
不能易也。」〔註107〕

　　可以說，陳郡謝氏之所以能夠成爲江左以來的世家大族，絕不是僅憑一
兩個人能力的支撐。在家族內部的文化傳承下，幾乎代代都會出現幾個在當
世具有絕頂風采與文采之名士，且因爲家族化的教育可以自幼年始，因此他
們甚至在少年時代就已經譽滿天下。這也正如劉師培所云：「惟當時之人，既
出自世族，故其文學之成，必於早歲，且均文思敏速」。

二、王瑤「群體主體性」視角的獨特性

1. 縱向比較

　　對劉師培、魯迅的個人生活、經歷、思想瞭解越深入，越能發現同處一
個時代的兩人之間的極大差別。單就學術研究而言，劉師培的經學、小學、
文學研究屬於非常純粹的學術研究，從中很難覓到一絲感情的成分。當然，
很難覓到，並不是說完全沒有，比如他對中古文學的偏愛就顯而易見，但在
進入分析考察之中，就很少看到劉師培飽含感情的文字，大體上都是根據材
料進行客觀地研究。而魯迅則不同，個性極強的魯迅愛憎極其分明，這從他
的雜文創作中可見一斑。即使在學術研究中，我們依然可以感覺到魯迅充盈
字裏行間的熱情，例如他對唐傳奇因想像的奇譎和辭藻的瑰麗而給予的強烈
讚美，再如魯迅對嵇康的愛也是溢於言表的，不僅愛嵇康的文，更愛嵇康文
中所表露出的嚮往自由、敢於沖決一切束縛的勇氣。因此即使在學術層面的
研究中，魯迅也傾入了很深的情感，故而他的學術研究與他的小說、雜文、

〔註105〕　李延壽撰：《南史》卷十九，北京：中華書局，1975 年，第 533 頁。
〔註106〕　李延壽撰：《南史》卷十九，北京：中華書局，1975 年，第 538 頁。
〔註107〕　李延壽撰：《南史》卷十九，北京：中華書局，1975 年，第 537 頁。

散文詩等文學作品同樣具有鮮明的個人特色。當研究的目光伴隨著個人激蕩的情感時，研究者勢必會在研究中尋找與自己感情能夠產生共鳴的人或事，魯迅愛野史，而野史恰恰帶有小說的性質，魏晉南北朝又恰是中國傳統小說的萌芽階段，故而魯迅懷著極大的熱情埋頭於故紙堆中尋找著古代小說的蛛絲馬蹟與斷壁殘垣；魯迅愛自由，魏晉南北朝不僅是文學自覺的開始，更是個體主體性高度覺醒的時代，嵇康則是那一時代嚮往自由的代表，故而魯迅不辭勞苦尋找各種版本的《嵇康集》一遍遍校對。

　　中古文學研究隨著現代學術體系的建立而漸趨步入正軌，王瑤可以說是在現代學術體系下成長起來的新一代學者。較之劉師培，王瑤雖少了根深葉茂的家學傳承，但多了幾分現代氣息；較之魯迅，王瑤的學術研究回歸理性，雖然王瑤曾經多次表示自己對中古文學的熱愛，也曾多次表明在西南聯大的日子裏，自身心境與南渡士人的相仿之處，但在王瑤的學術性文章中，充滿了理性的思考與史家精密的論證。當拋開了個人的情感，就會發現中古時期，士人雖多以特立獨行、任誕不羈而博取名聲，但士人已經穩固地組成了一個群體。因此王瑤將研究視角重新回歸於群體主體中實屬必然。另外，永嘉南渡士人並非單個人的行爲，而是大批士族的行動，王瑤既對南渡士人心有所感，或許這是他對群體之所以重視的另一個原因。

2. 橫向比較

　　王瑤在研究中古文學時採取的群體主體性視角之所以重要，且具有現代性意義，是因爲他觸摸到了中古時期歷史發展的脈搏，可以說，魏晉時期的歷史在一定程度上是由世家大族創造的。當然，這樣的觀點對於今天的學者耳熟能詳，也是老生常談，然而在三十、四十年代的學人中，對中古文學的研究還並未能如此深入，筆者將與王瑤《中古文學史論》同時期的文學史著作進行一番對比，以此略窺一二。

　　徐嘉瑞《中古文學概論》在「五四」文學革命的影響下，依據書本——民間、堆砌——自然、作者爲統治階層——無名氏、詩歌不能協音律——可協音律的原則，將中古文學劃分爲貴族文學與平民文學兩大類別，全書充滿了「五四」文學革命的熱情，故而平民文學的闡述佔了大半篇幅。在論及魏晉文學時，因建安七子屬貴族文學而得出此後兩晉、齊梁文學走上了浮靡的路線，以及兩晉文學也只有一個陶潛可看的偏於極端的結論。成書於 1935 年的趙景深的《中國文學史新編》在論及魏晉文學時，雖避免了劃分陣營式的

文學研究方式,採取作家──作品──評價的敘述模式,但較少歷史語境的分析,即使有,也是蜻蜓點水的方式,難脫中國傳統評點式文學研究的窠臼。更重要的是,這樣的敘述模式,使得這些歷史人物總是單個地行走於歷史之中,有「只見樹木,不見森林」之感。

　　劉大杰《中國文學發展史》、陳中凡《漢魏六朝文學》注意將政治環境、社會思潮與文學做關聯研究。以劉大杰《中國文學發展史》爲例,在《魏晉時代的文學思潮》一章中專設「魏晉文學的社會環境」一節闡述東漢末至東晉的政治混亂狀態以及儒學的衰微與玄學的興盛、佛教思想的傳播對士人思想的影響。然而因作者過多地將著眼點落於「文學是生活的反映」這一思維模式中,闡釋重點多集中於文學風格隨社會生活、學術思潮變化的現象,對文學之所以變化的深層原因有所忽略。如作者雖論及東漢末年政治混亂、外戚宦官專權、三國紛爭的局面,卻未注意東漢政權與士族大姓之間的關係以及九品中正制與門閥士族互爲因果地相生相長的現象。這意味著作者對東漢末期至魏晉南北朝時段士人作爲一個階層、一個群體的力量有所忽視,而王瑤在《政治社會情況與文士地位》一文中則始終以世家大族在東漢與魏晉政權中的發展爲中心,詳述魏晉以來門閥士族的產生以及對政治、經濟、文化、學術思潮的影響。同時,王瑤於《文人與藥》、《文人與酒》、《論希企隱逸之風》、《擬古與作僞》、《潘陸與西晉文士》、《玄言‧山水‧田園──論東晉詩》、《隸事‧聲律‧宮體──論齊梁詩》等文中均以士階層,即士於魏晉時期作爲一個群體登上歷史舞臺而對文學產生的影響作爲研究視點。

　　另外,劉大杰對於士人的主體性並未有足夠的重視。例如在敘述老莊虛無思想對士人的影響中,劉大杰認爲老莊思想爲「那些特權階層的知識分子」尋求了靈魂的寄託與安身立命的理論,「他們看不慣也受不住那些人爲的煩瑣法度,和那些虛僞的忠孝仁義的儒家道德。他們夢想著回到原始的無爭無欲的自然狀態去,追求逍遙清靜的生活。」〔註108〕這是玄學對士人心態的影響。但士人是具有主體性的人,王瑤認爲士人在玄學虛無自然思想的影響下,寄情於山水,將山水納入文學視野中,形成獨具一格的山水詩,同時士人群體在玄學思想中將隱逸生活做了「改造」,使得魏晉士人之隱逸與先秦兩漢時期的「隱逸」頗有不同,這些都體現了王瑤對士人群體主體性的重視。本文稍

〔註108〕　劉大杰:《中國文學發展史》卷上,上海:復旦大學出版社,1962 年,第 154 頁。

後還將詳細論述此問題。

　　採取群體主體性視角研究魏晉南北朝文學，在今天並非具有創新性的話題，然而在中國古代文學研究剛剛邁進現代時，確是一個難得的、極具學術眼光的研究視角。通過對比其他成書於三十、四十年代的中古文學的研究著作，可以發現王瑤對中古文學研究的現代意義與價值，而王瑤所採用的群體主體性視角也成爲此後學者在進行中古文學研究時的一根標杆。

三、王瑤「群體主體性」視角的具體運用

1. 士人群體心態——希企隱逸

　　隱逸思想是中國士人階層心中的一片淨土，隱士一直是士人崇敬仰慕的對象，尤其是當君權與士人階層之間發生嚴重衝突時，隱逸山林更成爲士人保持高潔品德與獨立人格的最佳選擇。自巢父、許由始，「風流彌繁，長往之軌未殊，而感激之數匪一。或隱居以求其志，或迴避以全其道，或靜己以鎮其躁，或去危以圖其安，或垢俗以動其槩，或疵物以激其清。」〔註 109〕隱逸既從正面表現了士人不堪與亂臣賊子爲伍的決心，也從側面表達了對君主統治的不滿。

　　漢代已有「逸民」、「處士」之稱，顏師古於《漢書·律曆志》注「逸民」爲「有德而隱處者，」〔註 110〕又於《漢書·異姓諸侯王表》注曰「處士謂不官於朝而居家者也，」〔註 111〕可知隱逸之人必有德且遠離朝政。先秦時期「逸民」、「處士」尚呈「散兵遊勇」之態，兩漢以來，數量漸多，其中尤以東漢居多，《後漢書》也專闢《逸民列傳》，可見一斑。由於隱逸總是與朝政的好壞直接關聯，因而隱逸士人的多寡與朝政的清明或腐敗成正比存在。在蒸蒸日上的西漢，隱逸並不是士人談論的主題，士人更關注的是「遇」或「不遇」，能否實現自身價值的問題。《西京雜記》載：「梁孝王遊於忘憂之館，集諸遊士，各使爲賦。」〔註 112〕其中枚乘、鄒陽等所作詠物賦都以讚美君臣遇合爲主，如鄒陽《酒賦》曰：「哲王臨國，綽矣多暇。召皤皤之臣，

〔註 109〕　范曄撰，李賢等注：見《後漢書》卷八十三，北京：中華書局，1973 年，第 2755 頁。

〔註 110〕　班固撰，顏師古注：《漢書》卷二十一，北京：中華書局，1964 年，第 955 頁。

〔註 111〕　班固撰，顏師古注：《漢書》卷十三，北京：中華書局，1964 年，第 364 頁。

〔註 112〕　劉歆：《西京雜記》卷四，上海：上海古籍出版社，2012 年，第 178 頁。

聚肅肅之賓。」〔註113〕又淮南王劉安《屛風賦》也表現士人遇明主的喜悅之情,「天啓我心,遭遇徵祿。中郎繕理,收拾捐樸……列在左右,近君頭足。賴蒙成濟,其恩弘篤。何恩施遇,分好沾渥。不逢仁人,永爲枯木。」〔註114〕而另外一批士人如董仲舒、司馬遷則有《士不遇賦》、《悲士不遇賦》以慨歎自身命運,生不逢時,不能被明主所遇所用,揚雄甚至慨歎「遇不遇命也」,東方朔在《答客難》中也表露了同樣的心跡。

東漢以來「遇不遇」的話題漸趨轉淡,隱居山林或鄉里之士漸多。自王莽代漢以來,隱逸士人激增,「漢室中微,王莽篡位,士之蘊籍義憤甚矣。是時裂冠毀冕,相攜持而去之者,蓋不可勝數。」〔註115〕王莽篡政使得許多士人選擇逃避政治,王莽改制的失敗又將剩餘一部分企圖實現自身抱負的士人的夢想破滅,被迫選擇隱逸。士人的這種心態一直延續至東漢時期,可以說,自王莽代漢以來,「單打獨鬥」的隱逸士人漸漸擴展成了一個群體,由個別性事件發展至群體性事件,這種群體性隱逸以及士人從內心深處對隱逸認同的情感,形成了中國傳統文化中的隱逸文化,並於魏晉時期達到高潮。因此王瑤將魏晉時期隱逸之風視作群體性行爲,並以魏晉士人群體心態作爲研究的切入點,可謂抓住了中古文學的核心。

首先,大量資料可證魏晉士人由迫於外界環境不得不隱逸發展至從內心中認可隱逸。隱居山林或鄉里,與士人治國平天下之理想並不相合,隱逸本身乃由於社會混亂、朝廷黑暗所致,終魏晉南北朝時期,三國紛爭、司馬氏篡位、八王之亂、永嘉南渡、南北分裂、五胡亂華,整個社會始終處於動盪不安、分崩離析的境況中,因而「魏晉隱逸風氣之盛,實在是因爲『時方顚沛』的緣故。」〔註116〕然而與兩漢士人隱逸狀況不同的是,魏晉士人對隱逸生活由外在的被迫逐漸轉爲發自內心的接受,士人開始了對隱逸生活的嚮往與熱愛。《晉書·謝安傳》載:

> (安)寓居會稽,與王羲之及高陽許詢,桑門支遁遊處,出則漁弋山水,入則言詠屬文,無處世意……嘗往臨安山中,坐石室,

〔註113〕 劉歆:《西京雜記》卷四,上海:上海古籍出版社,2012年,第179頁。

〔註114〕 張濰注:《古文苑》卷三,北京:北京圖書館出版社,2003年,第91頁。

〔註115〕 范曄撰,李賢等注:《後漢書·逸民列傳》,見《後漢書》卷八十三,北京:中華書局,1973年,第2756頁。

〔註116〕 王瑤:《論希企隱逸之風》,見《中古文學史論》,北京:商務印書館,2011年,第202頁。

臨濬谷，悠然歎曰：「此去伯夷何遠！」〔註117〕

又《世說新語・排調篇》云：

> 謝公始有東山之志，後嚴命屢臻，勢不獲已，始就桓公司馬。
> 於時人有餉桓公藥草，中有遠志，公取以問謝：「此藥又名小草，何
> 一物而有二稱？」謝未即答。時郝隆在坐，應聲答曰：「此甚易解。
> 處則爲遠志，出則爲小草。」謝甚有愧色。桓公目謝而笑曰：「郝參
> 軍此過乃不惡，亦極有會。」〔註118〕

謝安雖處世家大族，但眞心嚮往自然恬淡、歸隱山林的生活，揚州刺史
庾冰因安有重名而招，謝安則不過月餘則歸。後謝安見重於桓溫，被迫出任
其司馬，卻因不得已之出仕而面露愧色，可見在謝安心中，隱逸高於出仕，
清靜淡泊實爲心中所願。阮籍《詠懷詩》曰：「願登太華山，上與松子遊。漁
父知世患，乘流泛輕舟。」〔註119〕嵇康《答二郭》曰：「豈若翔區外，餐瓊漱
朝霞。遺物棄鄙累，逍遙遊太和。結友集靈嶽，彈琴登清歌。有能從此者，
古人何足多！」〔註120〕張華《贈摯仲治詩》、張協《詠史詩》也都描寫隱逸生
活，甚至石崇在《思歸引序》中也對隱逸表示嚮往：「出則以遊目弋釣爲事，
入則有琴書之娛」。〔註121〕由以上例證足見魏晉士人對歸隱的認同與追求乃群
體性行爲，與兩漢士人對隱逸的態度實有不同。

王瑤將此種轉變視爲魏晉士人群體的一大特點，而此特徵的生發恰是由
於士人群體心態的轉變：

> 魏晉士人希企隱逸之風，又深受著當時玄學的影響。玄學標榜
> 老莊，而老莊哲學本身就是由隱士行爲底理論化出發的。玄者玄遠，
> 宅心玄遠則必然主張超乎世俗，不以物務營心；而同時既注重自然，
> 則當然會希求隱逸。所以魏晉士大夫的行徑雖各有不同，而都有這
> 種故爲高遠的思想。〔註122〕

〔註117〕 房玄齡撰：《晉書・列傳第四十九》，卷七十九，北京：中華書局，1974 年，
第 2072 頁。
〔註118〕 徐振堮著：《世說新語校箋》，北京：中華書局，2012 年，第 431 頁。
〔註119〕 阮籍著，陳伯君校注：《阮籍集校注》，北京：中華書局，2012 年，第 310 頁。
〔註120〕 嵇康著，戴明揚校注：《嵇康集校注》上冊，北京：中華書局，2014 年，第
106 頁。
〔註121〕 蕭統編，李善注：《文選》五，上海：上海古籍出版社，2013 年，第 2041 頁。
〔註122〕 王瑤：《論希企隱逸之風》，見《中古文學史論》，北京：商務印書館，2011
年，第 206 頁。

　　當個體主體意識在魏晉士人中覺醒之後，人們開始關注內心需求以及宇宙與人的關係問題，儒學過多地關注實際政治、倫理的思路就不免捉襟見肘，因而老莊思想得以「堂而皇之」地進入魏晉士人眼中，此乃兩漢經學至魏晉玄學轉變之樞機。最初，只是個別士人開始思考儒學世界中極少觸及的形而上的問題，如《三國志》卷十注引劉劭《荀粲傳》載：「粲獨好言道，常以爲子貢稱夫子之言性與天道，不可得聞，然則六籍雖存，固聖人之糠秕。」〔註123〕荀粲此處言「性」與「道」，並希冀追尋幽深玄遠之形而上的思想依據，與漢儒已有不同。當覺醒之個體主體日漸增多時，便可匯聚爲一個個小的集體，這些小集體又逐漸融爲一個整體，因而可以說群體主體的思想覺醒、行爲變化當在個體主體覺醒的基礎上產生。因此當越來越多的士人開始探究老莊思想，並以好老莊、善清談爲尙，這就成了一種群體性行爲。干寶於《晉紀總論》中論及西晉士人之狀貌，其言曰：

　　　　風俗淫僻，恥尙失所，學者以老莊爲宗，而黜六經，談者以虛薄爲辯，而賤名檢，行身者以放濁爲通，而狹節信，進仕者以苟得爲貴，而鄙居正，當官者以望空爲高，而笑勤恪。是以目三公以蕭杌之稱，標上議以虛談之名。〔註124〕

　　干寶雖對西晉士人好虛名、重名利而輕實務之風氣大加貶斥，但這條材料恰可以證明西晉以來，士人對老莊思想的接受已成普遍狀態。道家思想之尙無爲、重自然、好虛無的思想深深影響了士人心態，從而影響了整個士人群體的風氣。

　　正因如此，王瑤認爲以老莊爲宗的玄學深深地影響了士人心態，同時由於道家思想本身所含有的極其濃厚的隱逸情結，如《莊子·逍遙遊》記載堯讓天下給許由，許由堅辭並答曰：「子治天下，天下既已治也。而我猶代子，吾將爲名乎？名者，實之賓也。吾將爲賓乎？鷦鷯巢於深林，不過一枝；偃鼠飲河，不過滿腹。歸休乎君，予無所用天下爲！庖人雖不治庖，尸祝不越樽俎而代之矣。」〔註125〕但隱逸的形式是多樣化的，在莊子思想中，既有眞正歸隱山林的處士，也有雖身處塵世，但心無所累的「心隱」，與雖出仕爲官，

〔註123〕　陳壽著，裴松之注：《三國志》卷十，北京：中華書局，1964年，第319頁。
〔註124〕　蕭統編，李善注：《文選》，上海：上海古籍出版社，2013年，第2186頁。
〔註125〕　郭慶藩著，王孝魚點校：《莊子集釋》上，北京：中華書局，2012年，第27頁。

但可「德隱」、「朝隱」之士。因此魏晉士人的隱逸形式也是多樣化的，其中
眞正歸隱山林的士人是少數，大多數士人則追求「心隱」、「德隱」，即出仕與
隱逸並不完全對立，這是魏晉士人群體不同於其他各階段士人群體的一大特
點。王瑤透過魏晉士人隱逸這一表層現象進一步分析士人心態，從而發現了
魏晉士人之隱逸乃一種理想，而並非要落在生活實處的生活方式：

> （魏晉士人）認爲隱逸本身就是高尚的，是一種合乎自然的逍
> 遙的人生，並不必包有其他的原因。所以不但沒有含著不滿和反抗
> 現實的意味，而且好像簡直就與現實無關；連存身待命的功利思想
> 也沒有了，只單純地剩下了追求玄遠，重視超脫。〔註126〕

　　隱逸在魏晉士人那裡成爲抽象化、理念化的一種形而上的思維方式，脫開
了隱逸本身的生活氣息而上升爲一種理想、信念、追求。因而在很多魏晉士人
眼中隱逸並不意味著與朝廷相抗衡，當然，其中也有一部分士人隱逸是出於避
禍，例如阮籍、嵇康，但如石崇這樣重奢重利之人竟也有「出則以遊目弋釣爲
事，入則有琴書之娛」的閒情逸致，又如郗超「性好聞人棲遁，有能辭榮拂衣
者，超爲之起屋宇，作器服，畜僕豎，費百金而不吝。」〔註127〕郗超自己任桓
溫大將軍掾，卻又特愛避世隱逸之士，然郗超爲棲遁之人「起屋宇，作器服，
畜僕豎」，在他心中隱逸之士是應享有與出仕之士同等的物質條件的，可見魏晉
士人並不將隱逸與粗茶淡飯、親身躬耕必然地等同，而是重視心靈的恬淡瀟脫，
渴望心靈的自然歸宿。因而王瑤認爲魏晉士人的隱逸「不但沒有含著不滿和反
抗現實的意味，而且好像簡直就與現實無關，」將老莊思想中的玄遠置入心中，
現實與理想、物質與精神完美地融合了。因爲「隱逸本身就是理想的，高尚的，
並沒有甚麼明哲保身一類的外在目的。」〔註128〕

　　但緣何魏晉士人在玄學的影響下會有如此心態，王瑤認爲是玄學因融合
道佛二家思想而成，尤其道家思想中有濃厚的神仙思想，《莊子》中也有許多
神仙形象。神仙自然與凡俗不同，既遠離塵世的煙火氣，無拘無束、隨性瀟
脫卻又無所不能、無所不至，而佛教思想中對心靈無牽絆、無掛礙的追求更

〔註126〕　王瑤：《論希企隱逸之風》，見《中古文學史論》，北京：商務印書館，2011
　　　　　年，第207頁。
〔註127〕　房玄齡撰：《晉書·郗超傳》，見《晉書》卷六十七，北京：中華書局，1974
　　　　　年，第1803頁。
〔註128〕　王瑤：《論希企隱逸之風》，見《中古文學史論》，北京：商務印書館，2011
　　　　　年，第207頁。

加重了魏晉士人渴求在優美怡人的自然景色中感受瀟灑自在的淋漓暢快之感。同時魏晉士人以爲能眞正做到在隱居中樂道，如《晉書‧皇甫謐傳》載「（謐）以爲『非聖人孰能兼存出處，居田里之中亦可以樂堯舜之道，何必崇接世利，事官軮掌，然後爲名乎。』」〔註 129〕神仙和聖人是一般人遙不可及的，普通人既然難眞正成仙成聖，那麼只在心中存一絲理想、一種信念就可以了，因此「聖人並不是一切人都可以做到的，這是魏晉玄學和後來宋明理學的一大異點。」〔註 130〕

2. 東晉士人群體愛好——山水詩

葉維廉說：「山水在古代詩歌裏，如詩經、楚辭及賦仍是做著其他題旨的背景，其能在詩中由襯托的地位騰升爲主位的美感觀照對象，則猶待魏晉至宋間文化急劇的變化始發生，當時的變化，包括了文士對漢儒僵死的名教的反抗，道家的中興和隨之而起的清談之風，無數知識分子爲追求與自然合一的隱逸與遊仙，佛教透過了道家哲學的詮釋的盛行和宋時盛傳佛影在山石上顯現的故事——這些變化直接間接引發了山水意識的興起。」〔註 131〕玄言詩與山水詩在玄學的浸潤中相繼誕生，大盛於東晉，《文心雕龍‧明詩篇》載：「宋初文詠，體有因革。莊老告退，而山水方滋；儷采百字之偶，爭價一句之奇，情必極貌以寫物，辭必窮力而追新；此近世之所競也。」〔註 132〕山水詩繼玄言詩而起，然二者並非完全迥異之詩風，王瑤以爲，玄言詩是玄學浸潤士人思想後在文學上的表現，山水詩則僅是題材的變動，而非思想認識的發展，「所謂『老莊告退而山水方滋』，並不是詩人們底思想和對宇宙人生認識的變遷，而只是一種導體，一種題材的變遷。」〔註 133〕因此「按照玄學的理論，結果必然要發展到愛好山水的人生態度。」〔註 134〕

〔註 129〕 房玄齡撰：《晉書‧皇甫謐傳》，見《晉書》卷五十一，北京：中華書局，1974年，第 1409 頁。

〔註 130〕 王瑤：《論希企隱逸之風》，見《中古文學史論》，北京：商務印書館，2011年，第 207 頁。

〔註 131〕 葉維廉：《中國詩學》，北京：三聯書店，1992 年，第 90 頁。

〔註 132〕 劉勰著，周振甫譯注：《文心雕龍譯注》，南京：鳳凰出版社，2006 年，第 117頁。

〔註 133〕 王瑤：《玄言‧山水‧田園——論東晉詩》，見《中古文學史論》，北京：商務印書館，2011 年，第 280 頁。

〔註 134〕 王瑤：《玄言‧山水‧田園——論東晉詩》，見《中古文學史論》，北京：商務印書館，2011 年，第 279 頁。

　　魏晉士人對山水風光的喜愛在史書中多有記載,《晉書・王羲之傳》載:
「會稽有佳山水,名士多居之。謝安未仕時亦居焉。孫綽、李充、許詢、支
遁等皆以文義冠世,並築室東土,與羲之同好。」〔註135〕又《世說新語・棲
逸篇》載:「許掾好遊山水,而體便登陟。時人云:『許非徒有勝情,實有濟
勝之具。』」〔註136〕可知他們喜遊覽山水,好自然風光。王瑤在《玄言・山水・
田園——論東晉詩》一文中將熱愛山水之東晉士人視作一個群體,這個群體
不僅對山水產生興趣,更使得山水作爲一種題材進入文學視野。東晉時期,
山水詩大規模出現,在文學史上形成固定的題材,並對此後詩歌創作產生了
深遠影響,可知山水詩在東晉士人心中的地位。因此可說東晉士人熱愛山水
的行爲是群體性的、自發的,創作山水詩的行爲也是群體性的、自覺的。王
瑤進一步從群體主體的心態與行爲分析山水詩在東晉出現的原因:

> 　　他們游放山水的逃避現實的態度,和山水本身即是自然美的表
> 現的道家理想,都和他們的生活思想合拍;所以遊覽山水便和他們
> 底生活結了不可分離的關係。〔註137〕

> 　　永嘉亂後,名士南渡,美麗的自然環境和他們追求自然的心境
> 結合起來,於是山水美的發現便成了東晉這個時代對於中國藝術和
> 文學的絕大貢獻。〔註138〕

　　道家崇尚自然恬靜的生活,莊子曾言:「山林與,皋壤與,使我欣欣然而
樂與!樂未畢也,哀又繼之。」〔註139〕在道家思想中,山水乃客觀存在之物,
與「自然」不同。老子曰:「人法地,地法天,天法道,道法自然。」〔註140〕
老莊的「山水」與「自然」本非同一層面的概念,山水爲形而下的客觀存在,
「自然」則是自然而然、難以把握的形而上的規律。然在魏晉士人心中,「自

〔註135〕　房玄齡撰:《晉書・王羲之傳》,見《晉書》卷八十,北京:中華書局,1974
　　　　　年,第 2098 頁。
〔註136〕　徐振堮著:《世說新語校箋》,北京:中華書局,2012 年,第 361 頁。
〔註137〕　王瑤:《玄言・山水・田園——論東晉詩》,見《中古文學史論》,北京:商務
　　　　　印書館,2011 年,第 279 頁。
〔註138〕　王瑤:《玄言・山水・田園——論東晉詩》,見《中古文學史論》,北京:商務
　　　　　印書館,2011 年,第 279 頁。
〔註139〕　郭慶藩撰,王孝魚點校:《莊子・知北遊》,見《莊子集釋》下,北京:中華
　　　　　書局,2012 年,第 761 頁。
〔註140〕　王弼著,樓宇烈校釋:《王弼集校釋》上,北京:中華書局,2012 年,第 65
　　　　　頁。

然」與「山水」逐漸具有同一層級的指向性，不再專指凌駕萬物之上的規律。例如王弼注《老子》第二十九章曰：「萬物以自然爲性，故可因而不可爲也，可通而不可執也。」〔註141〕又如阮籍《達莊論》中稱：「天地生於自然，萬物生於天地，自然者無外，故天地名焉；天地者有內，故萬物生焉。」〔註142〕自然與天地是一體的，天地即自然，魏晉士人將老莊思想中的不可把握的「自然」拉回到人間，天地山水與自然世界等同，回歸山水便是進入道家自然之境界，因而魏晉士人能夠眞正寄情於山水，回歸到自然，在日常生活中深懷對自然山水的審美觀照，「他們不只把山水當作一種客觀的欣賞對象，而且把自己與山水同樣地都當成了自然的表現。」〔註143〕這也是山水詩在東晉得以興盛之原因，也即王瑤所論山水本身的自然美與他們的生活相合拍。

然而山水詩在東晉能夠興盛的原因還不止於此，王瑤以爲，此現象與永嘉南渡之士人皆爲北人有關。南方山水繁茂，較北方的自然風光更爲怡人，北方士人南遷後，遇見這美妙景色，自然流連忘返，寓情於景。據歷史地理學家譚其驤先生統計，《南史》列傳共列 728 人，原籍屬北方共 506 人，可見北方士人在東晉爲一大群體，如琅邪王氏、太原王氏、河東裴氏、河東郭氏、高平郗氏、陳郡謝氏，他們於南渡之後對東晉的政治、思想、文化、文學風貌有極大影響。以琅邪王氏爲例，政治上，《晉書·王敦傳》載：「帝初鎮江東，威名未著，敦與從弟導等同心翼戴，以隆中興，時人爲之語曰：『王與馬，共天下。』」〔註144〕王氏家族本居住於司馬睿的封國——琅邪國，渡江之前王氏家族憑藉自身力量居於司馬睿集團的核心地位，渡江以後，王導更在司馬睿政權內處關鍵地位，東晉初年諸帝實不敢以臣僚之禮待之，「始奠定東晉皇業和琅邪王氏家業在江左的根基……王與馬的結合，開啓了東晉百年門閥政治的格局。」〔註145〕文學上，也可從琅邪王氏在東晉時期文體文風的變化。筆者參照嚴可均輯《全上古三代秦漢三國六朝文》與逯欽立編《先秦漢魏南北朝詩》及《文選》，挑選了部分琅邪王氏家族成員的詩文作爲佐證：

〔註141〕 王弼著，樓宇烈校釋：《王弼集校釋》上，北京：中華書局，2012 年，第 77 頁。

〔註142〕 阮籍著，陳伯君校注：《阮籍集校注》，北京：中華書局，2012 年，第 139 頁。

〔註143〕 王瑤：《玄言·山水·田園——論東晉詩》，見《中古文學史論》，北京：商務印書館，2011 年，第 280 頁。

〔註144〕 房玄齡撰：《晉書》卷九八，北京：中華書局，1974 年，第 2554 頁。

〔註145〕 田餘慶：《東晉門閥政治》，北京：北京大學出版社，2006 年，第 1 頁。

王祥《訓子孫遺令》

王衍《謝表》、《答山簡書》

王敦《表庾亮爲中書監》、《上疏言王導》、《辭荆州牧疏》

王導《請建立國史疏》、《與賀循書論虞廟》

王珣《秋懷詩》、《歌太宗簡文皇帝》、《奏追崇鄭太后》

王謐《與釋惠遠書》、《答桓玄書明沙門不應致敬王者》、《答桓玄難》、《重答桓玄難》

王彪之《登會稽刻石山詩》、《遊仙詩》、《登治城樓詩》、《廬山賦序》、《竹賦》

王羲之《蘭亭詩》、《三月三日蘭亭詩序》、《遊四郡記》

王玄之、王獻之、王徽之均有《蘭亭詩》

自王彪之，始出現遊覽山水之詩文，此後歷代均有遊山觀水之詩文創作，並且王羲之還組織了盛極一時的蘭亭集會，共四十一位名士參加，在欣賞優美景色的同時飲酒賦詩，可謂東晉士人寄情山水的典範。在王彪之所作詩中，出現大量描寫山水景物的句子，如《登會稽刻石山詩》云：「隆山嵯峨，崇巒岩嶢。傍覿滄州，仰拂玄霄……青陽曜景，時和氣淳。修領增鮮，長松挺新。飛鴻振羽，騰龍躍鱗。」〔註146〕又《與諸兄弟方山別詩》中有「脂車總馳輪，泛舟理飛棹。絲染墨悲歎，路歧楊感悼」〔註147〕，至王羲之、王獻之、王徽之時，《蘭亭集序》、《蘭亭詩》更以描繪山水爲主，在優美的自然風光中闡發玄理、寄託情感。

上述情形只是東晉士人群體愛好山水的一個表現，王瑤以爲，東晉士人「不只把山水當作一種客觀的欣賞對象，而且把自己與山水同樣地都當成了自然地表現」〔註148〕，即士人賦予自然景物以主體性，人與山水的關係並非主體與客體的關係，而是主體間的互動、對話，因而東晉士人在欣賞自然山水的同時，並不將自身排除在山水之外，如「簡文入華林園，顧謂左右曰：『會

〔註146〕　逯欽立輯校：《先秦漢魏晉南北朝詩》中，北京：中華書局，2011年，第921頁。

〔註147〕　逯欽立輯校：《先秦漢魏晉南北朝詩》中，北京：中華書局，2011年，第922頁。

〔註148〕　王瑤：《玄言‧山水‧田園——論東晉詩》，見《中古文學史論》，北京：商務印書館，2011年，第280頁。

心處不必在遠，翳然林水，便自有濠、濮間想也，覺鳥獸禽魚自來親人。』」
〔註149〕毫無疑問這是玄學思想的影響，簡文帝的話語中明確透露出莊子「齊
物論」思想，東晉士人將自然景物、花鳥魚獸皆看作宇宙間種種主體，「我」
亦爲宇宙間一主體，「我」可觀山水鳥獸，山水鳥獸亦可觀「我」、親近「我」，
且只有當人與景物發生這種主體間的對話時，才能獲得心靈的慰藉與自由。

　　王瑤認爲東晉士人群體主體性還表現於山水畫重傳神寫貌的風格，以及
品鑒人物以山水氣象做比喻的特點上。《世說新語·巧藝篇》云：「顧長康畫
謝幼輿在岩石裏。人問其所以，顧曰：『謝云：『一丘一壑，自謂過之。』此
子宜置丘壑中。」」〔註150〕顧長康認爲謝幼輿的精神氣質與岩石同，故而作畫
之時將二者放入同一空間，這是東晉山水畫重寫意的特點，也是對玄學思想
「言意之辨」遙遠的回應。

〔註149〕　徐震堮著：《世說新語校箋》，北京：中華書局，2012 年，第 67 頁。
〔註150〕　徐震堮著：《世說新語校箋》，北京：中華書局，2012 年，第 388 頁。

第五章 「體驗」的意義

第一節 「體驗」作爲方法

一、「體」——中國傳統思維方式

「體」的本意指身體、形體，是可觸碰、可感知的實體，如《孟子·告子下》：「餓其體膚，空乏其身，行拂亂其所爲」〔註1〕，又《韓非子·喻老》曰：「居五日，桓侯體痛」〔註2〕。這兩處的「體」均指身體。此後，「體」的內涵不斷擴展，詞性在名詞、動詞之間轉換，詞義在具象與抽象之中穿越。《周易·乾·文言》載：「君子體仁足以長人，嘉會足以合禮，利物足以合義，貞固足以幹事。」〔註3〕「體」在此處作動詞，意爲實行、實踐，「體仁」便是行仁義之舉。又《孟子·告子》曰：

> 公都子問曰：「鈞是人也，或爲大人，或爲小人，何也？」孟子曰：「從其大體爲大人，從其小體爲小人。」曰：「鈞是人也，或從其大體，或從其小體，何也？」曰：「耳目之官不思，而蔽於物。物交物，則引之而已矣。心之官則思，思則得之，不思則不得也。此天之所與我者。先立乎其大者，則其小者弗能奪也。此爲大人而已矣。」〔註4〕

〔註1〕 楊伯峻譯注：《孟子譯注》，北京：中華書局，1988 年，第 298 頁。
〔註2〕 王先慎撰，鍾哲點校：《韓非子集解》，北京：中華書局，2003 年，第 161 頁。
〔註3〕 王弼注，孔穎達疏，李申、盧光明整理，呂紹綱審定：《十三經注疏·周易正義》，北京：北京大學出版社，1999 年，第 20 頁。
〔註4〕 楊伯峻譯注：《孟子譯注》，北京：中華書局，1988 年，第 270 頁。

　　「大體」與「小體」的意義較爲複雜，「大體」指身體中的重要部位──心，「小體」指身體中的次要部位──耳目，但「體」在這裡絕不僅限於身體之意，還含有抽象之意。心的功能是思，思想可以認識較爲抽象的事物，如本質、原理等，反思則可反觀自身，進一步提高自身道德理性，因而心可稱爲「大體」。耳目則沒有思的能力，故而「蔽於物」，既不能思考事物，也無法反觀自身，只能產生簡單的感性認知，因此被稱爲「小體」。可知「體」在此處是包含身體之具象與認識事物原理、反思自身能力之抽象相交於一起。又《繫辭下》載：「乾，陽物也。陰陽合德，而剛柔有體。以體天地之撰，以通神明之德。」〔註5〕此處之「體」意爲觀察、體察、體會之意，「體天地」爲通過體察天地而瞭解天地之運行軌則。

　　既然天地是可體察、體會的，那麼物也可通過體察而認識，進而言之，不可捉摸之道也可通過體會來瞭解，因而又有「體物」、「體道」之說。「體物」最早見於《中庸》：

　　　　鬼神之爲德，其盛乎矣！視之而弗見，聽之而弗聞，體物而不可遺。使天下之人齊明盛服，以承祭祀。洋洋乎如在其上，如在其左右。〔註6〕

　　《禮記注疏》鄭玄注：「『體』猶生也；『可』猶所也，不有所遺，言萬物無不以鬼神之氣生之也。」孔穎達疏云：「『體物不可遺』者，鬼神之道，生養萬物無不周遍，不有所遺，言萬物無不以鬼神之氣生也。」〔註7〕萬物以鬼神之氣所生，鬼神之德雖不可視不可聞，卻可體現於萬物之中，因而《中庸》之「體物」意爲於萬物中體現，「體」爲體現。然「體物」並非終極意義，《中庸》此處強調的是通過體現於萬物中的鬼神之德而使天下人「以承祭祀」，既然「體物不遺」，那麼人與物之間便可相通，「『體物』說的眞正價值在於揭示出人與物之深刻相通性，從而構成了『天人合一』觀念的學理依據。」〔註8〕

　　此後「體物」一詞逐漸增加了新的涵義：作爲體現、表達之意，「體物」是一種文學創作手法；若取瞭解、體察之意，則爲詩文評話語中的一個重要

〔註5〕　王弼注，孔穎達疏，李申、盧光明整理，呂紹綱審定：《十三經注疏‧周易正義》，北京：北京大學出版社，1999 年，第 294 頁。

〔註6〕　李申譯注：《四書集注譯注》，成都：巴蜀書社，2002 年，第 47 頁。

〔註7〕　鄭玄注，孔穎達疏：《禮記注疏及補正》卷五十二，臺北：世界書局，1978 年。

〔註8〕　李春青：《趣味的歷史：從兩周貴族到漢魏文人》，北京：三聯書店，2014 年，第 448 頁。

範疇，同時也是中國傳統哲學的一個重要思維方式。陸機《文賦》稱「詩緣情而綺靡，賦體物而瀏亮」，「體」爲瞭解、體察之意，因「其爲物也多姿，其爲體也屢遷」，故而「體物」意味著根據世間萬物的不同做相應的考察，同時也要將物視爲一種主體去瞭解、解讀、體會。「體物」作爲賦的創作手法既有鋪陳描寫之意，又兼抒發胸臆之情。《文心雕龍・詮賦》也稱「賦者，鋪也，鋪采摛文，體物寫志也。」〔註9〕「體」在此也爲體會、體察、體悟之意，志爲作賦者之志，通過體察事物、對世間萬物有所感悟而鋪陳、抒發自己之志向、情志。又如張載《正蒙・大其心》謂：

> 大其心則能體天下之物，物有未體，則心爲有外。世人之心，止於聞見之狹。聖人盡性，不以見聞梏其心，其視天下無一物非我，孟子謂盡心則知性知天以此……見聞之知，乃物交而知，非德性所知；德性所知，不萌於見聞。〔註10〕

世人之心不能體天下之物，並被物所桎梏，故只能獲得見聞之知，不能獲取高層次的、容納天地之道的德性之知；聖人之心不將物我兩分，故能以此心體悟彼心，既能獲得自身先天之本心，又能體悟天地之大道，故而可獲得最高層次的德性之知。可知「體物」並非簡單之描寫、記敘，「體物」、「體天地」實乃包孕著中國傳統哲學思想「天人合一」在內，人與天地萬物具有同一性，「天地之塞吾其體，天地之帥吾其性，民吾同胞，物吾與也。」〔註11〕天地之性乃我之本性，天地之氣乃我之形體構成，天地萬物與我本爲一體、一性，無分軒輊，因而人若將心束縛於一己之私，將物我至於主客二分之地，靠聞見知識去認識事物，那麼事物是無窮盡的，人的認知也是有限度的；倘若人能解放其心，以心體物，進入物我交融的不二境界，那麼此心便是世間萬物之理、之性，此心所展現的正是天地萬物之至誠道理。

與「體物」、「體天地」息息相關的「體道」則不僅包含了「天人合一」之思想，更多了一層親身實踐的意思。《莊子・知北遊》云：

> 妸荷甘與神農同學於老龍吉。神農隱几闔戶晝暝，妸荷甘日中
戸戸而入，曰：「老龍死矣！」神農隱几擁杖而起，嚗然放杖而笑，

〔註9〕 劉勰著，周振甫譯注：《文心雕龍譯注》，南京：鳳凰出版社，2006年，第148頁。

〔註10〕 張載：《正蒙・大其心》，見《張載集》，北京：中華書局，1978年，第24頁。

〔註11〕 張載：《正蒙・西銘》，見《張載集》，北京：中華書局，1978年，第24頁。

曰：「天知予僻陋慢訑，故棄予而死。已矣夫子！無所發予之狂言而死矣夫！」弇堈弔聞之，曰：「夫體道者，天下之君子所繫焉。今於道，秋毫之端萬分未得處一焉，而猶知藏其狂言而死，又況夫體道者乎！視之無形，聽之無聲，於人之論者，謂之冥冥，所以論道，而非道也。」〔註12〕

「體道」之「體」兼有體悟與躬行之意，莊子謂人當領悟道之眞諦，更應將此眞諦親身實踐於個人生活之中。「道」爲中國哲學的基本範疇，儒家之「道」重倫理，孔子所論之道爲人道，是個人的日用倫常與治國方式，因此重實踐。孟子之「道」在承繼孔子重實踐的基礎上，進一步強調個人的心性修養，「仁也者，人也。合而言之，道也。」〔註13〕對他人寬厚仁愛，對百姓施行仁政，就是「道」。孔孟之道都近人倫而遠玄虛，「道」的實現，向內，成爲仁人君子；向外，成就明君聖主，此外，百姓也可安居樂業，可見孔孟所論之「道」非常重視實踐、躬行。荀子之「道」與孔孟略有差別，但踐行之意仍然未變：「夫道者，體常而盡變，一隅不足以舉之。曲知之人，觀於道之一隅而未之能識也，故以爲足而飾之。」〔註14〕「道」因多變而不能被輕易理解，因而需要充分的學習和認知，「故治之要在於知道。人何以知道？曰：心。心何以知？曰：虛壹而靜……知道察，知道行，體道者也。」〔註15〕荀子之「道」既是認知的對象，又是認知的前提，因而荀子特重學習，然而對道的追求與把握，最終是爲了「知道行」，是「體道」，荀子依然將能夠踐行於人生作爲終極意義。

道家之「道」的基本屬性是「自然」，老子謂：「有物混成，先天地生，寂兮寥兮，獨立而不改，周行而不殆，可以爲天下母。吾不知其名，字之曰道，強爲之名曰大。」〔註16〕道先天地生，爲萬事萬物之本源，同時又是自足的、運動的、永恆的、生生不息的，對於如此不可捉摸之道的把握就需要「致虛極，守靜篤，萬物並作，吾以觀復。」〔註17〕，排除心中雜念，使內心變得虛空至極，安靜無擾，對事物的認識就可超越一般的知識性理解而直

〔註12〕 郭慶藩撰，王孝魚點校：《莊子集釋》，北京：中華書局，2012 年，第 749 頁。
〔註13〕 楊伯峻：《孟子譯著》，北京：中華書局，1960 年，第 329 頁。
〔註14〕 章詩同：《荀子簡注》，上海：上海人民出版社，1974 年，第 231 頁。
〔註15〕 章詩同：《荀子·解蔽》，見《荀子簡注》，上海：上海人民出版社，1974 年，第 231 頁。
〔註16〕 王弼著，樓宇烈校釋：《王弼集校釋》，北京：中華書局，2012 年，第 63 頁。
〔註17〕 王弼著，樓宇烈校釋：《王弼集校釋》，北京：中華書局，2012 年，第 35 頁。

接把握道本身。對道的體認、對物的體驗,目的不是爲了獲取知識,而是獲得一種內在體驗,這種體驗需要取消物我對立的思想,使自己內心進入無的境界,在與物混融一體的狀態下體驗道的存在。可以說,儒道兩家所論之「道」都具有本體性,儒家之「道」重倫理道德,故而強調「道」存在於個人修養、治國經略中;道家之「道」重自然本性,故更重視個人回歸自然本性狀態中去體道。儒道兩家之「道」雖有不同,但對「道」的獲得最終需落於實踐這一點來說是一致的。儒家期待每個人都仁愛寬厚,道家渴望將「道」之自然本性體現於個人內心之中,兩家之「道」都重親身躬行,而非邏輯論述,因而「體道」也意味著要將所把握之「道」履行於自身,「體」本身也就具有了將所領悟之「道」最終落於自身實踐之中的內涵,「『體』正是這樣一種拒絕對象化認知而進入對象並與之契合爲一的有效方式,其核心是將自己的精神狀態提升到一定高度並按照其所指的方向去行動。」〔註18〕

從「體物」、「體天地」、「體道」的深入分析可以得知「體」在中國傳統思維中的特殊性:首先,「體」具有主體性,是人所具有的主體思想,然而人的這種主體性又是在物我不分、天人合一的基礎上形成的。正如程顥所云:「言體天地之化,已剩一體字,只此便是天地之化,不可對此個別有天地。」〔註19〕雖云「體天地」,實則人心與天地實爲一體,故而只剩一個「體」字。因而「體」雖然需要人的主體性,卻又不限於主體性,它需要人在形成主體思維的基礎上拋棄主客二分觀念,敞開心扉,容納世間萬物,與萬事萬物均做主體間的交流,而非客觀的、對立的審查或研究。其次,「體」具有實踐性,人通過「體」可以明瞭物的本性,進而反觀自身,於內心深處發現自身之性,最終進入與天地相合的境界。可見體察只是「體」的第一步,將體察之道理運用於自身,眞正於己身躬行之後,才完成了「體」的基本要求。

二、「體驗」——中國傳統思維方式下的文學研究方法

本文所論之「體驗」,即陳寅恪所論之「瞭解之同情」,也即朱子所謂「涵泳」,或宋儒所稱之「體認」。在《馮友蘭中國哲學史上冊審查報告》中陳寅

〔註18〕 李春青:《趣味的歷史:從兩周貴族到漢魏文人》,北京:三聯書店,2014 年,第 441 頁。
〔註19〕 程顥、程頤著,王孝魚點校:《河南程氏遺書》卷二上,見《二程集》,北京:中華書局,1981 年,第 18 頁。

恪對今人應如何審視古人之學說思想有著精闢的論述：

> 凡著中國古代哲學史者，其對於古人之學說，應具瞭解之同情，
> 方可下筆。蓋古人著書立說，皆有所爲而發。故其所處之環境，所
> 受之背景，非完全明瞭，則其學說不易評論，而古代哲學家去今數
> 千年，其時代之眞相，極難推知。吾人今日可依據之材料，僅爲當
> 時所遺存最小之一部，欲藉此殘餘斷片，以窺測其全部結構，必須
> 備藝術家欣賞古代繪畫雕刻之眼光及精神，然後古人立說之用意與
> 對象，始可以眞瞭解。所謂眞瞭解者，必神遊冥想，與立說之古人，
> 處於同一境界，而對於其持論所以不得不如是之苦心孤詣，表一種
> 之同情，始能批評其學說之是非得失，而無隔閡膚廓之論。否則數
> 千年前之陳言舊說，與今日之情勢迥殊，何一不可以可笑可怪目之
> 乎？〔註20〕

此處「瞭解之同情」大致有三層內涵，也是「體驗」方法的三個特點。首
先，對研究對象應充分尊重。孔子曰：「己所不欲，勿施於人」，朱熹注「推己
及物」，又朱熹在《與范直閣書》曰：「學者之於忠恕，未免參校彼己，推己及
人，則宜其未能誠一於天，安得與聖人之忠恕者同日而語也？」〔註21〕推己及
人即設身處地爲他人著想，是對他人的尊重和體諒。闡釋行爲本身即是一種對
話，闡釋者與闡釋對象之間的關係不是主體與客體之間的關係，而是一種對話
關係，作爲闡釋對象的傳統或「歷史流傳物」被提升到主體的地位，闡釋者能
夠充分尊重闡釋對象，不以今日之眼光苛求古人，在主體與主體間的對話中，「通
過與他者的相遇我們便超越了我們自己知識的狹隘。一個通向未知領域的新的
視界打開了。這發生於每一眞正的對話。我們離眞理更近了，因爲我們不再固
執於我們自己。」〔註22〕不以今人之眼光、要求去苛求古人，對古人及其文本
能夠抱著同情的態度去理解，也便是一種對話精神，一種尊重古人及其思想的
平等對話精神，而「所謂『對話』，就是以平等的態度、尊重的態度對待所要言
說的對象，把對象視爲一個活生生的、具有獨立性的發言人，而不是死的文本

〔註20〕 陳寅恪：《馮友蘭中國哲學史上冊審查報告》，見《金明館叢稿二編》，北京：
　　　　三聯書店，2012 年，第 279 頁。

〔註21〕 朱熹著，劉永翔、朱幼文校點：《晦庵先生朱文公文集》（二），見《朱子全書》
　　　　第 21 冊，上海：上海古籍出版社，2002 年，第 1604 頁。

〔註22〕 伽達默爾、杜特著，金惠敏譯：《解釋學 美學 實踐哲學——伽達默爾與杜特
　　　　對談錄》，北京：商務印書館，2005 年，第 79 頁。

或可以隨意解讀的文字。」〔註23〕古人所遺存之文本乃他們思想精華之保留，經過數百年甚至上千年的淘洗尚可留存至今，足證其思想必有不可磨滅之精髓。我們所面對的古代文本正是古人思想的展現，我們在閱讀其文本時，更是思想與思想的碰撞與交流，是主體間的對話，因而在面對古代文本時應懷有對話精神，尊重古人的學說，理解古代文本中各種在今天看來不合時宜的「陳詞濫調」，珍惜祖先之遺存。其次，古人去今久遠，能夠遺留至今的文本少之又少，而這少之又少的文本又良莠不齊、眞假參半，使得我們既難窺測古人生活的全貌，也難對古人的精神世界有精準的判斷。因而在面對這殘存的精華，我們需具備「藝術家欣賞古代繪畫雕刻之眼光及精神」，既將古代文本視作藝術品，又能抱有欣賞的態度去把玩、琢磨，更重要的是要能憑藉這有限的資料，將求眞與求善融爲一體，進入古人立說之眞語境，方能對「古人立說之用意與對象」做「眞瞭解」。再次，若要進入古人立說之眞語境中，需「神遊冥想，與立說之古人，處於同一境界」，也即一種物我同一、古今相融之境界，也就是用「體」的方法——「全身心進入對象之中，以對象的姿態感受體察對象，使自身與對象融爲一體，於是主體不再是主體，對象也不再成其爲對象，你中有我，我中有你，在混沌融會之中完成主體精神空間的提升與拓展。」〔註24〕不將古人視爲逝去的沒有生命的死者，也不將古代的文本視爲無生命的、陳腐的、乾巴巴的言語，而應像「體道」一般用心去體悟古人之所思所想，如此才能「無隔閡膚廓之論」。

「體驗」與朱子所謂「涵泳」頗有異曲同工之妙。「涵，沉也。揚雄《方言》曰：『南楚謂沉爲涵。』泳，潛行也。」〔註25〕可知涵泳本意爲在水中潛行，宋儒借涵泳一詞表示一種重要的爲學方法。朱子謂：

> 讀《詩》之法，只是熟讀涵味，自然和氣從腸中流出，其妙處
> 不可得而言。不待安排措置，務自立說，只恁平讀著，意思自足。

〔註26〕

〔註23〕 李春青：《「文化詩學」的本土化與「中國文化詩學」之建構》，《文藝爭鳴》，2012 年 4 月。

〔註24〕 李春青：《趣味的歷史：從兩周貴族到漢魏文人》，北京：三聯書店，2014 年，第 450 頁。

〔註25〕 蕭統編，李善注：《文選》，上海：上海古籍出版社，2013 年，第 206 頁。

〔註26〕 朱熹著，鄭明等校點：《朱子語類》卷八十，見《朱子全書》第 14 冊，上海：上海古籍出版社，2002 年，第 2760 頁。

爲學不可以不讀書，而讀書之法又當熟讀沉思，反覆涵泳，銖
積寸累，久自見功。不惟理明，心亦自定。〔註27〕

　　從以上引文可以看出，朱熹將涵泳視作一種爲學的方法，且不是一般的
只求知識或理解書中之意的方法，而是深入書中進行體味、體悟、體察與體
認，進而達到一種心靈境界，在這種境界中獲得愉悅與享受。倘若不只將古
人或古代文本僅僅看作是需要被認識的對象，而是能涵泳其間，走入古人的
精神世界，求得與他們心靈上的那一點靈犀相通，便是所謂「神遊冥想」的
境界了。劉勰云：「寂然凝慮，思接千載；悄焉動容，視通萬里；吟詠之間，
吐納珠玉之聲；眉睫之前，卷舒風雲之色；其思理之致乎？故思理爲妙，神
與物遊。」〔註28〕此處之「神」指作文構思之靈明一點之性，「物」則爲作家
眼中所見之物，或許我們可以借用劉勰「神思」這一妙用，將「神」延伸爲
涵泳古人心靈之間的那一點靈明，將「物」擴展爲古人或古代所有文本，而
做一番莊周夢蝶之美夢，也必定有其妙處。劉師培、魯迅、王瑤在中古文學
研究中充分尊重闡釋對象，不以現代之思想盲目切割古人，能夠走進魏晉六
朝歷史語境，走入魏晉士人心中，眞正做到推己及人。

第二節　劉師培「體驗」方法的具體運用

一、爲駢文辯

　　產生於魏晉的駢文因其結合聲律、辭采、用典、對偶於一體而完美體現
了中國文學的特點，在魏晉六朝重「文」輕「筆」的文學觀念下迅速發展，
成爲展現中國文學藝術特點與審美功能的最佳文體。然而物極必反，隨著魏
晉至南朝文學觀念由慷慨悲壯漸趨奢靡藻飾的轉變，駢文也因過分追求辭藻
的華麗與音韻的協調而流於空洞與形式，一味砌辭藻與鋪排典故而缺少眞
情實感與言物之志，越來越遭到後人詬病。桐城派大家姚鼐曾言：「古文不取
六朝人，惡其靡也。」〔註29〕其弟子梅曾亮也對駢文表示了不屑：「蓋駢體之

〔註27〕　朱熹著，徐德明、王鐵校點：《答江端伯書》，見《晦庵先生朱文公文集》卷
　　　　64，《朱子全書》第 23 冊，上海：上海古籍出版社，2002 年，第 3123 頁。
〔註28〕　劉勰著，周振甫譯注：《文心雕龍·神思》，見《文心雕龍譯注》，南京：鳳凰
　　　　出版社，2006 年，第 396 頁。
〔註29〕　姚鼐選纂：《古文辭類纂》，北京：中國書店，1986 年，第 1 頁。

文，如俳優登場，非絲竹金鼓佐之，則手足無所措，其周旋揖讓非物可貴，
然以之酬接，則非人情也。」〔註30〕然而對於桐城派的非難，崇尚駢文的阮
元給予了堅決的回擊，不僅將《易經》中「奇偶相生，音韻相和」〔註31〕的
《文言傳》視爲文章之祖，更在《文言說》中稱：「爲文章者，不務協音以成
韻，修詞以達遠，使人易誦易記，而惟以單行之語，縱橫恣肆，動輒千言萬
字，不知此乃古人所謂直言之言，論難之語，非言之有文者也，非孔子之所
謂文也。」〔註32〕作爲阮元承繼者的劉師培也大力支持駢文，認爲中國文學
之正宗當屬駢體文。

　　1904 年劉師培所作《甲辰年自述詩》中一首題爲「予作文以述學爲法」
的詩爲：「桐城文章有宗派，傑作無過姚劉方，我今論文主容甫，采藻秀出追
齊梁」〔註33〕。「容甫」乃清駢文大家汪中，劉師培對汪中與齊梁文學的公開
讚揚與追求，表明作爲選學派中堅力量的劉師培對駢文推崇備至，這一點除
與他受鄉賢阮元的影響以及揚州學派與《昭明文選》之關係有關，同時也可
證劉氏對駢文的認同與尊重。此後劉師培曾在多處表達對駢文的認同與讚
揚，如 1912 年發表於《四川國學雜誌》的以駢文爲體的論文《與人論文書》，
又 1914 年在爲吳虞《駢文讀本》所作序中再次強調駢文的文學主流地位：「儷
文律詩爲諸夏所獨有，今與外域文學競長，惟資斯體。」〔註34〕此後又將此
篇序文併入作於 1917 年的《中國中古文學史講義》，足見劉氏以駢文爲宗之
立場。駢文所體現的中國文字之音韻美作爲中國特有的文學現象，不應該被
忽視和拋棄，此現象既可使中國文學能夠與外域文學一爭高下，其獨特的美
文性質更與西方提倡之「純文學」殊途同歸，故此劉氏認爲不僅不能將駢文
簡單地否定與廢棄，與此相反，應爲駢文多年來所受之不公鳴冤平反，並給
予相應的重視與重估。

　　劉師培雖爲揚州學派之殿軍，但並無門戶之見，在他的治學理路內，今
古文並非水火不容。可以說劉師培對駢文的熱愛雖有來自阮元的影響，但更
多的則是他超越駢散之爭、凌駕古文家與漢學家之上，對駢文能夠眞正體現

〔註30〕　梅曾亮：《柏梘山房詩文集》，上海：上海古籍出版社，2005 年，第 20 頁。
〔註31〕　阮元：《揅經室集》，北京：中華書局，1993 年，第 608 頁。
〔註32〕　阮元：《揅經室集》，北京：中華書局，1993 年，第 605 頁。
〔註33〕　劉師培：《甲辰年自述詩》，見《中國中古文學史講義》，上海：上海古籍出版
　　　　　社，2006 年，第 152 頁。
〔註34〕　劉師培：《中國中古文學史講義》，上海：上海古籍出版社，2006 年，第 1 頁。

中國文字、聲律、結構之美而發自內心的禮讚。傳統士人因豔情、奢靡的詩風而最惡齊梁文學，而劉師培則稱「宋、齊之際，亦中古文學興盛之時」〔註35〕，這不僅因此時「文學」作爲獨立一科而區別於經史，更因騈文體式在齊梁時期漸趨完備，精於騈文之飽學之士也濟濟一堂，《隋書‧文學傳》載：「自漢魏以來，迄乎晉宋，其體屢變，前哲論之詳矣。暨永明、天監之際，太和、天保之間，洛陽、江左，文雅尤盛。於時作者，濟陽江淹，吳郡沈約，樂安任昉，濟陰溫子升，河間邢子才，鉅鹿魏伯起等，並學窮書圃，思極人文，縟彩鬱於雲霞，逸響振於金石。」〔註36〕可知騈文於齊梁時期從文體形式到創作人數都已達到一個高潮。定型於齊梁的騈文具有比較穩定的特徵，《南齊書‧文學傳》載：「今之文章，作者雖眾，總而爲論，略有三體。一則啓心閑繹，託辭華曠，雖存巧綺，終致迂迴……次則緝事比類，非對不發，博物可嘉，職成拘制。或全借古語，用申今情，崎嶇牽引，直爲偶說……次則發唱驚挺，操調險急，雕藻淫豔，傾炫心魄。亦猶五色之有紅紫，八音之有鄭、衛，斯鮑照之遺烈也。」〔註37〕用典、比類、偶說、藻豔皆爲騈文美之體現，但這些美也成爲後人詬病騈文的幾個原因，堆砌典故而言之無物，過分注重對偶而雕琢色彩甚濃，辭藻華美故多人爲而少天籟，但劉師培則以爲「齊、梁以降，雖多侈豔之作，然文詞雅懿，文體清俊者，正自弗乏。斯時詩什，蓋又由數典而趨琢句，然清麗秀逸，亦自可觀。」〔註38〕騈文並非毫無生氣之文體，從魏晉時人的騈文韻律中依舊可以讀出他們的豪邁氣概與恢弘氣勢。劉師培不僅從心靈深處體認騈文之美，更以平等眼光看待騈文，在對桓範《世要論‧贊象篇》與《銘誄篇》進行研究後指出，早在東漢之時，「讚頌銘誄之文，漸事虛辭，頗背立誠之旨……蓋文而無實，始於斯時，非惟韻文爲然也，即作論著書，亦蹈此失。」〔註39〕文學發展有其自身軌則，非但騈文，其實各種文體都有由質樸漸趨浮華之態勢，不能因騈文講求對偶、韻律就將蹈虛不實之罪強加其上，事實上，各種文體都不能避免用典過度與堆砌辭藻的毛病，「非惟韻文爲然也」，因此劉氏對騈文的優劣得失做了中肯的評

〔註35〕　劉師培：《中國中古文學史講義》，上海：上海古籍出版社，2006 年，第 71 頁。
〔註36〕　魏徵、令狐德芬撰：《隋書》卷七十六，北京：中華書局，1982 年，第 1729 頁。
〔註37〕　蕭子顯撰：《南齊書》卷五十二，北京：中華書局，1974 年，第 908 頁。
〔註38〕　劉師培：《中國中古文學史講義》，上海：上海古籍出版社，2006 年，第 87 頁。
〔註39〕　劉師培：《中國中古文學史講義》，上海：上海古籍出版社，2006 年，第 18 頁。

斷，認爲「當時文學之得失，亦以見文章各體，由質趨華，非一朝一夕之故，其由來者漸矣。」〔註40〕足見劉師培對齊梁文章之熱愛乃用心之體悟，也是從心底深處發出的自然體驗之感。

二、體味古人

《漢魏六朝專家文研究》爲劉師培在北大所授之課程記錄，其中第九篇《蔡邕精雅與陸機清新》詳述了劉師培對於應如何學習古人之文章、精神的態度與方法：

> 凡欲研究蔡文者，應觀其奏章若者較常人爲細，其碑頌若者較常人爲潔，音節若者較常人爲和，則於彥和所稱「精雅」當可體味得之。〔註41〕

蔡邕，字伯喈，生於東漢末年豪族之家。東漢雖不是士大夫施展抱負之有利時機，卻依然成就了蔡邕這樣多才多藝的通才，《後漢書·蔡邕傳》載：「（邕）少博學，師事太傅胡廣。好辭章、術數、天文、妙操音律。」〔註42〕，其「所著詩、賦、碑、誄、銘、讚、連珠、箴、弔、論議、《獨斷》、《勸學》、《釋誨》、《敍樂》、《女訓》、《篆藝》、祝文、章表、書記，凡百四篇，傳於世。」〔註43〕劉師培對蔡邕之文章推崇有加，稱其文「無論有韻無韻皆有勁氣」〔註44〕，且「用筆在輕重之間，故其文濃淡適中」〔註45〕，因而將其列入漢魏六朝文章之專門家中做細緻分析。劉師培認爲蔡邕各種文體皆有自己的風格，且都是有生氣、能傳神之佳作，並對其文風做了說明：奏章——細，碑頌——潔，音節——和。然而「細」、「潔」、「和」這樣的詞語用於對文風的描述本就語意晦澀抽象，若說音節和聲悅耳倒還較易理解，但奏章既爲向君主陳

〔註40〕 劉師培：《中國中古文學史講義》，上海：上海古籍出版社，2006 年，第 18 頁。

〔註41〕 劉師培：《漢魏六朝專家文研究》，見《中國中古文學史講義》，上海：上海古籍出版社，2006 年，第 123 頁。

〔註42〕 范曄撰，李賢注：《後漢書·蔡邕傳》，見《後漢書》卷五十下，北京：中華書局，1973 年，第 1980 頁。

〔註43〕 范曄撰，李賢注：《後漢書·蔡邕傳》，見《後漢書》卷五十下，北京：中華書局，1973 年，第 2007 頁。

〔註44〕 劉師培：《漢魏六朝專家文研究》，見《中國中古文學史講義》，上海：上海古籍出版社，2006 年，第 120 頁。

〔註45〕 劉師培：《漢魏六朝專家文研究》，見《中國中古文學史講義》，上海：上海古籍出版社，2006 年，第 120 頁。

述建議、見解，就該以條理清晰、語言精粹爲上，如何稱爲「細」？劉勰評價蔡邕之文稱「精雅」，劉師培解作：「精者，謂其文律純粹而細緻也；雅者，謂其音節調適而和諧也。」〔註46〕可知劉師培之「細」即爲劉勰所謂「精」，語言、律法皆精粹而細膩，文章如春雨潤物般悄無聲息，卻又絲絲入扣、入情入理，既可盡精巧之能事，又不失全篇之生氣。如此精巧細膩之美並非只邏輯貫通、條理暢達就能做到，還必須用心體驗方能感知，故劉師培強調對蔡邕之文的學習便需仔細體味，才能明白其文之佳處所在。

劉師培認爲文章之美在於有生氣，即活潑潑地、善於傳神之勁氣，「蓋文有勁氣，猶花有條幹。條幹既立，則枝葉扶疏；勁氣貫中，則風骨自顯。」〔註47〕勁氣乃貫穿文章始終之精神，是文章靈魂之所在。「氣」最初指自然界中的一種物質存在，《說文》云：「氣，雲氣也。」〔註48〕先秦時期，「氣」被視爲世間萬物的本原，是萬物生命存在的必要條件，《管子・樞言》載：「有氣則生，無氣則死，生者以其氣。」〔註49〕「氣」既爲宇宙萬物之本原，因而人與物可借「氣」相溝通。《莊子・知北遊》謂：「人之生，氣之聚也。聚則爲生，散則爲死……故曰：『通天下一氣耳』。」〔註50〕「氣」運行於人體之內，與人之五臟、五行相結合便生成血氣、神氣、才氣、志氣、精氣等種種反映人之精神面貌的情狀。孟子提出「養氣」說更進一步反映了「氣」對人之人格所起的作用，「其爲氣也，至大至剛，以直養而無害，則塞於天地之間。其爲氣也，配義與道；無是，餒也。是集義所生者，非義襲而取之也。」〔註51〕人通過自身修養可以產生至大至剛之氣，並進而進入一種義薄雲天的境界。

魏晉時期，形容人之精神的「氣」被引入文學領域，曹丕《典論・論文》稱：「文以氣爲主，氣之清濁有體，不可力強而致。」〔註52〕既然宇宙萬物皆

〔註46〕 劉師培：《漢魏六朝專家文研究》，見《中國中古文學史講義》，上海：上海古籍出版社，2006 年，第 123 頁。

〔註47〕 劉師培：《漢魏六朝專家文研究》，見《中國中古文學史講義》，上海：上海古籍出版社，2006 年，第 120 頁。

〔註48〕 許慎撰，段玉裁注：《說文解字注》，上海：上海古籍出版社，1981 年，第 20 頁。

〔註49〕 李山譯注：《管子》，北京：中華書局，2009 年，第 85 頁。

〔註50〕 郭慶藩撰，王孝魚點校：《莊子集釋》，北京：中華書局，2012 年，第 730 頁。

〔註51〕 楊伯峻譯注：《孟子・公孫丑章句上》，見《孟子譯注》，北京：中華書局，1988 年，第 62 頁。

〔註52〕 蕭統編，李善注：《文選》第五十二卷，上海：上海古籍出版社，2013 年，第 2271 頁。

以「氣」爲本體，故文章也因有「氣」之存在而具有動人之生命力。其次，創作主體因情性、氣質的不同而形成了不同的創作風格，因而創作文本也產生了相應的精神風貌。氣韻爲生命之氣運行其間，可知靈動之氣乃文章、書畫之精妙所在。劉師培謂蔡邕之文有「勁氣」，便指蔡文具有流動其中的活潑潑的生命力，是一種挺拔向上、蒸蒸日上的流動之氣。

然而，「氣」終究是不可捉摸之物，雲氣、水氣、呼吸之氣尙可感知，而如神氣、血氣、勁氣般的精神狀態則較爲抽象含混，是可意會不可言傳之風神樣貌，因而劉師培提出對古人之文做一番細細「體味」，「須先溝通其性情之相近者，若不可溝通，則無妨恝置。」〔註 53〕文章本爲創作主體之精神、人格、思想的展現，欲眞正瞭解文本之眞精神，需用心體悟創作主體之風神。創作主體將自己的生命體驗與藝術審美融爲一體，形成了具有流動生氣的藝術作品，所做之文章的精髓，不在技巧，而體現在創作主體將自己內在生命內化於作品之中所呈現出的藝術精神，也是創作主體之心靈體驗。闡釋者所面對的文本，不僅是排序妥當的漢字，更是創作主體的心靈世界，因而闡釋者與文本的溝通，乃闡釋者與創作者作爲兩個主體的相互溝通。因而劉師培強調作文之前當先與古人溝通，主體之間發生共鳴，並產生「氣」與「氣」之間的交換、流動，才能體味到文章之風神。故「研究一家之文本應注重其神情，不可拘於句法。」〔註 54〕在研究之中，「皆以摹擬其神情爲上，而以摹擬其字句者爲下。」〔註 55〕

句法與神情乃形似與神似之關係，劉師培並非不重形似，相反，他認爲形似相當重要，若脫離一定形體，則「虛無縹緲……蓋形體不全，神將奚附？必須形似乃能屬然不辨。」〔註 56〕離開形體的精神虛幻無著，「形似既具，精神自生」〔註 57〕，然而形似僅皮毛相似，若僅形似，則毫無傳神之美，也失

〔註 53〕 劉師培：《漢魏六朝專家文研究》，見《中國中古文學史講義》，上海：上海古籍出版社，2006 年，第 129 頁。

〔註 54〕 劉師培：《漢魏六朝專家文研究》，見《中國中古文學史講義》，上海：上海古籍出版社，2006 年，第 123 頁。

〔註 55〕 劉師培：《漢魏六朝專家文研究》，見《中國中古文學史講義》，上海：上海古籍出版社，2006 年，第 123 頁。

〔註 56〕 劉師培：《漢魏六朝專家文研究》，見《中國中古文學史講義》，上海：上海古籍出版社，2006 年，第 128 頁。

〔註 57〕 劉師培：《漢魏六朝專家文研究》，見《中國中古文學史講義》，上海：上海古籍出版社，2006 年，第 128 頁。

文章之氣韻精神。「神」指「精神」，《莊子・德充符》曰：「今子外乎子之神，勞乎子之精，倚樹而吟，據槁梧而瞑。」〔註58〕又《莊子・天道》曰：「水靜猶明，而況精神！」〔註59〕，魏晉以後，「神」多用於指稱人之精神風貌，且對「神」的重視遠遠超出對「形」的關注。《世說新語・巧藝篇》載：

> 顧長康畫人，或數年不點目睛。人問其故，顧曰：「四體妍媸，本無關於妙處。傳神寫照，正在阿睹中。」〔註60〕

形體是否秀美對畫作的影響並不很大，用於傳神的眼睛才是精華，「傳神」即通過形相將所畫人物之精神表現出來。東坡云：「傳神與相一道，欲得其神之天，法當於眾中陰察之。今乃使人具衣冠坐，注視一物，彼方斂容自持，豈復見其天乎？」〔註61〕性情本為人之自然情性、氣質之展現，是人之天性，也為人之精神，形體或可偽裝，而精神則難以掩飾，故而若欲探究人之情性與精神，當於眾人之中暗中體味，細細觀察。因此對文章之精髓、靈魂、生氣的把握，需對創作主體之性情做深入體察，進而揣摩文章之神理所在。

第三節　王瑤「體驗」方法的運用

一、擬古與作偽

擬古是古代文人追慕前人詩文、精神、品格而仿寫詩和文，目的是追思先賢，懷念古人之高潔品德與絕妙文采，或是為了借古鑒今，通過對有同樣際遇的先輩前人的追思以抒發心中之情感，實為借他人酒杯澆自己心中塊壘，因而擬古可謂仿寫、仿作，並且今人對所仿之作品敢於負責。作偽則與擬古不同，是今人為了追名逐利或政治用途而假借古人之名偽造詩文，是一種意圖篡改歷史、盜名欺世的行為。魏晉時期的擬古現象成一風潮，胡應麟云：「建安以還，人好擬古，自三百、十九、樂府、鐃歌，靡不嗣述，幾於充棟汗牛。」〔註62〕又張表臣《珊瑚鉤詩話》云：「古之聖賢，或相祖述，或相

〔註58〕　郭慶藩撰，王孝魚點校：《莊子集釋》，北京：中華書局，2012 年，第 227 頁。
〔註59〕　郭慶藩撰，王孝魚點校：《莊子集釋》，北京：中華書局，2012 年，第 462 頁。
〔註60〕　徐震堮著：《世說新語校箋》，北京：中華書局，2012 年，第 388 頁。
〔註61〕　蘇軾：《傳神記》，見《經進東坡文集事略》（《四部叢刊》本），卷五十三，上海：上海書店，1989 年，第 3 頁。
〔註62〕　胡應麟：《詩藪》外編卷一，上海：上海古籍出版社，1979 年，第 131 頁。

師友，生乎同時，則見而師之。生乎異世，則聞而師之。仲尼祖述堯、舜，憲章文武，顏迴學孔子……楊雄作《太玄》以準《易》，《法言》以準《論語》，作賦箴皆有所準；班孟堅作《二京賦》擬《上林》、《子虛》；左太沖作《三都賦》擬《二京》；屈原作《九章》而宋玉述《九辨》；枚乘作《七發》而曹子建述《七啓》；張衡作《四愁》而仲宣述《七哀》；陸士衡作《擬古》，而江文通述《雜體》。」〔註63〕然魏晉畢竟去今已遠，很多託名古代的作品已難辨真偽，因而有人認為魏晉時人不僅擬古成風，更好託古作偽。王瑤則認為魏晉時人雖善擬古，然當時人是否為了欺名盜世而擬古作偽，不可草率作論，「許多託詞古人或擬作的作品，從歷史上雖然可以考定不是現在題名的作者所作的，但原作的那人卻並不是作偽欺世」，〔註64〕應細細體諒魏晉時人擬古之用心，方能明瞭。

首先，王瑤以為擬古在魏晉本為一種盛行之風氣，而非某個人為了自身利益的個別行為。「這種擬作詩的風氣……《文選》中所錄即甚多……這本是當時盛行的風氣，如果喜歡以前的或同時代的一篇作品，就可以仿傚著去習作。」〔註65〕前人所作之感情真摯、辭藻清新、韻律自然的詩文自然值得後人學習、模仿，魏晉時人有很多都是抱著學習、欣賞的態度而仿作前人詩文的。《世說新語·文學篇》載：

> 夏侯湛作周詩成，示潘安仁，安仁曰：「此非徒溫雅，乃別見孝
> 悌之性。」潘因此遂作家風詩。〔註66〕

此條注引《文士傳》云：「湛集載其敘曰：『周詩者，南陔、白華、華黍、由庚、崇丘、由儀六篇，有其義而亡其辭，湛續其亡，故云周詩也。』」〔註67〕可知夏侯湛之《周詩》本因《詩經》中之有目無詩而接續之作，也為擬古之一種，而潘安仁又因《周詩》不僅溫雅且「見孝悌之性」，故而作《家風詩》，因而是一種發自內心喜愛之後的仿照。魏晉南北朝時期，君王大都愛好並提倡文學，圍繞君王身旁形成的文人集團常集會唱和，正如曹丕《與吳質書》

〔註63〕 何文煥輯：《歷代詩話》上，北京：中華書局，2004 年，第 450 頁。
〔註64〕 王瑤：《擬古與偽作》，見《中古文學史論》，北京：商務印書館，2011 年，第 223 頁。
〔註65〕 王瑤：《擬古與偽作》，見《中古文學史論》，北京：商務印書館，2011 年，第 223 頁。
〔註66〕 徐震堮著：《世說新語校箋》，北京：中華書局，2012 年，第 138 頁。
〔註67〕 徐震堮著：《世說新語校箋》，北京：中華書局，2012 年，第 138 頁。

所云：「昔日遊處，行則連輿，止則接席，何曾須臾相失？每至觴酌流行，絲竹並奏，酒酣耳熱，仰而賦詩。」〔註68〕宴會之時，酒酣耳熱之後則多賦詩作文，通常由君王指定一題，諸文士當場展露才華以較高下，因而常有一題多作之詩文。此類詩文因題目的相似性而多模仿、揣摩，也屬擬古之範疇，但卻仍以學習、提高寫作技能爲主，而與作僞無關。因而「他們原來的目的卻最多只是文字技術上的『逼眞』，並沒有一定想傳於後世，自然更沒有企圖於歷史意義的『亂眞』。」〔註69〕

其次，王瑤認爲魏晉時人與今人的歷史觀念不同，魏晉時人「有很多文章的寫作動機，最初也許是爲了設身處地的思古之情，也許是爲了摹習屬文的試作，也許僅只是爲了抒遣個人的感懷，初無傳於久遠之意，自然也就並不一定要強調是自己作的了。」〔註70〕賦在漢魏士人眼中，本爲虛擬、假借某人、某物而表心中之志，並非歷史事實之書寫，因而凡入賦之人，無論歷史中是否眞有其人，魏晉時人都將賦中所描寫之境況視爲虛構，而非眞實。且善作辭賦在漢魏士人心中並非經國之偉業，《後漢書‧蔡邕傳》載邕上封事云：「夫書畫辭賦，才之小者；匡國理政，未有其能。」〔註71〕又《後漢書‧楊賜傳》載賜書云：「又鴻都門下，招會群小，造作賦說，以蟲篆小技見寵於時。」〔註72〕可知辭賦在漢魏士人心中實屬雕蟲小技，作賦之人也難登大雅之堂。由於賦這一文體本身具有鋪排、誇張之修辭特點，故而作賦之人「在對歷史上某些事件發生興味時，設身處地，幽然思古，試著想彌補一些歷史的缺憾，給它多增加一點完滿性和戲劇性，於是來擬託古人作一點詩文，是當時極流行而並不可怪的事情。」〔註73〕同時，作賦在漢魏之時作爲供帝王娛樂的一種文學活動，本就帶有俳優的性質，因而「作者們在鋪張那些誇飾

〔註68〕 蕭統編，李善注：《文選》第四十二卷，上海：上海古籍出版社，2013年，第1897頁。

〔註69〕 王瑤：《擬古與僞作》，見《中古文學史論》，北京：商務印書館，2011年，第228頁。

〔註70〕 王瑤：《擬古與僞作》，見《中古文學史論》，北京：商務印書館，2011年，第233頁。

〔註71〕 范曄撰，李賢注：《後漢書》卷六十下，北京：中華書局，1973年，第1996頁。

〔註72〕 范曄撰，李賢注：《後漢書》卷五十四，北京：中華書局，1973年，第1780頁。

〔註73〕 王瑤：《擬古與僞作》，見《中古文學史論》，北京：商務印書館，2011年，第232頁。

的言辭時，也常常假設客主，互相唯諾，使它帶有故事的性質。」〔註74〕

再次，王瑤以爲即使魏晉時人有依託古人之名所作之詩文，也應當體悟他們緣何要依託古人之名的眞實心理，而不能草率定論爲盜名欺世。如《孔子家語》、《列子》、《西京雜記》等雖著爲漢代所作，然經考證實爲魏晉人之僞託。僞託古人之作者既非爲揚名，也非爲擬古，實爲借古人之名而使自己之言論能得以流傳後世。因爲在魏晉時人心中，「『言』本身的重要遠超過於立言的『人』，而且如果自己確信所持的理是『合於』或『近於』所依託的古人的話，則對於古人之言是有發揚的作用的。」〔註75〕此種心態在中國古代士人心中多有存在，己身之名利並非他們所最爲看重，內心深處更多的渴望是自己的思想是否能夠被後人所知，然而很多士人並不能在當世就能夠實現自己的抱負。自漢代「廢黜百家，獨尊儒術」之後，儒學便成爲君王統治天下的意識形態，也成爲古代士人躋身國家政治中心的必備思想。東漢末年，政治動盪，朝綱黑暗，士人生活朝不保夕，儒學也隨著朝政的崩塌而在士人心中漸趨晦暗，且漢末經學的繁瑣也促使儒學在思想的領域內失去了新鮮的活力，因而重視個體生命、個性精神的道家思想在魏晉抬頭，並成爲主流思想。既然重視個體生命與個性精神，那麼魏晉士人對承載著個體精神與生命的個人言論非常看重也是情理之中的事。

總之，在對待古代文學、文論時，王瑤不以今人之眼光苛求古人，更不以今人之準的審視、評判古人。古人與今人所處歷史語境不同，自然個體心態、情感、內心體驗就大有區別，因此王瑤在《談古文辭的研讀》一文中認爲「一個人在研讀古代作品時，一定要培養一種歷史的興趣，對古人有合乎歷史眞實的瞭解。這樣，自然可以欣賞他們的作品，而且並不只是字句辭藻的形式的欣賞，於是也自然便不會感到索然無味了。」〔註76〕

二、王羲之《蘭亭集序》見斥於《文選》

《晉書·王羲之傳》載：「會稽有佳山水，名士多居之……孫綽、李充、許詢、支遁等皆以文義冠世，並築室東土，與羲之同好。嘗與同志集於會稽

〔註74〕　王瑤：《擬古與僞作》，見《中古文學史論》，北京：商務印書館，2011年，第229頁。

〔註75〕　王瑤：《擬古與僞作》，見《中古文學史論》，北京：商務印書館，2011年，第235頁。

〔註76〕　王瑤：《中國文學論叢》，見《王瑤全集》卷二，石家莊：河北教育出版社，1990年，第537頁。

山陰之蘭亭，羲之自爲之序以申其志。」〔註77〕此序則爲著名的《蘭亭集序》。關於《蘭亭集序》是否爲王羲之所作，學術界一直存有爭論，有學者因此序不被收錄於《昭明文選》而懷疑可能爲後人所僞造。然《世說新語・企羨》篇曾載：「王右軍得人以《蘭亭集序》方《金谷詩序》，又以己敵石崇，甚有欣色。」〔註78〕劉孝標注曰：

> 王羲之《臨河敘》曰：永和九年，歲在癸丑，暮春之初，會於會稽山陰之蘭亭，修禊事也。群賢畢至，少長咸集。此地有崇山峻嶺，茂林修竹。又有清流激湍，映帶左右，引以爲流觴曲水，列坐其次。是日也，天朗氣清，惠風和暢，娛目騁懷，信可樂也。雖無絲竹管絃之盛，一觴一詠，亦足以暢序幽情矣。故列序時人，錄其所述。〔註79〕

筆者此處無意探討《蘭亭集序》究竟是否王羲之本人所作，然此序見斥於《文選》則爲不爭之事實。《文選》乃昭明太子蕭統憑藉君權之尊集結眾多文學之士，耗盡心血、精心所編之文學總集，不僅反映出齊梁時期文學之興盛，「引納才學之士，賞愛無倦。恒自討論篇籍，或與學士商榷古今；閒則繼以文章著述，率以爲常。於時東宮有書幾三萬卷，名才並集，文學之盛，晉宋以來未之有也。」〔註80〕也潛藏了以蕭統爲中心的文學集團的文學觀念。首先，蕭統以爲文學隨著時代的發展而變遷，由質樸漸趨華美，今人之文較古人之文更有文采。因此《文選》所收之文章以魏晉南北朝時期爲主，其中更以齊梁時期爲主要選擇對象。其次，《文選》認爲「文」應當「事出於沉思，義歸乎翰藻」，即文章當有精緻的構思與形式，同時還要有華美的辭藻與高潔的立意，可知《文選》所選之文皆爲美文，是包含抒情性、審美性、朗讀性於一體的美文。

然而矛盾也由此顯現。王羲之《蘭亭集序》雖不純粹爲偶語韻詞之駢文，但仍屬於「事出於沉思，義歸乎翰藻」的範疇之內，且王羲之乃著名書法家，「有書幾三萬卷」的東宮太子顯然不該將其忽視，但爲何又不將此序錄於《文選》之中。關於此問題，歷代解釋者說法不一。宋人王楙於《蘭亭不入選》一文中云：

〔註77〕 房玄齡撰：《晉書》，北京：中華書局，1974 年，第 2101 頁。
〔註78〕 徐震堮著：《世說新語校箋》，北京：中華書局，2012 年，第 346 頁。
〔註79〕 徐震堮著：《世說新語校箋》，北京：中華書局，2012 年，第 346 頁。
〔註80〕 姚思廉：《梁書》，北京：中華書局，1973 年，第 167 頁。

《遁齋閒覽》云：季父虛中謂王右軍《蘭亭序》，以「天朗氣清」
自是秋景，以此不入選。余亦謂「絲竹管絃」亦重複。僕謂不然。「絲
竹管絃」，本出《前漢・張禹傳》；而「三春之季，天氣肅清」，見蔡
邕《終南山賦》；「熙春寒往，微雨新晴，六合清朗」，見潘安仁《閒
居賦》；「仲春令月，時和氣清」，見張平子《歸田賦》。安可謂春間
無「天朗氣清」之時？右軍此筆，蓋直述一時眞率之會趣耳。修禊
之際，適值天宇澄霽，神高氣爽之時，右軍亦不可得而隱，非如今
人綴輯文詞，強爲春間華麗之語以圖美觀。〔註81〕

王懋對陳正敏於《遁齋閒覽》中所錄《蘭亭序》因描寫秋景之天朗氣清
而不得入選《文選》的猜測表示反對，並對《蘭亭序》所流露的自然清新之
美給予肯定，然而無論王懋還是陳正敏，都對《蘭亭序》未曾錄入《文選》
流露出些微的遺憾與無奈，並試圖從《蘭亭序》之文詞不符《文選》之文學
觀念來解釋。此後清人喬松年於《蘿藦亭箚記》中進一步從學術思想的角度
解釋這一問題：「六朝談名理，以老莊爲宗。貴於齊死生，忘得喪，王逸少《蘭
亭序》謂一死生爲虛誕，齊彭殤爲妄作；有惜時悲逝之意，非彼時之所貴也，
故《文選》棄而不取。」〔註82〕此條分析言之成理，也基本切中了《蘭亭序》
不得入選《文選》的主因，然分析仍不夠全面。

王瑤認爲《蘭亭序》見斥於《文選》大致有三個原因。首先，《蘭亭序》
名噪當時之主因並非由於文辭華美、韻律優雅，而是因時人推重羲之的書
法，故而使得《蘭亭序》得以廣泛流傳。其次，《蘭亭序》之文辭雖自然清
麗，但相較《文選》中其他作品則略顯質樸，此乃一時代與一時代之文學
觀念不同，無可厚非。再次，也是最重要的，「惟魏晉清談雖以老莊爲宗，
然齊死生並非特重之旨，且齊梁之際，佛教已極盛行，清談內容亦與前大
異；《梁書・昭明太子》傳言其『崇信三寶，遍覽眾經』，是『齊死生』並
非梁時之所貴也。」〔註83〕終魏晉南北朝時期，雖政治上門閥世族與皇權
並存，社會思潮以老莊爲宗，社會風俗以清談爲尚，然魏、西晉、東晉、

〔註81〕 王懋撰，鄭明、王義耀校點：《野客叢書》卷第一，上海：上海古籍出版社，
1991年，第4頁。
〔註82〕 轉引自王瑤：《讀書筆記十六則》，見《王瑤全集》卷二，石家莊：河北教育
出版社，1990年，第361頁。
〔註83〕 王瑤：《讀書筆記十六則》，見《王瑤全集》卷二，石家莊：河北教育出版社，
1990年，第362頁。

宋齊梁陳等不同時期均有同時期之所宗所尚，不可一概而論。王羲之雖與
蕭統相差年代不甚遙遠，然二人因所處時代語境之不同以及個人偏好的問
題，使得《蘭亭序》所流露之思想不見容於蕭統。王瑤以爲「右軍世事天
師道，其雅好服食養性及不遠千里探藥石，皆對於死亡恐懼之表現，而欲
求生命之延長也」〔註84〕。《晉書‧王羲之傳》載：「與道士許邁共修服食，
採藥石不遠千里……次（子）凝之，亦工草隸，仕歷江州刺史、左將軍、
會稽內史。王氏世事張氏五斗米道，凝之彌篤。」〔註85〕據《漢天師世家》
載，太學生張陵於公元 125 年學道，得《黃帝九鼎丹經》。公元 142 年，張
陵稱自己於鶴鳴山受太上老君之命，封位天師，創立天師道。張修掌握教
權後將天師道教法與巫鬼道相結合，創立五斗米道，號曰「五斗米師」。與
王羲之交好的道士許邁又出自「南朝最著之天師道世家」，可知王羲之信奉
天師道無疑。又陳寅恪案：「天師道以王吉爲得仙，此實一確證，故吾人雖
不敢謂琅琊王氏之祖宗在西漢時即與後來之天師道直接有關，但地域風習
影響於思想信仰者至深且鉅。若王吉貢禹甘忠可等者，可謂上承齊學有淵
源，下啓天師之道術。而後來琅琊王氏子孫之爲五斗米教徒，必其地域薰
習，家世遺傳，由來已久。」〔註86〕然而無論天師道亦或五斗米道，都乃
中國本土之道教，崇老莊思想，並吸收陰陽五行之說與神仙信仰，重視神
仙長生方術以及尋求成仙與長生之藥丹。而齊梁時期，佛教盛行，並於梁
武帝時期達於鼎峰。梁武帝蕭衍在位期間大量翻譯佛教著作，親身召集佛
法大會講經說法，並修造佛寺佛像，甚至捨身佛家，在帝王的大力支持與
提倡下，梁代寺院達 2846 所，僧尼 8 萬餘人，較東晉時期大爲增加。與此
同時，梁武帝不僅在國內提倡信奉佛教，對於宗族子弟也作大力宣揚。梁
天監年間，梁武帝下詔：

> 維天監三年四月八日，梁國皇帝蘭陵蕭衍稽首和南……弟子經
> 遅迷荒，耽事老子，歷葉相承，染此邪法。習因善發，棄迷知返，
> 今捨舊醫，歸憑正覺。〔註87〕

〔註84〕 王瑤：《讀書筆記十六則》，見《王瑤全集》卷二，石家莊：河北教育出版社，
1990 年，第 361 頁。
〔註85〕 房玄齡撰：《晉書》，北京：中華書局，1974 年，第 2101 頁。
〔註86〕 陳寅恪：《天師道與濱海地域之關係》，見《金明館叢稿初編》，北京：三聯書
店，2012 年，第 21 頁。
〔註87〕 釋道宣：《廣弘明集》卷四，上海：上海古籍出版社，1994 年。

蕭統身爲太子，受影響頗深。《梁書·昭明太子傳》載：

> 高祖大弘佛教，親自講說；太子亦崇信三寶，遍覽眾經。乃於
> 宮內別立慧義殿，專爲法集之所。招引名僧，談論不絕。太子自立
> 二諦、法身義，並有新意。〔註88〕

可知蕭統不僅崇信佛教，且精通佛法，於宮內與名僧講論佛法。梁武帝在詔書中稱崇老子之道教爲「邪法」，亦可推知昭明太子也當持此觀點。道教重神仙方術，企求長生不老，因而重養生、崇醫術，若不能延長生命的長度，則當尋求歡樂於當下，珍惜今日之幸福。而佛教則有三世輪迴之說，死亡對於人來說並非永恆的消失，而是下一個生命的開始，因而王瑤認爲「昭明篤行佛法，於右軍之惜時悲逝，自無同感。」〔註89〕《蘭亭序》云：

> 雖趨舍萬殊，靜躁不同，當其欣於所遇，暫得於己，快然自足，
> 曾不知老之將至。及其所之既倦，情隨事遷，感慨繫之矣。向之所
> 欣，俯仰之間，已爲陳跡，猶不能不以之興懷，況修短隨化，終期
> 於盡？古人云：「死生亦大矣！」豈不痛哉！每覽昔人興感之由，若
> 合一契，未嘗不臨文嗟悼，不能喻之於懷。固知一死生爲虛誕，齊
> 彭殤爲妄作。後之視今，亦猶今之視昔。〔註90〕

此中所流露之道家思想頗爲濃鬱，老莊崇無爲，尚自然恬淡的生活，於幽然、靜謐的山水之中沉靜自己的內心，並獲得「快然自足」之感。莊子謂「天地與我並生，而萬物與我爲一」，生與死皆爲宇宙中萬物之不同形態，實無本質區別，然而王羲之卻認爲「一死生爲虛誕」，生命的消失依然是令人恐懼的，如今只能將歡樂寄於今日之生。王瑤通過對王羲之與蕭統二人思想的體悟，找到《蘭亭序》不錄於《文選》的原因，「佛教與天師道對生死觀點之最大不同，即爲輪迴之說；故佛教盛行後，齊梁詩文中即罕有時光飄忽及人生短促之表現矣。」〔註91〕既能深深體悟王羲之對生命短暫的歎息，也能進而體驗蕭統所受佛教思想對道家思想的排斥，故而所得之結論也較爲公允。

〔註88〕 姚思廉：《梁書》卷一，北京：中華書局，1973 年，第 166 頁。
〔註89〕 王瑤：《讀書筆記十六則》，見《王瑤全集》卷二，石家莊：河北教育出版社，1990 年，第 362 頁。
〔註90〕 嚴可均輯，何宛屏、珠峰旗雲、王玉等審訂：《全晉文》上，卷二十六，北京：商務印書館，1999 年，第 258 頁。
〔註91〕 王瑤：《讀書筆記十六則》，見《王瑤全集》卷二，石家莊：河北教育出版社，1990 年，第 362 頁。

餘論 現代中古文學研究方法的當下意義與啓示

一、研究方法與研究對象相契合

　　現代中古文學研究方法深深植根於中古時期的特殊歷史語境，其取徑和特色皆從研究對象的性質和特點中來，而非憑空杜撰。例如語境化研究。中古時期的政治局面非常複雜，是一個巨大變動的時代，在這一時代中醞釀出的歷史精神、政治訴求、生活習俗、士人心態以及文化藝術都具有鮮明的時代性。《世說新語》記載了魏晉時人的逸聞趣事，很多行爲言語在今天看來皆屬非常可怪之事，然而這在當時又是普遍存在的，這就需要我們進入具體的歷史語境中，通過語境化的研究去理解和把握時人的思想與心態。譬如飲酒與服藥，這兩項行爲雖然並不僅限於魏晉時期，卻是魏晉之時士人最爲突出、最具普遍性的行爲特色。這兩種行爲在魏晉的突出表現，皆源自魏晉特殊的歷史語境，因此只有通過細緻的語境化研究才能對魏晉士人做一「同情的瞭解」，才能眞正明瞭飲酒與服藥在魏晉時期所具有的特殊內涵。

　　又如群體性研究。世家大族本身就是一個群體，是中古時期具有重要歷史作用的一個階層。從士人個體的存在形態著眼，魏晉士人大都分屬於各個世家大族，幾乎每一位士人背後都存在著一個龐大的家族集團；從士人群體的歷史屬性著眼，魏晉時期世家大族這一整體又屬在中國歷史長河中長期佔有特殊地位的「士」階層。因此可以說，群體性是魏晉士人的基本屬性，每一位魏晉士人都帶有家族集團的影子，他們承繼發展了家族的家學，並用極

具貴族氣質與審美價值的文學藝術鞏固了世家大族在精神上的壟斷，而世家大族政治地位的顯赫與經濟實力的雄厚，則進一步促進了士人個性特色的充分張揚。

再進一層，魏晉時期士階層的政治地位、文化趣味、社會風尚、文人心態以及學術旨趣雖然在不同的政治權力下表露出相異的味道，但就魏晉南北朝這一總體來說，並不存在實質性的差異與斷裂，政治混亂下士人生活的朝不保夕、多種學術思想的混融、文學作品中個性特徵的顯著增強、君王對文學的重視以及文學色彩的漸趨濃厚，貫穿於魏晉南北朝終始。同時，很多士人一生可以經歷多個政權交替，如劉勰一生經歷了宋齊梁三個朝代的更迭，若將他的一生割裂再置入不同的朝代研究顯然有失公允，只有給以整體性的關照才能較爲完整的體現劉勰的思想。更重要的是，士人——特別是他的家族可以凌駕朝代的更迭而獨立存在和長期延續的現象，使魏晉時期的精神血脈、文化趣味、文人心態呈現出一種相通性與傳承性，因此群體性研究就顯然是合理的，也是必要的。

劉師培、魯迅、王瑤在對研究對象的充分瞭解與尊重的基礎上，形成了現代中古文學研究一套較爲獨特的方法，使得中古文學重新獲得生機與魅力。

二、對外來理論與方法的恰當借鑒與化用

現代中古文學研究的幾位大家之所以能夠建立一套異於傳統的研究方法，與學術視野較前人廣闊有關。他們既接受了良好的中國傳統學術的訓練，又在 19 世紀末期與 20 世紀初期的特殊時代接觸了大量西方理論與方法，在中西結合的視域中拓展出現代性的學術視野與眼光，這是前人所不能及的，也是現代學人能夠開創現代性學術的關鍵所在。學通中西的吳宓道出了那一代知識分子的卓識：「今欲造成中國之新文化，自當兼取中西文明之精華而鎔鑄之，貫通之，吾國古今之學術德教文藝典章皆當研究之，保存之，昌明之，發揮而光大之，而西洋古今之學術德教文藝典章亦當研究之，吸取之，譯述之，瞭解而受用之。」〔註1〕

就現代中古文學研究的知識人而言，此處以劉師培爲例加以說明。處於世紀之交且社會動盪中的知識分子，尤其是年輕的知識分子，總是很容

〔註 1〕 吳宓：《論新文化運動》，《學衡》第 4 期，1922 年。

易接受外來的、新潮的思想。1903 年天資聰穎的劉師培會試不第，於上海結識章太炎、蔡元培等愛國社中進步人士後，開始發表大量革命性強烈的文章，成為章太炎的得力助手。「自庚子（1900）以後，愛國志士憤清廷之辱國、漢族之無權，而南明巨儒黃梨洲先生排抵君主之論，王船山先生攘斥異族之文，蘊薶已二百餘年者，至是復活，愛國志士讀之，大受刺激，故顛覆清廷以建立民國之運動，實為彼時最重要之時代思想。劉君於癸卯年（1903）至上海，適值此思潮澎湃洶湧之時。」〔註2〕在 1904 年第六期的《中國白話報》中刊有劉師培《論激烈的好處》一文，劉氏在文中激情澎湃，提倡「無所顧忌」、「實行破壞」、「鼓動人民」，並署名「激烈派第一人」。1907 年在章太炎的邀請下東渡日本，參加同盟會東京本部的工作，並成為《民報》的主要撰寫者之一。無論後期劉氏思想發生了怎樣的改變，使得他與章氏交惡，並最終投靠清廷，但從他早期的政治活動中可以看出劉氏性格中易於激進的一面。思想激進且性格執拗的劉師培在各種思想的碰撞下，必定產生與傳統的治學方式相異的方法，正如劉躍進所論，「劉師培的學術研究有兩個非常鮮明的特點，一是對傳統文化的堅守，二是對西方文明的吸收。堅守傳統文化，即堅持從文字、音韻、訓詁、目錄、版本、校勘等傳統研究方法入手，整理先秦兩漢典籍。而吸收西方文明，主要是指他在西風初漸之際，引領風潮，勇於吸收現代思想精華，善於運用現代學術方法，辨彰源流，頗具史家風範。」〔註3〕

　　首先，劉師培以地域不同的新視角來考察文章風格的不同。19 世紀初，法國斯達爾夫人在《論文學》中將歐洲文學按照地域的不同劃分為南北兩派，並結合地理、氣候等自然因素分析了歐洲文學南北兩派的不同。此後，法國學者丹納在《藝術哲學》中繼承了這一觀點，並提出種族、環境、時代決定文學作品風格的理論。劉師培深受斯賓塞《社會學原理》、達爾文《物種由來》等社會學著作影響，首次從地域視角探尋文學之不同。在《南北文學不同論》中認為「大抵北方之地厚水深，民生其間，多尚實際。南方之地水勢浩洋，民生其際，多尚虛無。民崇實際，故所著之文不外記事析理二端。民尚虛無，故所作之文或為言志抒情之體。」〔註4〕更值得關注的是，劉師培並不局限於

〔註 2〕劉師培：《劉申叔遺書》，南京：鳳凰出版社，2010 年，第 28 頁。
〔註 3〕劉躍進：《劉師培及其漢魏六朝文學研究引論》，《文學遺產》，2010 年，第 4 期。
〔註 4〕劉師培：《清儒得失論》，北京：中國人民大學出版社，2006 年，第 253 頁。

此研究視角。在《論研究文學不可爲地理及時代之見所囿》中，劉師培認爲「一代傑出之文人，非特不爲地理所限，且亦不爲時代所限。蓋文體變遷，以漸而然。於當代因襲舊體之際，倘能不落窠臼，獨創新格，或於舉世革新之後，而能力挽狂瀾，篤守舊範者，必皆超軼流俗之士也。」〔註5〕這無疑是對個人才情稟賦的重視。另外劉氏還認爲，研究某一個人，不能只關注此一人之時代背景、地理環境，而應考辨源流，將視角放寬放大，在學術文化歷史演變的長河中才能對某一人、某一學問有準確的認識與定位：「故研究一家之文於本人之外尚須作窮源竟流工夫。」〔註6〕

其次，劉師培非常重視「變遷」，無論是學術思想之變遷還是文體之形成與演變，劉氏總能將前後各脈絡相連接，考辨源流，注重思想或文體之轉關處、變遷之歷程，這樣的研究便具有「史」的視野，將某一思想、某一文體置入歷史發展的長河之中加以闡發，極具現代色彩。在述及漢魏文章時，劉氏認爲「文章各體，至東漢而大備。」〔註7〕但東漢之文漸趨華麗與虛辭，文勝於質，亦始於此時。劉師培嘗援引桓範《世要論・贊象篇》與《銘誄篇》詳論當時文章文辭華美而虛泛的弊端，而其引此二文的目的則是「以見當時文學之得失，亦以見文章各體，由質趨華，非一朝一夕之故，其所由來者漸矣。」〔註8〕

魏晉之時，老莊思想的興盛以及玄學的興起都促使魏晉士人析理能力逐步增強，玄遠的思想以及嚴謹透徹的邏輯論辯能力，由漢末清流逐漸轉變而來的清談也以善談玄理爲主，因此「晉人文學，其特長之處，非惟析理已也。」〔註9〕魏晉文章的論說性與論辯性較強，「迄於西晉，一時文士，蓋均承王、何之風，以辨析名理爲主，即干寶《晉紀・總論》所謂『學者以莊老爲宗，談者以虛薄爲辨』者也。」〔註10〕但劉師培對於魏晉的關注，並非只注重幾個突出的人物，而是擴大到史料所記載的眾多歷史人物，從而梳理出魏晉文風之整體面貌。例如，裴頠善談名理、王濟能清言、裴遐少有理稱、王承言

〔註5〕 劉師培：《中國中古文學史講義》，上海：上海古籍出版社，2006 年，第 135 頁。
〔註6〕 劉師培：《中國中古文學史講義》，上海：上海古籍出版社，2006 年，第 135 頁。
〔註7〕 劉師培：《中國中古文學史講義》，上海：上海古籍出版社，2006 年，第 17 頁。
〔註8〕 劉師培：《中國中古文學史講義》，上海：上海古籍出版社，2006 年，第 18 頁。
〔註9〕 劉師培：《中國中古文學史講義》，上海：上海古籍出版社，2006 年，第 54 頁。
〔註10〕 劉師培：《中國中古文學史講義》，上海：上海古籍出版社，2006 年，第 42 頁。

理辨物，但明旨要、王敦少有名理。並引《世說‧文學篇》注《晉諸公贊》云：「裴頠疾世俗尚虛無之理，故著《崇有》二論以折之，才博喻廣，學者不能究。」又《世說‧文學篇》注引《惠帝起居注》云：「頠著二論以規虛誕之弊，文詞精富，爲世名論。」得出「蓋清談之風成於王衍諸人，而溯其遠源，則均王、何之餘緒，迄於裴頠、樂廣、衛玠而其風大成」〔註11〕的結論。

　　就學術方法而論，在近代科學思潮的浪潮中，中國文學研究逐漸走出傳統的評點、感悟式研究方法，開始注重學術方法的科學性與嚴謹性，兼容並包地吸收著中西雙方的學理營養，產生了現代中古文學的研究方法。因此 20 世紀初期中國文學的研究方法，既有傳統性方法的承繼，又有西方新思想、新方法的嘗試。

　　在研究中國的文學現象時如何使用西方的理論與方法至今依然是擺在中國學人面前的大問題，現代中古文學研究提供了可資吸取的寶貴經驗。當下的文學文論研究，或許也應該在中西思想的浪潮中打造屬於自己的研究方法，既不抱殘守缺，也不盲目崇拜，在中西學術營養的基礎上建立新的研究基點，產生新的研究視野。

〔註11〕　劉師培：《中國中古文學史講義》，上海：上海古籍出版社，2006 年，第 42 頁。

參考文獻

A

1. 阿英，晚清小説史〔M〕，北京：商務印書館，1937 年。
2. 阿英，晚清文學叢鈔〔M〕，北京：中華書局，1960 年。
3. 艾爾曼，從理學到樸學〔M〕，南京：江蘇人民出版社，2012 年。

B

4. 卞敏，魏晉玄學〔M〕，南京：南京大學出版社，2009 年。

C

5. 陳壽，三國志〔M〕，北京：中華書局，1982 年。
6. 陳其元撰，楊璐點校，庸閒齋筆記〔M〕，北京：中華書局，1997 年。
7. 陳立撰，吳則虞點校，白虎通疏證〔M〕，北京：中華書局，1994 年。
8. 程顥、程頤著，王孝魚點校，二程集〔M〕，北京：中華書局，1981 年。
9. 陳安仁，中國上古中古文化史〔M〕，北京：商務印書館，1938 年。
10. 曹道衡，中古文史叢稿〔M〕，石家莊：河北大學出版社，2003 年。
11. 曹道衡，中古文學史料叢考〔M〕，北京：中華書局，2003 年。
12. 曹道衡、沈玉成，中國文學家大辭典（先秦漢魏晉南北朝卷）〔M〕，北京：中華書局，1996 年。
13. 陳方競，魯迅與中國現代文學批評〔M〕，北京：北京大學出版社，2011 年。

14. 陳洪，詩化人生：魏晉風度的魅力〔M〕，石家莊：河北大學出版社，2001年。

15. 曹聚仁，魯迅年譜〔M〕，北京：三聯書店，2011年。

16. 陳明遠，魯迅時代何以爲生〔M〕，西安：陝西人民出版社，2011年。

17. 陳明，儒學的歷史文化功能：以中古士族現象爲個案〔M〕，北京：中國社會科學出版社，2005年。

18. 陳鳴樹，魯迅論集〔M〕，上海：復旦大學出版社，2011年。

19. 陳平原主編，追憶章太炎〔M〕，北京：三聯書店，2009年。

20. 陳平原，中國現代學術之建立──以章太炎、胡適之爲中心〔M〕，北京：北京大學出版社，2010年。

21. 陳平原，文學史的形成與建構〔M〕，南寧：廣西教育出版社，1999年。

22. 陳平原，中國文學研究現代化進程二編〔M〕，北京：北京大學出版社，2005年。

23. 陳平原，中國現代小説的起點──清末民初小説研究〔M〕，北京：北京大學出版社，2006年。

24. 陳平原、夏曉虹編，二十世紀中國小説理論資料〔M〕，北京：北京大學出版社，1997年。

25. 陳漱渝，民國那些事：魯迅同時代人〔M〕，桂林：灕江出版社，2012年。

26. 陳漱渝，胡適與周氏兄弟〔M〕，武漢：湖北人民出版社，2007年。

27. 曹勝高，從漢風到唐音：中古文學演進論稿〔M〕，北京：中國社會科學出版社，2007年。

28. 陳蘇鎮，兩漢魏晉南北朝史探幽〔M〕，北京：北京大學出版社，2013年。

29. 陳四益，魏晉風度〔M〕，長沙：湖南文藝出版社，2012年。

30. 川勝義雄著，徐谷芃、李濟蒼譯，六朝貴族制社會研究〔M〕，上海：上海古籍出版社，2007年。

31. 陳弱水、王汎森主編，思想與學術〔M〕，北京：中國大百科全書出版社，2005年。

32. 陳雪虎，「文」的再認：章太炎文論初探〔M〕，北京：北京大學出版社，2008年。

33. 陳雪虎，中國現代文論新編〔M〕，北京：北京師範大學出版社，2010年。

34. 陳國慶，漢書藝文志注釋彙編〔M〕，北京：中華書局，1983年。

35. 陳寅恪，金明館叢稿二編〔M〕，北京：三聯書店，2012 年。

36. 陳寅恪，隋唐制度淵源略論稿〔M〕，北京：三聯書店，2012 年。

37. 陳寅恪，陳寅恪集〔M〕，北京：三聯書店，2009 年。

38. 蔡元培，蔡元培全集〔M〕，北京：中華書局，1989 年。

39. 陳永忠，章太炎與近代學人〔M〕，天津：百花文藝出版社，2012 年。

40. 蔡彥峰，玄學與魏晉南北朝詩學研究〔M〕，北京：人民文學出版社，2013 年。

41. 陳炎，中國審美文化史：秦漢魏晉南北朝卷〔M〕，上海：上海古籍出版社，2013 年。

42. 陳祐松，主體性與中國文學現代性的緣起〔M〕，北京：中國社會科學出版社，2010 年。

43. 程正民，巴赫金的文化詩學〔M〕，北京：北京師範大學出版社，2001 年。

44. 程正民，文藝社會學：傳統與現代〔M〕，武漢：武漢大學出版社，1994 年。

45. 蔡振豐，魏晉名士與玄學清談〔M〕，臺北：黎明文化事業股份有限公司，1997 年。

D

46. 笛卡爾著，龐景仁譯，第一哲學沉思錄〔M〕，北京：商務印書館，1998 年。

47. 島田虔次著，甘萬萍譯，中國近代思維的挫折〔M〕，南京：江蘇人民出版社，2010 年。

48. 島田虔次著，鄧紅譯，中國思想史研究〔M〕，上海：上海古籍出版社，2009 年。

49. 戴燕，魏晉南北朝文學史研究入門〔M〕，上海：復旦大學出版社，2009 年。

50. 戴燕，玄意幽遠：魏晉思想、文化與人生〔M〕，上海：復旦大學出版社，2008 年。

F

51. 房玄齡，晉書〔M〕，北京：中華書局，2011 年。

52. 范曄，後漢書〔M〕，北京：中華書局，1965 年。

53. 馮夢龍，馮夢龍全集〔M〕，南京：鳳凰出版社，2007 年。

54. 方光華，劉師培評傳〔M〕，南昌：百花洲文藝出版社，1996 年。

55. 傅傑編校，章太炎學術史論集〔M〕，北京：中國社會科學出版社，1997 年。

56. 傅斯年，傅斯年全集〔M〕，臺北：聯經出版事業公司，1980 年。

57. 傅斯年，傅斯年中國古代文學史講義〔M〕，長春：吉林人民出版社，2013 年。

58. 房向東，魯迅與胡適：「立人」與「立憲」〔M〕，石家莊：河北人民出版社，2011 年。

59. 馮雪峰，回憶魯迅〔M〕，北京：人民文學出版社，1953 年。

60. 范子燁，中古文人生活研究〔M〕，濟南：山東教育出版社，2001 年。

61. 馮祖貽，魏晉玄學及一代儒士的價值取向〔M〕，北京：中央民族大學出版社，2013 年。

G

62. 郭慶藩撰，王孝魚點校，莊子集釋〔M〕，北京：中華書局，2012 年。

63. 葛洪撰，周天遊校注，西京雜記〔M〕，西安：三秦出版社，2006 年。

64. 顧炎武著，黃汝成、欒保群、呂宗力校釋，日知錄集釋〔M〕，上海：上海古籍出版社，2013 年。

65. 郭茂倩編，樂府詩集〔M〕，北京：中華書局，1998 年。

66. G·希爾貝克、N·伊耶著，童世駿、郁振華、劉進譯，西方哲學史——從古希臘到二十世紀〔M〕，上海：上海譯文出版社，2014 年。

67. 鞏本棟編，中國現代學術演進——從章太炎到程千帆〔M〕，北京：北京大學出版社，2009 年。

68. 谷川道雄著，馬彪譯，中國中世社會與共同體〔M〕，上海：上海古籍出版社，2013 年。

69. 耿傳明，魯迅與魯門弟子〔M〕，鄭州：大象出版社，2011 年。

70. 溝口雄三著，王瑞根譯，孫歌校，中國的衝擊〔M〕，北京：三聯書店，2011 年。

71. 溝口雄三著，龔穎譯，中國前近代思想的屈折與展開〔M〕，北京：三聯書店，2011 年。

72. 溝口雄三著，孫軍悅譯，作爲方法的中國〔M〕，北京：三聯書店，2011 年。

73. 顧琅川，周氏兄弟與浙東文化〔M〕，北京：人民出版社，2008 年。

74. 郭良夫編，完美的人格——朱自清的治學和爲人〔M〕，北京：清華大學出版社，2003年。

75. 格里德，胡適與中國的文藝復興〔M〕，南京：江蘇人民出版社，2010年。

76. 格里德爾，知識分子與現代中國〔M〕，桂林：廣西師範大學出版社，2010年。

77. 郭紹虞，中國文學批評史〔M〕，上海：上海古籍出版社，1979年。

78. 龔書鐸，中國文化發展史：魏晉南北朝卷〔M〕，濟南：山東教育出版社，2013年。

79. 顧易生、蔣凡，中國文學批評通史（先秦兩漢卷）〔M〕，上海：上海古籍出版社，1995年。

80. 郭應傳，眞俗之境：章太炎佛學思想研究〔M〕，合肥：安徽人民出版社，2006年。

81. 郭英德，中國古代文學史〔M〕，北京：中國人民大學出版社，2012年。

82. 高遠東，現代如何「拿來」：魯迅的思想與文學論集〔M〕，上海：復旦大學出版社，2009年。

83. 郭院林，彷徨與迷途——劉師培思想與學術研究〔M〕，南京：鳳凰出版社，2012年。

84. 葛兆光，中國思想史〔M〕，上海：復旦大學出版社，2010年。

85. 葛兆光，西潮又東風：晚清民初思想、宗教與學術十講〔M〕，上海：上海古籍出版社，2006年。

86. 葛兆光，古代中國的歷史、思想與宗教〔M〕，北京：北京師範大學出版社，2006年。

87. 郭湛，主體性哲學：人的存在及其意義〔M〕，北京：中國人民大學出版社，2011年。

H

88. 何寧，淮南子集釋〔M〕，北京：中華書局，2011年。

89. 惠棟撰，後漢書補注〔M〕，北京：中華書局，1985年。

90. 胡阿祥，中國名號與中古地理探索〔M〕，北京：三聯書店，2013年。

91. 胡阿祥，魏晉本土文學地理研究〔M〕，南京：南京大學出版社，2001年。

92. 韓逋仙，中國中古哲學史要〔M〕，臺北：正中書局，1971年。

93. 何炳松，中古歐洲史〔M〕，上海：商務印書館，1932年。

94. 胡大雷，中古文學集團〔M〕，桂林：廣西師範大學出版社，1996 年。

95. 胡大雷，中古詩人抒情方式的演進〔M〕，北京：中華書局，2003 年。

96. 海登・懷特著，陳新譯，彭剛校，元史學：十九世紀歐洲的歷史想像〔M〕，南京：譯林出版社，2004 年。

97. 賀昌群，魏晉清談思想初論〔M〕，北京：商務印書館，2011 年。

98. 賀昌群，賀昌群史學論著選〔M〕，北京：中國社會科學出版社，1985 年。

99. 胡國瑞，魏晉南北朝文學史〔M〕，上海：上海文藝出版社，2004 年。

100. 黑格爾著，賀麟、王玖興譯，精神現象學〔M〕，上海：上海人民版社，2013 年。

101. 胡金望，文化詩學的理論與實踐研究〔M〕，北京：中國社會科學出版社，2004 年。

102. 黃霖編，20 世紀中國古代文學研究史〔M〕，北京：東方出版中心，2006 年。

103. 何啓明，中古門第論集〔M〕，臺北：臺灣學生書局，1982 年。

104. 胡適，中國中古思想史長編〔M〕，桂林：灕江出版社，2013 年。

105. 胡適，中國中古思想史二種〔M〕，北京：北京師範大學出版社，2014 年。

106. 胡適，白話文學史〔M〕，南京：江蘇文藝出版社，2013 年。

107. 何善蒙，魏晉情論〔M〕，北京：光明日報出版社，2007 年。

108. 侯外廬、趙紀彬、杜國庠、邱漢生，中國思想通史（第三卷）〔M〕，北京：人民出版社，1957 年。

109. 侯外廬，中國近代啓蒙思想史〔M〕，北京：人民出版社，1993 年。

110. 胡旭，漢魏文學嬗變研究〔M〕，廈門：廈門大學出版社，2004 年。

111. 何寅、許光華主編，國外漢學史〔M〕，上海：上海外語教育出版社，2002 年。

112. 何茲全，魏晉南北朝史〔M〕，北京：人民出版社，2013 年。

J

113. 嵇康著，戴明揚校注，嵇康集校注〔M〕，北京：中華書局，2014 年。

114. 蔣禮鴻，商君書錐指〔M〕，北京：中華書局，2012 年。

115. 吉川忠夫，六朝精神史研究〔M〕，南京：江蘇人民出版社，2012 年。

116. 江湄，創造「傳統」：梁啓超、章太炎、胡適與中國學術思想史典範的確立〔M〕，北京：社會科學文獻出版社，2013 年。

117. 蔣述卓，文化詩學：理論與實踐〔M〕，北京：人民文學出版社，2005年。

118. 姜義華，章太炎思想研究〔M〕，北京：中國人民大學出版社，2009年。

119. 姜振昌，魯迅新論〔M〕，北京：中國社會科學出版社，2009年。

120. 姜振昌，魯迅與中國新文學的精神〔M〕，北京：中國社會科學出版社，2004年。

K

121. 康有爲撰，姜義華、張榮華編校，康有爲全集〔M〕，北京：中國人民大學出版社，2007年。

122. 康德著，鄧曉芒譯，楊祖陶校，純粹理性批判〔M〕，北京：人民出版社，2014年。

123. 孔繁，魏晉玄學和文學〔M〕，北京：中國社會科學出版社，1987年。

124. 柯文著，雷頤、羅檢秋譯，在傳統與現代性之間——王韜與晚清改革〔M〕，南京：江蘇人民出版社，2006年。

125. 克羅切著，安利斯英譯，傅任敢譯，歷史學的理論和實際〔M〕，北京：商務印書館，1982年。

L

126. 李百藥，北齊書〔M〕，北京：中華書局，1972年。

127. 令狐德棻，周書〔M〕，北京：中華書局，1971年。

128. 逯欽立輯，先秦漢魏晉南北朝詩〔M〕，北京：中華書局，1983年。

129. 呂不韋著，陳奇猷校釋，呂氏春秋新校釋〔M〕，上海：上海古籍出版社，2001年。

130. 劉勰著，詹瑛撰，文心雕龍義證〔M〕，上海：上海古籍出版社，1989年。

131. 李延壽，南史〔M〕，北京：中華書局，1975年。

132. 李延壽，北史〔M〕，北京：中華書局，1975年。

133. 劉知幾撰，趙呂甫校注，史通新校注〔M〕，重慶：重慶出版社，1990年。

134. 李昉著，夏劍欽、張意民校點，太平御覽〔M〕，石家莊：河北教育出版社，2000年。

135. 李山譯注，管子〔M〕，北京：中華書局，2009年。

136. 李春青，詩與意識形態：西周至兩漢詩歌功能的演變與中國詩學觀念的生成〔M〕，北京：北京大學出版社，2005 年。

137. 李春青，道家美學與魏晉文化〔M〕，北京：中國電影出版社，2008 年。

138. 李春青，在文本與歷史之間：中國古代詩學意義生成模式探微〔M〕，北京：北京大學出版社，2005 年。

139. 李春青，烏托邦與詩：中國古代士人文化與文學價值觀〔M〕，北京：北京師範大學出版社，1995 年。

140. 李春青，在審美與意識形態之間：中國當代文學理論研究反思〔M〕，北京：北京師範大學出版社，2006 年。

141. 李春青，趣味的歷史——從兩周貴族到漢魏文人〔M〕，北京：三聯書店，2014 年。

142. 李春青，中國古代文論新編〔M〕，北京：北京師範大學出版社，2010 年。

143. 李長之，魯迅批判〔M〕，北京：北京出版社，2011 年。

144. 李城希，魯迅與中國傳統文化：接受偏離回歸〔M〕，昆明：雲南人民出版社，2006 年。

145. 劉春香，魏晉南北朝社會生活研究〔M〕，北京：人民出版社，2013 年。

146. 劉大杰，中國文學發展史〔M〕，上海：復旦大學出版社，2011 年。

147. 劉大杰，魏晉思想論〔M〕，上海：上海古籍出版社，1998 年。

148. 康德著，鄧曉芒譯，判斷力批判〔M〕，北京：人民出版社，2002 年。

149. 李帆，章太炎、劉師培、梁啓超清學史著述之研究〔M〕，北京：商務印書館，2006 年。

150. 李帆，古今中西交匯處的近代學術〔M〕，北京：北京師範大學出版社，2010 年。

151. 李帆，劉師培與中西學術——以其中西交融之學和學術史研究爲核心〔M〕，北京：北京師範大學出版社，2003 年。

152. 林非，魯迅傳〔M〕，福州：福建教育出版社，2010 年。

153. 羅根澤，中國文學批評史〔M〕，上海：上海古籍出版社，1984 年。

154. 林庚，中國文學簡史〔M〕，北京：北京大學出版社，1995 年。

155. 雷家驥，中古史學觀念史〔M〕，臺北：臺灣學生書局，1990 年。

156. 李建中，玄學與魏晉社會〔M〕，石家莊：河北人民出版社，2003 年。

157. 李建中，魏晉文學與魏晉人格〔M〕，武漢：湖北教育出版社，1998 年。

158. 劉克敵，章太炎與章門弟子〔M〕，鄭州：大象出版社，2010 年。

159. 陸侃如，中古文學系年〔M〕，北京：人民文學出版社，1985 年。

160. 劉夢溪，中國現代學術要略〔M〕，北京：三聯書店，2008 年。

161. 梁啓超，中國近三百年學術史〔M〕，北京：商務印書館，2013 年。

162. 梁啓超，論中國學術思想變遷之大勢〔M〕，上海：上海古籍出版社，2012 年。

163. 梁啓超，梁啓超全集〔M〕，北京：北京出版社，1999 年。

164. 梁啓超，清代學術概論〔M〕，北京：中華書局，2011 年。

165. 黃雅淳，魏晉士人之悲情意識研究〔M〕，臺北：花木蘭文化出版社，2012 年。

166. 江建俊，魏晉玄理與玄風研究〔M〕，臺北：花木蘭文化出版社，2012 年。

167. 李潤蒼，論章太炎〔M〕，成都：四川人民出版社，1985 年。

168. 劉汝霖，漢晉學術編年〔M〕，上海：華東師範大學出版社，2010 年。

169. 劉師培，劉申叔遺書〔M〕，南京：江蘇古籍出版社，1997 年。

170. 劉師培，中國中古文學史講義〔M〕，上海：上海古籍出版社，2006 年。

171. 劉師培，清儒得失論〔M〕，北京：中國人民大學出版社，2006 年。

172. 呂思勉，秦漢史〔M〕，上海：上海古籍出版社，2013 年。

173. 呂思勉，兩晉南北朝史〔M〕，上海：上海古籍出版社，1983 年。

174. 雷世文，魯迅研究大綱〔M〕，北京：清華大學出版社，2010 年。

175. 盧盛江，魏晉玄學與文學思想〔M〕，天津：南開大學出版社，1994 年。

176. 羅素著，何兆武、李約瑟譯，西方哲學史上卷〔M〕，北京：商務印書館，2013 年。

177. 羅素著，馬元德譯，西方哲學史下卷〔M〕，北京：商務印書館，2013 年。

178. 魯迅，魯迅全集〔M〕，北京：人民文學出版社，2012 年。

179. 魯迅，魯迅自傳〔M〕，南京：江蘇文藝出版社，2012 年。

180. 林賢治，魯迅思想錄〔M〕，上海：復旦大學出版社，2011 年。

181. 呂西安·戈德曼，隱蔽的上帝〔M〕，天津：百花文藝出版社，2008 年。

182. 呂西安·戈德曼，文學社會學方法論〔M〕，北京：工人出版社，1989 年。

183. 劉小楓，現代性社會理論緒論〔M〕，上海：上海三聯書店，1988 年。

184. 劉義慶編，徐震堮著，世說新語校箋〔M〕，北京：中華書局，2012 年。

185. 劉揚忠，中國古代文學研究年鑒〔M〕，西安：陝西師範大學出版社，2006 年。

186. 劉雅茹，竹林七賢〔M〕，北京：文化藝術出版社，2014 年。

187. 劉月，魏晉士人人格美學研究〔M〕，上海：復旦大學出版社，2013 年。

188. 李澤厚，中國古代思想史論〔M〕，北京：人民出版社，1986 年。

189. 劉再復，魯迅論：兼與李澤厚、林崗共悟魯迅〔M〕，北京：中信出版社，2011 年。

190. 劉再復，魯迅傳〔M〕，北京：人民日報出版社，2010 年。

191. 羅宗強，玄學與魏晉士人心態〔M〕，天津：天津教育出版社，2006 年。

192. 羅宗強，魏晉南北朝文學思想史〔M〕，北京：中華書局，2006 年。

193. 梁展，顛覆與生存：德國思想與魯迅前期的自我觀念：1906～1927〔M〕，上海：上海文藝出版社，2007 年。

194. 羅志田，20 世紀的中國：學術與社會（文學卷）（史學卷）〔M〕，濟南：山東人民出版社，2001 年。

195. 羅志田，民族主義與近代中國思想〔M〕，臺灣：三民書局股份有限公司，2011 年。

196. 羅志田，變動時代的文化履跡〔M〕，上海：復旦大學出版社，2010 年。

197. 羅志田，裂變中的傳承：20 世紀前期的中國文化與學術〔M〕，北京：中華書局，2009 年。

198. 羅志田，近代讀書人的思想世界與治學取向〔M〕，北京：北京大學出版社，2009 年。

199. 羅志田，國家與學術：清季民初關於「國學」的思想論爭〔M〕，北京：三聯書店，2003 年。

200. 羅志田，權勢轉移：近代中國的思想、社會與學術〔M〕，武漢：湖北人民出版社，1999 年。

201. 劉澤華，中國政治思想通史：魏晉南北朝卷〔M〕，北京：中國人民大學出版社，2014 年。

202. 劉占召，王羲之與魏晉琅瑯王氏〔M〕，南京：鳳凰出版社，2013 年。

203. 劉志，魏晉南北朝社會生活與道教文化〔M〕，成都：巴蜀書社，2013 年。

204. 鈴木貞美著，王成譯，文學概念〔M〕，北京：中央編譯出版社，2011 年。

M

205. 梅鶴孫，清溪舊屋儀徵劉氏五世小記〔M〕，上海：上海古籍出版社，2004 年。

206. 毛漢光，中國中古政治史論〔M〕，上海：上海書店出版社，2002 年。

207. 穆克宏，魏晉南北朝文論全編〔M〕，上海：上海遠東出版社，2012 年。

208. 馬克斯・韋伯著，康樂、簡惠美譯，中國的宗教：儒教與道教〔M〕，桂林：廣西師範大學出版社，2013 年。

209. 馬克斯・韋伯著，錢永祥譯，學術與政治〔M〕，桂林：廣西師範大學出版社，2010 年。

210. 馬克斯・韋伯著，顧忠華譯，社會學的基本概念〔M〕，桂林：廣西師範大學出版社，2011 年。

211. 馬良懷，魏晉風流〔M〕，武漢：華中師範大學出版社，2014 年。

212. 蒙培元，中國哲學主體思維〔M〕，北京：人民出版社，2005 年。

213. 木山英雄著，趙京華譯，「文學復古」與「文學革命」〔M〕，北京：北京大學出版社，2004 年。

214. 馬曉樂，魏晉南北朝莊學史論〔M〕，北京：中華書局，2012 年。

215. 馬勇，重新認識近代中國〔M〕，北京：社會科學文獻出版社，2013 年。

216. 馬自力，中古文學論叢及其他〔M〕，北京：商務印書館，2013 年。

N

217. 倪德衛著，萬百安編，周熾成譯，儒家之道——中國哲學之探討〔M〕，南京：江蘇人民出版社，2014 年。

218. 南懷瑾、徐芹庭注譯，周易今注今譯〔M〕，臺北：臺灣商務印書館，1983 年。

219. 寧稼雨，魏晉風度：中古文人生活行爲的文化意蘊〔M〕，北京：東方出版社，1992 年。

220. 內山完造，我的朋友魯迅〔M〕，北京：北京聯合出版公司，2012 年。

221. 聶石樵，魏晉南北朝文學史〔M〕，北京：中華書局，2007 年。

222. 內藤湖南著，馬彪譯，中國史學史〔M〕，上海：上海古籍出版社，2011 年。

P

223. 皮錫瑞，經學通論〔M〕，北京：中華書局，1954 年。

224. 皮錫瑞著，周予同注釋，經學歷史〔M〕，北京：中華書局，2011 年。

225. 彭亞非，中國正統文學觀念〔M〕，北京：社會科學文獻出版社，2007 年。

226. 皮元珍，玄學與魏晉文學〔M〕，長沙：湖南出版社，2004 年。

227. 皮埃爾・布迪厄，華康德著，李猛，李康譯，實踐與反思——反思社會學導引〔M〕，北京：中央編譯出版社，1998 年。

Q

228. 錢大昕，潛研堂集〔M〕，上海：上海古籍出版社，2012 年。

229. 錢基博，中國文學史〔M〕，武漢：華中師範大學出版社，2011 年。

230. 錢理群，活著的魯迅〔M〕，合肥：安徽大學出版社，2013 年。

231. 錢理群，與周氏兄弟相遇〔M〕，上海：復旦大學出版社，2010 年。

232. 仇鹿鳴，魏晉之際的政治權力與家族網絡〔M〕，上海：上海古籍出版社，2012 年。

233. 錢穆，國史大綱〔M〕，北京：商務印書館，2009 年。

234. 錢穆，中國近三百年學術史〔M〕，北京：九州出版社，2011 年。

235. 錢穆，中國思想史〔M〕，北京：九州出版社，2012 年。

236. 錢穆，中國學術通義〔M〕，北京：九州出版社，2012 年。

237. 錢鍾書，談藝錄〔M〕，北京：三聯書店，2009 年。

R

238. 阮籍著，陳伯君校注，阮籍集校注〔M〕，北京：中華書局，2013 年。

239. 任繼愈，魏晉南北朝佛教經學〔M〕，北京：國家圖書館出版社，2013 年。

240. 任繼愈，中國哲學發展史〔M〕，北京：人民出版社，1983 年。

241. 任劍濤，複調儒學——從古典解釋到現代性探究〔M〕，臺灣：臺大出版中心，2013 年。

242. 容肇祖，魏晉的自然主義〔M〕，上海：商務印書館，1935 年。

243. 阮忠，中古詩人群體及其詩風演化〔M〕，武漢：武漢出版社，2004 年。

S

244. 沈約，宋書〔M〕，北京：中華書局，1974 年。

245. 司馬光編著，胡三省音注，資治通鑒〔M〕，北京：中華書局，1976 年。

246. 孫希旦撰，沈嘯寰、王星賢點校，禮記集解〔M〕，北京：中華書局，1989 年。

247. 孫寶，儒學嬗變與魏晉文風建構〔M〕，北京：人民文學出版社，2014年。

248. 蘇保華，魏晉玄學與中國審美範式〔M〕，北京：社會科學文獻出版社，2013年。

249. 石觀海，中國文學編年史（漢魏卷）〔M〕，長沙：湖南人民出版社，2006年。

250. 孫明君，漢魏文學與政治〔M〕，北京：商務印書館，2003年。

251. 塞尼奧博斯著，陳建明譯，中古及近代文化史〔M〕，上海：商務印書館，1935年。

252. 邵健，二十世紀的兩個知識分子：胡適與魯迅〔M〕，臺灣：秀威信息科技股份有限公司，2008年。

253. 尚建飛，魏晉玄學道德哲學研究〔M〕，北京：人民出版社，2013年。

254. 山田敬三，魯迅：無意識的存在主義〔M〕，北京：北京大學出版社，2012年。

255. 孫郁，魯迅與現代中國〔M〕，合肥：安徽大學出版社，2013年。

256. 壽永明，反思與突破：在經典與現實中走向縱深的魯迅研究〔M〕，合肥：安徽文藝出版社，2013年。

257. 壽永明，回顧與反思：魯迅研究的前沿與趨勢：「新時期魯迅研究三十年」學術研究〔M〕，上海：上海三聯書店，2010年。

258. 孫玉石，荒野過客：魯迅精神世界談論〔M〕，合肥：安徽大學出版社，2013年。

259. 孫玉石，走近真實的魯迅：魯迅思想與五四文化論集〔M〕，北京：北京大學出版社，2010年。

260. 薩義德，知識分子論〔M〕，北京：三聯書店，2002年。

261. 孫豔慶，中古琅琊顏氏家族學術文化研究〔M〕，濟南：齊魯書社，2013年。

262. 申祖勝，魏晉風度：竹林七賢〔M〕，鄭州：中州古籍出版社，2014年。

T

263. 陶淵明著，逯欽立校注，陶淵明集〔M〕，北京：中華書局，2011年。

264. 譚嗣同，譚嗣同全集〔M〕，北京：中華書局，1981年。

265. 唐長孺，魏晉南北朝史論叢〔M〕，武漢：武漢大學出版社，2013年。

266. 唐長孺，魏晉南北朝隋唐史講義〔M〕，北京：中華書局，2012年。

267. 田剛，魯迅與中國士人傳統〔M〕，北京：中國社會科學出版社，2005年。

268. 童慶炳，中國古代文論的現代意義〔M〕，北京：北京師範大學出版社，2001年。

269. 童慶炳，在歷史與人文之間徘徊：童慶炳文學專題論集〔M〕，北京：北京師範大學出版社，2007年。

270. 唐文權，章太炎思想研究〔M〕，華中師範大學出版社，1986年。

271. 湯用彤，魏晉玄學論稿〔M〕，北京：三聯書店，2009年。

272. 湯用彤，漢魏兩晉南北朝佛教史〔M〕，武漢：武漢大學出版社，2008年。

273. 湯一介、胡仲平，魏晉玄學研究〔M〕，長沙：湖北教育出版社，2008年。

274. 湯一介，郭象與魏晉玄學〔M〕，北京：北京大學出版社，2009年。

275. 田餘慶，東晉門閥政治〔M〕，北京：北京大學出版社，2006年。

276. 田餘慶，秦漢魏晉史探微〔M〕，北京：中華書局，2011年。

277. 湯志鈞，章太炎年譜長編〔M〕，北京：中華書局，2013年。

278. 湯志均，章太炎傳〔M〕，臺北：臺灣商務印書館股份有限公司，1996年。

W

279. 魏收，魏書〔M〕，北京：中華書局，1974年。

280. 王弼著，樓宇烈校釋，王弼集校釋〔M〕，北京：中華書局，2012年。

281. 王夫之，讀通鑒論〔M〕，北京：中華書局，2013年。

282. 王先愼撰，鍾哲點校，韓非子集解〔M〕，北京：中華書局，2013年。

283. 魏源，海國圖志〔M〕，鄭州：中州古籍出版社，1999年。

284. 吳自牧，夢梁錄〔M〕，北京：商務印書館，1937年。

285. 王汎森，章太炎的思想：兼論其對儒學傳統的衝擊〔M〕，上海：上海人民出版，2012年。

286. 王汎森，中國近代思想與學術的系譜〔M〕，石家莊：河北教育出版社，2001年。

287. 王汎森，晚明清初思想十論〔M〕，上海：復旦大學出版社，2004年。

288. 王汎森，近代中國的史家與史學〔M〕，香港：香港三聯書店，2008年。

289. 王國維，王國維遺書〔M〕，上海：上海古籍出版社，1983年。

290. 鄔國義、吳修藝編，劉師培史學論著選集〔M〕，上海：上海古籍出版社，2006 年。

291. 衛廣來，漢魏晉皇權嬗代〔M〕，太原：書海出版社，2002 年。

292. 王杰，魯迅的文化詩學〔M〕，北京：中國社會科學出版社，2006 年。

293. 王進，新歷史主義文化詩學：格林布拉特批評理論研究：a study of Stephen Greenblatt'〔M〕，廣州：暨南大學出版社，2012 年。

294. 王乾坤，魯迅的生命哲學〔M〕，北京：人民文學出版社，1999 年。

295. 汪榮祖，章太炎散論〔M〕，北京：中華書局，2008 年。

296. 汪榮祖，章太炎研究〔M〕，臺灣：李敖出版社，1991 年。

297. 汪榮祖，康章合論〔M〕，臺灣：聯經出版事業公司，1988 年。

298. 王瑞，魯迅胡適文化心理比較：傳統與現代的徘徊〔M〕，北京：社會科學文獻出版社，2006 年。

299. 萬仕國，劉師培年譜〔M〕，揚州：廣陵書社，2003 年。

300. 萬繩楠整理，陳寅恪魏晉南北朝史講演錄〔M〕，貴陽：貴州人民出版社，2012 年。

301. 王士菁，魯迅傳〔M〕，北京：三聯書店，2012 年。

302. 王曉初，魯迅：從越文化視野透視〔M〕，北京：北京大學出版社，2012 年。

303. 王小甫，中國中古的族群凝聚〔M〕，北京：中華書局，2012 年。

304. 王瑤，王瑤全集〔M〕，石家莊：河北教育出版社，

305. 王瑤，中古文學史論〔M〕，北京：商務印書館，2011 年。

306. 王瑤主編，中國文學研究現代化進程〔M〕，北京：北京大學出版社，2005 年。

307. 王一川，中國現代性體驗的發生：清末民初文化轉型與文學〔M〕，北京：北京師範大學出版社，2001 年。

308. 聞一多，聞一多全集〔M〕，武漢：湖北人民出版社，1993 年。

309. 王冶秋，民元前的魯迅先生〔M〕，北京：三聯書店，2012 年。

310. 王永平，中古士人遷移與文化交流〔M〕，北京：社會科學文獻出版社，2005 年。

311. 汪衛東，現代轉型之痛苦「肉身」：魯迅思想與文學新論〔M〕，北京：北京大學出版社，2013 年。

312. 王玉華，多元視野與傳統的合理化：章太炎思想的闡釋〔M〕，北京：中國社會科學出版社，2004 年。

313. 吳雲編著，20 世紀中古文學研究〔M〕，天津：天津古籍出版社，2004年。

314. 吳雲主編，魏晉南北朝文學研究〔M〕，北京：北京出版社，2001 年。

315. 韋政通，中國思想史〔M〕，長春：吉林出版集團有限責任公司，2009年。

316. 王仲犖，魏晉南北朝史〔M〕，北京：中華書局，2007 年。

X

317. 蕭統編，文選〔M〕，北京：中華書局，1977 年。

318. 蕭子顯，南齊書〔M〕，北京：中華書局，1972 年。

319. 許慎撰，段玉裁注，說文解字注〔M〕，上海：上海古籍出版社，1981年。

320. 徐嘉瑞，中古文學概論〔M〕，上海：亞東圖書館，1924 年。

321. 蕭公權，中國政治思想史〔M〕，北京：商務印書館，2013 年。

322. 蕭華榮，簪纓世家：兩晉南朝琅琊王氏傳奇〔M〕，北京：三聯書店，1995年。

323. 夏明釗，我的魯迅研究〔M〕，北京：東方出版中心，2013 年。

324. 許壽裳，章炳麟傳〔M〕，北京：東方出版社，2009 年。

325. 謝无量，中國大文學史〔M〕，北京：中華書局，1940 年。

326. 夏中義，從王瑤到王元化：新時期學術思想史案〔M〕，桂林：廣西師範大學出版社，2005 年。

Y

327. 姚思廉，梁書〔M〕，北京：中華書局，1973 年。

328. 姚思廉，陳書〔M〕，北京：中華書局，1972 年。

329. 嚴可均輯，全上古三代秦漢三國六朝文〔M〕，北京：中華書局，1986年。

330. 楊明照撰，抱朴子外篇校箋〔M〕，北京：中華書局，2011 年。

331. 楊伯峻譯注，孟子譯注〔M〕，北京：中華書局，1988 年。

332. 閻步克，士大夫政治演生史稿〔M〕，北京：北京大學出版社，1996 年。

333. 姚奠中，章太炎學術年譜〔M〕，太原：山西古籍出版社，1996 年。

334. 余敦康，魏晉玄學史〔M〕，北京：北京大學出版社，2004 年。

335. 袁濟喜，中古美學與人生講演錄〔M〕，桂林：廣西師範大學出版社，2007年。

336. 袁濟喜，魏晉南北朝思想對話與文藝批評〔M〕，北京：中國人民大學出版社，2011 年。

337. 雅斯貝斯著，魏楚雄、俞新天譯，歷史的起源與目標〔M〕，北京：華夏出版社，1989 年。

338. 伊恩·P·瓦特著，高原、董紅鈞譯，小說的興起〔M〕，北京：三聯書店，1992 年。

339. 亞里士多德，亞里士多德全集〔M〕，北京：商務印書館，1993 年。

340. 袁盛勇，魯迅：從復古走向啓蒙〔M〕，上海：上海三聯書店，2006 年。

341. 伊藤虎丸，魯迅與終末論：近代現實主義的成立〔M〕，北京：三聯書店，2008 年。

342. 伊藤虎丸著，李冬木譯，魯迅與日本人——亞洲的近代與「個」的思想〔M〕，石家莊：河北教育出版社，2000 年。

343. 余英時，士與中國文化〔M〕，上海：上海人民出版社，2011 年。

344. 余英時，文史傳統與文化重建〔M〕，北京：三聯書店，2012 年。

345. 余英時，錢穆與現代中國學術〔M〕，桂林：廣西師範大學出版社，2006 年。

346. 余英時，現代危機與思想人物〔M〕，北京：三聯書店，2005 年。

347. 余英時，中國思想傳統及其現代變遷〔M〕，桂林：廣西師範大學出版社，2004 年。

348. 余英時，中國文化與現代變遷〔M〕，臺灣：三民書局股份有限公司，1995 年。

349. 余英時，中國思想傳統的現代詮釋〔M〕，南京：江蘇人民出版社，1989 年。

350. 余英時，歷史與思想〔M〕，臺灣：聯經出版事業公司，1976 年。

351. 尤雅姿，魏晉士人之思想與文化研究〔M〕，臺北：文史哲出版社，1998 年。

Z

352. 鄭玄注，孔穎達正義，禮記正義〔M〕，上海：上海古籍出版社，2008 年。

353. 朱熹，四書章句集注〔M〕，北京：中華書局，2010 年。

354. 朱熹，朱子全書〔M〕，上海：上海古籍出版社，合肥：安徽教育出版社，2002 年。

355. 張載，張載集〔M〕，北京：中華書局，1978 年。

356. 宗白華，藝境〔M〕，北京：商務印書館，2011 年。

357. 張春香，章太炎主體性道德哲學研究〔M〕，北京：中國社會科學出版社，2007 年。

358. 趙歌東，啓蒙與革命：魯迅與 20 世紀中國文學的現代性〔M〕，北京：中國社會科學出版社，2011 年。

359. 張灝著，崔志海、葛夫平譯，梁啓超與中國思想的過渡（1890～1907）〔M〕，南京：江蘇人民出版社，2014 年。

360. 趙景深，中國文學史綱要〔M〕，北京：中華書局，1941 年。

361. 張克，頹敗線的顫動：魯迅與中國文學的現代性〔M〕，上海：上海三聯書店，2011 年。

362. 張夢陽，魯迅傳：會稽恥〔M〕，北京：華文出版社，2012 年。

363. 竹内好，從「絕望」開始〔M〕，北京：三聯書店，2013 年。

364. 章念馳，章太炎生平與學術〔M〕，北京：三聯書店，1988 年。

365. 張溥，漢魏六朝百三家集題辭注〔M〕，北京：中華書局，2007 年。

366. 趙瑞蕻，魯迅摩羅詩力說注釋〔M〕，天津：天津人民出版社，1982 年。

367. 張舜徽，清代揚州學記〔M〕，揚州：廣陵書社，2004 年。

368. 張舜徽，愛晚廬隨筆〔M〕，長沙：湖南教育出版社，1991 年。

369. 鄭師渠，中國文化通史：魏晉南北朝卷〔M〕，北京：北京師範大學出版社，2009 年。

370. 章太炎，國故論衡〔M〕，上海：上海古籍出版社，2003 年。

371. 章太炎，曹聚仁整理，國學概論〔M〕，上海：上海古籍出版社，2012 年。

372. 章太炎，章太炎全集〔M〕，上海：上海人民出版社，1982 年。

373. 章太炎，章太炎自述：1869～1936〔M〕，北京：人民日報出版社，2012 年。

374. 章太炎，章太炎談諸子〔M〕，武漢：華中師範大學出版社，2010 年。

375. 章太炎，諸子學略說〔M〕，桂林：廣西師範大學出版社，2010 年。

376. 章太炎，章太炎學術史論集〔M〕，昆明：雲南人民出版社，2008 年。

377. 章太炎，章太炎先生自定年譜〔M〕，上海：上海書店，1986 年。

378. 佐藤慎一著，劉岳兵譯，近代中國的知識分子與文明〔M〕，南京：江蘇人民出版社，2011 年。

379. 增田涉，西學東漸與中國事情〔M〕，南京：江蘇人民出版社，2010 年。

380. 朱維錚，劉師培辛亥前文選〔M〕，北京：三聯書店，1998 年。

381. 周憲，現代性的張力〔M〕，北京：首都師範大學出版社，2001 年。

382. 章學誠著，葉瑛校注，文史通義校注〔M〕，北京：中華書局，1985 年。

384. 張釗貽，魯迅：中國「溫和」的尼采〔M〕，北京：北京大學出版社，2011 年。

385. 周一良，魏晉南北朝史論集〔M〕，北京：北京大學出版社，2010 年。

387. 張昭軍，儒學近代之境：章太炎儒學思想研究〔M〕，北京：社會科學文獻出版社，2002 年。

388. 周作人，魯迅的青年時代〔M〕，北京：北京十月文藝出版社，2013 年。

389. 周作人，知堂回想錄〔M〕，石家莊：河北教育出版社，2002 年。

390. 鄭振鐸，鄭振鐸文集〔M〕，北京：人民文學出版社，1981 年。

研究論文部分

1. 童慶炳，植根於現實土壤的「文化詩學」〔J〕，載《文學評論》2001 年第 6 期。

2. 童慶炳，百年中國文學理論發展之省思〔J〕，載《北京師範大學學報》1999 年第 2 期。

3. 童慶炳，文化詩學：宏觀視野與微觀視野的結合〔J〕，載《甘肅社會科學》2008 年第 6 期。

4. 李春青，「文化詩學」的本土化與「中國文化詩學」之建構〔J〕，載《文藝爭鳴》2012 年 4 月。

5. 李春青，走向一種主體論的文化詩學〔J〕，載《文藝爭鳴》1996 年第 4 期。

6. 李春青，中國文化詩學的源流與走向〔J〕，載《河北學刊》2011 年 1 月。

7. 李春青，文化詩學視野中的古代文論研究〔J〕，載《文學評論》2001 年第 6 期。

8. 李春青，中國文化詩學論綱——對古代文論研究方法的一種構想〔J〕，載《社會科學輯刊》，1996 年第 6 期。

9. 錢基博，太炎講學記〔J〕，載《子曰叢刊》第 2 輯，1948 年 6 月。

10. 汪榮祖，論章太炎的文化觀〔J〕，載《先驅的蹤跡》，浙江古籍出版社 1988 年。

11. 董國炎，論太炎先生的文學思想〔J〕，載章太炎紀念館編《先驅的蹤跡》，浙江古籍出版社 1988 年。

12. 董國炎，章太炎文學觀考辨二題〔J〕，載《山西大學學報》，1988 年第 1 期。

13. 羅檢秋，章太炎與諸子學〔J〕，載《北京師範大學學報》，1995 年第 2 期。

14. 李澤厚，章太炎剖析〔J〕，載《歷史研究》，1978 年第 3 期。

15. 陸寶千，章太炎對西方文化之抉擇〔J〕，載《中央研究院近代史研究所集刊》，民國 81 年 6 月。

16. 吳方，説「士」：重讀章太炎〔J〕，載祝勇編：《重讀大師：激情的歸途》，人民文學出版社 1999 年。

17. 趙標，章太炎、劉師培清代學術史研究之比較〔J〕，《西北大學學報》2012 年 3 月。

18. 高俊林，「清遠本之吳魏，風骨兼存周漢」——章太炎「魏晉文章」之源流及影響初探〔J〕，載《汕頭大學學報》2005 年第 5 期。

19. 郭延禮，論章太炎的文學思想〔J〕，載《山西大學學報》2007 年第 3 期。

20. 程文超，略論章太炎與他的時代的關係〔J〕，載《學術研究》1999 年第 2 期。

21. 許結，章太炎文學批評觀述略〔J〕，載《浙江學刊》2007 年第 6 期。

22. 沈家莊，章太炎文學思想論略〔J〕，載《漳州師院學報》1999 年第 1 期。

23. 〔臺灣〕周樑楷，不古不今的時代：西方史學「中古史」的概念對近代中國史學的影響（抽印本）〔J〕，臺北：東大圖書公司，1998 年。

24. 〔日〕近藤邦康，章太炎與日本〔J〕，載《先驅的蹤跡》，浙江古籍出版社 1988 年。

25. 〔日〕高田淳、章炳麟、章士釗，魯迅中「師道——章炳麟與魯迅」章，中譯文載。

26. 錢志熙，舊學之殿軍，新學之開山——劉師培《中國中古文學史》〔J〕，載《文史知識》1999 年第 3 期。

27. 劉躍進，劉師培及其漢魏六朝文學研究〔J〕，載《古典文學知識》2010 年第 6 期。

28. 黎珂帆，劉師培與《中國中古文學史講義》〔J〕，載《文學界》2010 年第 10 期。

29. 林維民，漢魏文學變遷的認識——《中國中古文學史講義》箚記〔J〕，載《溫州師範學院學報》1987 年 7 月。

30. 樂黛雲，魯迅的《破惡聲論》及其現代性〔J〕，載《中國文化研究》1999 年春之卷。

31. 錢理群，二十世紀三十年代有關傳統文化的幾次思想交鋒——以魯迅爲中心〔J〕，載《魯迅研究月刊》2006 年第 1 期。

32. 王曉初，論魯迅思想與藝術的越文化淵源〔J〕，載《文學評論》2005 年第 5 期。

33. 王曉初，魯迅的「魏晉文章」與章太炎——論魯迅思維與文風的形成之二〔J〕，載《浙江社會科學》2009 年第 1 期。

34. 戴燕，魯迅的藥與酒及魏晉風度〔J〕，載《魯迅研究月刊》2005 年第 3 期。

35. 張傑，魯迅與劉師培的學術聯繫〔J〕，載《魯迅研究月刊》2000 年第 6 期。

36. 王學謙，道家文化：魯迅生命意識的傳統資源〔J〕，載《齊魯學刊》2007 年第 2 期。

37. 牟伯永，魯迅和嵇康：越文化的同源同質同格〔J〕，載《江蘇社會科學》2011 年第 2 期。

38. 陳方競，魯迅小說的「魏晉情結」：從「魏晉參照」到「魏晉感受」〔J〕，載《文藝研究》2004 年第 5 期。

39. 羅成琰，魯迅與魏晉風度〔J〕，載《魯迅研究月刊》1995 年第 4 期。

40. 任廣田，魯迅與魏晉文化〔J〕，載《魯迅研究月刊》2004 年第 2 期。

41. 徐國榮、薛豔，魏晉文學研究中的魯迅資源和「魯迅神話」〔J〕，載《學術界》2006 年 1 月。

42. 章念馳，論章太炎與魯迅的後期交往〔J〕，載《上海魯迅研究》2010 年 2 月。

43. 哈九增，魯迅對章太炎思想的繼承與發展〔J〕，載《上海大學學報》1988 年第 3 期。

44. 黃純一，章太炎文論與魯迅文學觀念的建立〔J〕，載《中國現代文學研究叢刊》2013 年第 1 期。

45. 顧慶、顧琅川，魯迅與章太炎：跨世紀的文化對話〔J〕，載《中國社會科學院研究生院學報》2008 年 9 月，第 5 期。

46. 富華，略論王瑤對「學者魯迅」的意義闡釋〔J〕，載《湖州師範學院學報》2000 年第 1 期。

47. 吳宏聰，人的覺醒與文的自覺——重讀魯迅《魏晉風度及文章與藥及酒之關係》〔J〕，載《中山大學學報》2011 年第 6 期。

48. 謝泳，王瑤學術道路中的「陳寅恪影響」——紀念王瑤先生逝世二十週年〔J〕，載《南方文壇》2009 年。

49. 孫玉石，王瑤的中國文學史研究方法論斷想——以《中古文學史論》為中心〔J〕，載《中國文化研究》1995 年冬之卷。

50. 孫玉石，作爲文學史家的王瑤〔J〕，載《學術界》2000 年第 5 期。

51. 錢理群，試談王瑤先生的魯迅研究〔J〕，載《魯迅研究月刊》1990 年第 1 期。

52. 湯一介，西方學術背景下的魏晉玄學研究〔J〕，載《中國哲學史》2004 年第 1 期。

53. 桑兵，「瞭解之同情」與陳寅恪的治史方法〔J〕，載《社會科學戰線》2008 年第 10 期。

54. 陳平原，西潮東漸與舊學新知——中國現代學術之建立〔J〕，載《北京大學學報》1998 年第 1 期。

55. 徐中原，二十世紀中國文學史觀之嬗變述略〔J〕，載《學術交流》2007 年 9 月。

56. 夏錦乾，從求實到求眞：中國學術的現代轉型〔J〕，載《探索與爭鳴》1997 年 6 月。

57. 曠新年，現代文學觀的發生和生成〔J〕，載《文學評論》2000 年第 4 期。

58. 陳方競、劉中樹，對五四新文學發生及源流的再認識〔J〕，載《文藝研究》1999 年第 2 期。

59. 錢中文，文學觀念：世紀之爭及其更新〔J〕，載《文學評論》1993 年第 3 期。

60. 郭英德、過常寶，困境和出路：古典文學研究的現代化歷程〔J〕，載《北京師範大學學報》1999 年第 2 期。

61. 倪梁康，前笛卡爾的「自識」概念——「主體」自識問題在古希臘、羅馬和中世紀的起源和發展〔J〕，載《南京大學學報》1999 年第 2 期。

62. 楊春時，從客體性到主體性到主體間性——西方美學體系的歷史演變〔J〕，載《煙台大學學報》2004 年第 4 期。

63. 王齊洲，中國文學現代化的檢討〔J〕，載《井岡山師範學院學報》2000 年第 3 期。

64. 史鈺，試論現代中古文學研究方法及其當下意義〔J〕，載《河南社會科學》2014 年。

65. 史鈺，略論劉師培的中古文學研究方法〔J〕，載《中國政法大學學報》2014 年第 4 期。

致　謝

　　當論文定稿完成，手指與鍵盤不再「如膠似漆」的時候，身體忽然有一種失重的感覺，像一個充滿了氫氣的氣球。肉體不斷下墜，而精神卻不停飛昇，以至於我不得不將自己隱匿於厚重的被子下，渴望減輕這種失重帶來的眩暈感。

　　這樣的眩暈並非如釋重負後頓覺空虛的輕飄，而是一種緊張、恐懼、命懸一線後又得知安然無恙的恍惚。對於恐高的我，這種感覺總是出現在被迫進行一些類似過山車的高危遊戲之後，然而，雙腳緊貼地面、在師大三年的求學生涯中，我與這種眩暈總是不期而遇。

　　博士的求學過程是艱苦的，既虐身更虐心，儘管三年前我已直接或間接瞭解到許多「悲慘」人生，但都沒有親身經歷來得真實。三年之中，學業壓力和自信心以加速度延伸成兩根反比例曲線，每每被恩師李春青教授約談，總是戰戰兢兢，如臨深淵，如履薄冰。每一次讀書會後，這種無形的壓力便會翻倍增長，伴隨我度過數不清的不眠夜。

　　有幸成為李門弟子，我自知福分不淺。記憶總將我拉回初次拜訪恩師的畫面：恩師靜坐於淡綠的沙發中，金色的眼鏡下那從容、寬和的笑容以及充滿勇氣與力量的話語，成為我堅定不移走到今日的巨大動力。恩師總是以身作則，面對學生語氣溫和、孜孜不倦，更為難得的是，恩師對學生總能「同情地瞭解」，對於遠離家鄉、隻身求學的我，實在是莫大的幸運。或許是為了給我不要荒廢這寶貴三年以警示，恩師曾給我詳述他當年的求學經歷，在與我年紀相仿的歲月裏，他如何在冰冷的房間裏讀書。我隨著他的講述去想像：屋外北風蕭蕭，屋內一個衣著簡樸、目光深邃的青年伴隨著一盞散著黃色燈光的臺燈與幾卷泛了黃邊的書籍，不停地翻檢著，查閱著，不時地扶起就要滑落

的大衣，而眼睛卻從未離開攤開的書卷。這就是恩師敍述當年歷史之時我的想像，也許與事實略有出入，但這絲毫不影響這個形象帶給我的堅定與毅力。

論文的順利完成，完全依靠恩師的悉心指導。從題目的構想至框架的設計，以及撰寫過程中思路卡殼後的提點，無不浸潤了恩師的心血。甚至於論文進入外審階段，恩師依然時時處處給我鼓勵與幫助。在論文完成之際，衷心感謝恩師三年來對愚鈍的我耐心教誨，在論文撰寫之際不厭其煩地爲我解決一個個難題，以及做事做人的淡然質樸對我的言傳身教。三年時光，眼見恩師皺紋與白髮日漸增多，心中唏噓不已，只盼時間走的慢些，慢些，再慢些，恩師的皺紋與白髮少些，少些，再少些。

感謝童慶炳老師拖著疲憊的身軀在論文開題、預答辯之時，用微弱的聲音給予我重要的建議；感謝蔣原倫老師、趙勇老師、陳太勝老師、陳雪虎老師爲論文框架、思路提出的寶貴建議，正是參考了諸位老師的提議，論文才得以有條理地展開；感謝班主任錢翰老師對我學習生活的關照；感謝我的碩導侯文宜老師三年來於忙碌中對我的關心與幫助。

感謝薛學財師兄對我論文撰寫的啓發與幫助，很多材料的獲得都源自師兄的鼎力相助；感謝師妹徐曉卿、楊夢吟、陶楚歌以及同窗姜洪眞、孫權在苦悶的學習之際帶給我難得的歡樂，尤其是徐曉卿師妹在同樣繁忙的畢業季願意承擔任務龐雜的答辯秘書工作；感謝我的「患難之交」王潤英，正是有了她的陪伴，給我枯燥乏味的生活平添了幾分意趣。感謝我的愛人劉兵，甘心奉獻於我的學業與生活，在他自己論文撰寫與課題任務交織的緊迫中，爲我梳理論文思路並進行繁瑣的校對，省去了我諸多的苦惱。感謝爸爸媽媽對已過而立之年的我依然選擇讀書生涯的大力支持與奉獻。感謝台灣花木蘭文化事業有限公司楊嘉樂編輯對我一再拖延稿子的寬容與大度，感謝花木蘭文化事業有限公司的大力支持，使得自己這些拙陋的文字得見天日。

三年簡單、規律且眩暈的學習生活迫使懶惰任性的我變得如這所古老的學校一般沉靜而平和，我驚喜於這樣的變化。我自知，這樣的狀態將會伴隨我一直走下去……

史鈺

2015 年 5 月